アイズ・ヴァレンシュタイン
「全部、倒すよ」
ダンジョンに出会いを求めるのは間違っているだろうか 英雄譚
アストレア・レコード
正義失墜
Author by Fujino Omori Illustration Kakage
Character draft Suzuhito Yasuda
2

Contents

ASTREA RECOR
evil fetal movement
Is It Wrong to Try to Pick Up Girls in a Dungeon
heroic tale

プロローグ —— 闇に覆われし都
一章 石の味
二章 迷える正義
三章 野に咲く鈍色の花
四章 抗う者達
五章 悪の宴
六章 静寂の調べ
七章 正義問答
八章 悪劇
幕間 揺れ動く天秤の狭間で
九章 何の変哲もない女の子の話 ～Alise Lovell～
十章 私が教えてもらったもの ～Twilight Answer～
十一章 戦士晩餐 ～FINAL WAR EVE～
エピローグ —— All you need is "JUSTICE"

ダンジョンに出会いを求めるのは間違っているだろうか

英雄譚

アストレア・レコード

正義失墜

Author by Fujino Omori Illustration Kakage
Character draft Suzuhito Yasuda

2

大森藤ノ

[イラスト]かかげ

[キャラクター原案]ヤスダスズヒト

リュー・リオン

【アストレア・ファミリア】所属のエルフ。Lv.3。
二つ名は【疾風】。

アリーゼ・ローヴェル

【アストレア・ファミリア】団長。リューをファミリアに誘う。Lv.3。
二つ名は【紅の正花《スカーレット・ハーネル》】。

ゴジョウノ・輝夜

極東出身の【アストレア・ファミリア】副団長。Lv.3。
二つ名は【大和竜胆《やまとりんどう》】。

ライラ

【アストレア・ファミリア】所属の小人族《パルゥム》。Lv.2。
二つ名は【狡鼠《スライル》】。

アストレア

ファミリアの主神で正義を司る。
心優しく慈悲深い女神。

アーディ・ヴァルマ

【ガネーシャ・ファミリア】所属。Lv.3。
二つ名は【象神の詩《ヴィヤーサ》】。

Characters

ネーゼ・ランケット

【アストレア・ファミリア】所属。
狼人《ウェアウルフ》。

イスカ・ブラ

【アストレア・ファミリア】所属。
アマゾネス。

セルティ・スロア

【アストレア・ファミリア】所属。
エルフ。

アスタ・ノックス

【アストレア・ファミリア】所属。
ドワーフ。

ノイン・ユニック

【アストレア・ファミリア】所属。
ヒューマン。

マリュー・レアージュ

【アストレア・ファミリア】所属。
ヒューマン。

リャーナ・リーツ

【アストレア・ファミリア】所属。
ヒューマン。

フィン・ディムナ

【ロキ・ファミリア】団長。小人族《パルゥム》。

リヴェリア・リヨス・アールヴ

【ロキ・ファミリア】副団長。ハイエルフ。

ガレス・ランドロック

【ロキ・ファミリア】幹部。ドワーフ。

ロキ

【ロキ・ファミリア】の主神。

ラウル

【ロキ・ファミリア】所属の冒険者。ヒューマン。

オッタル

【フレイヤ・ファミリア】団長。猪人《ボアズ》。

アレン・フローメル

【フレイヤ・ファミリア】副団長。猫人《キャットピープル》。

フレイヤ

【フレイヤ・ファミリア】の主神。

ヘディン・セルランド

【フレイヤ・ファミリア】幹部。エルフ。

ヘグニ・ラグナール

【フレイヤ・ファミリア】幹部。ダークエルフ。

ガリバー四兄弟

【フレイヤ・ファミリア】幹部。小人族《パルゥム》の四つ子。

ガネーシャ

【ガネーシャ・ファミリア】の主神。

シャクティ・ヴァルマ

【ガネーシャ・ファミリア】団長。ヒューマン。

ヘルメス

【ヘルメス・ファミリア】の主神。

アスフィ・アル・アンドロメダ

【ヘルメス・ファミリア】副団長。ヒューマン。

リディス・カヴェルナ

【ヘルメス・ファミリア】団長。ヒューマン。

ヴァレッタ・グレーデ

闇派閥《イヴィルス》の幹部。ヒューマン。二つ名は【殺帝《アラクニア》】。

オリヴァス・アクト

闇派閥《イヴィルス》の幹部。ヒューマン。二つ名は【白髪鬼《ヴェンデッタ》】。

ヴィトー

闇派閥《イヴィルス》の幹部。ヒューマン。『顔無し』と呼ばれている破綻者。

エレボス

かつてエレンと名を騙っていた邪神にして、オラリオを滅ぼさんとする『絶対悪』。

カバー・口絵・本文イラスト
かかげ

プロローグ
闇に覆われし都

ASTREA RECORDS
evil fetal movement
Author by Fujino Omori Illustration Kakage
Character draft Suzuhito Yasuda

誰《だれ》かは言った。
『星が輝きを忘れることはない』と。
誰かは嘆いた。
『黒く、厚い雲に覆《おお》われて星など見えない』と。
誰かは嗤《わら》った。
『まるで邪悪に呑《の》み込《こ》まれた正義のようだ』と――。

雨が降っていた。

厚い雲に覆われた空から、絶えることのない涙のような雨粒が、いくつも。

灰色にも、腐り落ちた苔《こけ》の色にも見える曇天《どんてん》は、まるで黄昏《たそがれ》になり損ねた朝と夜の狭間にも見える。昏《くら》くもなければ明るくもない景色はどこか現実離れしていた。

だが、雨に打たれる数えきれない『墓標』が、ここが常世《とこよ》の国でもなければ天地の境界でもないことを告げた。

迷宮都市の一角に広がる、殺風景な墓地である。

「…………」

数多の墓の前に立つのは、僅《わず》かな神々だけだった。

己《おのれ》の眷族、あるいは交流のあった民衆。彼等《ら》彼女等《ら》が知る子供達は今や魂が失われた肉体に成り下がり、土に還っていた。それも墓と呼べるほどの上等なものではない。亡骸《なきがら》に土をかけ、埋めて、壊れた剣や木の棒を突き立てただけの粗末なものだ。

碌な墓碑も、棺《ひつぎ》も用意できないほど、一夜のうちに命が失われた。

産声を上げた『邪悪』が、オラリオを地獄に変えた。

「先の戦いで、多くの冒険者と無辜《むこ》の民が命を散らした……」

今も滴《しずく》に濡《ぬ》れる胡桃《くるみ》色の長髪が揺れた。

正義を司る女神、アストレアは、星海のごとき藍色《あいいろ》の双眸《そうぼう》を悲しみに染める。

他の神々がそうであるように、傘もささず、布も被《かぶ》らず、雨に打たれながら、視界の彼方にまで続く墓標を見渡す。

「そして今も、死者の数は増えている……」

終わらない埋葬。止まらない血と涙。

冒険者を埋葬する『第一墓地』に収まりきらず、中途半端《ちゅうとはんぱ》に植林が進められた一角に設けられた急造の墓地は、ただただ暗澹《あんたん》としている。

アストレアが目を伏せると、隣に立つ男神が、慟哭《どうこく》した。

「ぐうううぅぅ……！　すまない！　この言葉が何の意味も持たないものだとしても、すまない!!　子供達よ！」

暗く湿った空気を吹き飛ばすほどの大声で謝るのは、ガネーシャだった。

偽りなき男泣きは、今も沛然《はいぜん》と降り続けている驟雨《しゅうう》の勢いにも勝った。

顔を覆う象の仮面から滂沱《ぼうだ》の涙が迸《ほとばし》り、彼の衣服を濡らしていく。

「群衆の主《あるじ》たる俺《おれ》はこんな時、涙を流し、吠えることしかできない！　だから——すまない!!」

うるさい、と。

暑苦しい、とも非難する者は、ここにはいなかった。

何の思惑もなく、真《ま》っ直《す》ぐに泣くことのできる男神《かれ》を羨《うらや》む者しか、ここにはいない。

「この土の下には、もう子供達の魂はない。鎮めるべき無念も、報われる者もいない」

アストレアとガネーシャより一歩離れた位置で告げるのは、ヘルメス。

一人一人満足に弔うこともできなかった眷族達に対し、彼はいっそ薄情なまでに神としての価値観を語る。

それと同時に、子供と分かち合った記憶に引きずられるように、そっと帽子の鍔《つば》を下ろし、目もとを隠す。

「こんなものは下界の慣習に過ぎず、神々《オレたち》にとっては、ただの『感傷』に過ぎないんだ。…………だが」

「ええ、せめて神々《わたしたち》だけでも彼らの魂を見送りましょう」

彼の言葉に、アストレアは頷《うなず》く。

天を仰《あお》ぐ彼女の瞳《ひとみ》には、未《いま》だ拭いきれない憂いが残っていた。

「冒険者《こどもたち》には、黙禱を捧げる時間すら許されないのだから――」

レコード

失墜

アストレア・

正義

灰の空が、嗚咽《おえつ》を堪《こら》えている。

天が流していた無数の涙は、泣き疲れたように一度、途絶えた。

しかし、それは何の気慰みにもなりはしないと崩れた街並みが囁《ささや》いている。

砕かれ、抉《えぐ》られ、焼き払われて、廃墟然とした光景が至るところに広がる都市から、人々の笑声が聞こえることはない。

たった一夜のうちに多くの命を失った『大抗争』の凄惨《せいさん》さを物語るように、癒えることのない爪痕《つめあと》が刻まれていた。

『死の七日間』、二日目。

オラリオは今も恐怖に支配されていた。

「門を開けろぉ‼　何で俺達を閉じ込めておくんだ！」

「出してよ！　こんなところから、早く出してよぉ！」

「いつ闇派閥《イヴィルス》が襲って来るか分からないのに！」

激しい喧騒が奏でられているのは、都市西方の門前。

煤や固まった血で顔や服を汚した民衆が、大挙して押し寄せ、壁を作っている冒険者達に『罵倒』をぶつけていた。

「ダメだ！　門の外はっ、いや都市そのものが闇派閥《イヴィルス》に包囲されている！」

罵詈雑言《ばりぞうごん》を浴びせられる冒険者達の中で、必死に訴えるのは【ヘルメス・ファミリア】の獣人だった。

見上げるほどの体格を持つ虎人《ワータイガー》、ファルガー・バトロスは、今にも殴りかかってきそうなオラリオの住民達を何とか説得しようとする。

「ここを出れば、お前達を守りきれない！　頼む、我慢してくれ！」

返ってくるのは、一層激しさを増す声々だった。

「知るか！」

「そんなのアンタ達が倒しなさいよ！」

「冒険者でしょう⁉」

「こんなところいたくない！」

男達が怒声を上げ、女達が金切り声を散らす。

子供達は父母の大声と剣呑《けんのん》な熱気に怯《おび》えて泣き喚《わめ》く。

怒《いか》っては泣き喚く民衆の形相に、帯剣している冒険者達でさえ気圧されそうになった。

「内偵を任されている私達《ヘルメス・ファミリア》まで、民衆の鎮圧に回らないといけないなんて……」

その光景を一歩離れた位置から見渡すアスフィは、顔を苦渋に歪《ゆが》めた。

冒険者と連携しているギルド職員も声を張って指示を出しているものの、民衆の錯乱に歯止めはかからなかった。もはや『恐慌』と言っていい。この西側の門から外に出て、オラリオの目と鼻の先にある港街《メレン》に避難したいだけのオラリオ住民からすれば、門前に並んだ武装した冒険者も、冷静になることを呼びかけるギルド職員も同じ敵なのだろう。

彼等を『愚か』と吐き捨てることはできなかった。

それほどまでの恐怖と侵略、そして犠牲を味わったのだから。

「【象神の杖《アンクーシャ》】、何か手を打たなければ……！　このままでは本当に暴動が起きる！」

アスフィが振り向く先にいるのは【ガネーシャ・ファミリア】だった。

『都市の憲兵』とも呼ばれる眷族達は、この西門だけでなく、北や東の門にも散らばっている。

むしろ彼等を中心にして冒険者とギルドは、押しかけてくる民衆をせき止めていた。

アスフィの声に、団長のシャクティは忌々しそうに返答する。

「……それすらも奴等《やつら》の『狙《ねら》い』なのだろう。冒険者はおろか、民衆すら都市に閉じ込めることで、内紛を促す」

「……！」

「こちらから門の外へ打って出たとしても、間違いなく『罠《わな》』が待っている。そもそも今の我々にそんな力は残されていない」

敗戦の後、闇派閥《イヴィルス》は兵を不自然なまでに市壁の外へ退《しりぞ》けている。

敵は危ない橋を渡るつもりなど毛頭ないのだ。

なぜならば、もっと簡単な方法でオラリオを弱らせることができる。

目の前に広がる光景のように。

手を握りしめ、巨大市壁の上部を睨《にら》みつけるシャクティは、そこで双眼を大きく見開いた。

彼女の瞳に映り込むのは、ばらばらと降りそそぐ紅石――『火炎石』だった。

「逃げろ!!」

頭上に落ちてくる爆弾の雨に、シャクティは叫ぶと同時に飛び退いた。

寸秒を待たず地面が次々と爆《は》ぜ、悲鳴が連鎖する。

「きゃあああああああああああ!?」

「闇派閥《イヴィルス》!?　市壁の上から、爆弾を……!?」

「う、うわあああああああああああああああ!」

嘲笑《ちょうしょう》の声とともに落下してくる爆弾に、民衆は門前から逃げ出した。

後列にいる者を払いのけ、押し倒し、転んでは踏み潰《つぶ》されながら、メインストリートへ引き返す。重軽傷者が瞬く間に量産される中、冒険者達にも余裕がない。驚倒するファルガーは目の前にいた住民を抱えて跳び、汗を散らすアスフィはギルド職員を守り、大盾を持ったシャクティは果敢に爆炎を受け止めた。

頭上からの爆撃は、シャクティの指示により、魔導士が結界を張るまで続いた。

めくり上がった石畳の破片がぱらぱらと飛び散り、黒い煙が漂う中、アスフィは真上を振り仰ぐ。

「市壁の上まで押さえられた……!」

ローブと白頭巾を被った闇派閥《イヴィルス》の兵士達。目視できるだけでも二十はいるか。

傷を負った頬《ほお》を腕で拭う少女の隣で、シャクティもまた目を眇《すが》めた。

「ああ……！　敵はオラリオを『檻《おり》』に変えた……！」

「ハハハハハ！　カスどもが騒いでやがる！　狙い通り過ぎて笑えるぜ！」

蜘蛛の子を散らすように門前から逃げ出していく人影を眺め、闇派閥《イヴィルス》の女幹部、ヴァレッタは笑声を上げた。

彼女の残忍な笑い声に釣られるように、『火炎石』を投下した兵士達も沸いていると、一人の伝令役が駆け付けてくる。

「ヴァレッタ様。愚かな民衆が他の都市門《としもん》に殺到しています。どうなされますか？」

眼下で【象神の杖《アンクーシャ》】達が見上げてくるこの西の壁《かべ》以外にも、巨大市壁の上には闇派閥《イヴィルス》の部隊が陣取っていた。

「同じように、『魔法』でも何でも頭の上からブチ込んでやれ。もし外に出てきた時は、遠慮はいらねえ、派手に殺せ」

ヴァレッタは唇を吊り上げ、冷酷に告げた。

「民衆《あいつら》には、精々冒険者《フィン》達の足を引っ張ってもらわねえとなぁ～」

「敵はオラリオを包囲している」

ギルド本部、その会議室。

今や緊急の作戦室となっているそこで、フィンは鋭い眼差《まなざ》しで告げた。

「外の援軍は遮断され、補給路も断たれた。港街《メレン》に民衆を避難させることもかなわない」

「ああ、まさかの『兵糧攻め』……いや『籠城戦《ろうじょうせん》』の強要とはなあ」

フィンと二人きりでいるロキは、うんざりしながら頷いた。

広々とした室内ではいくつもの机が繋《つな》げられ、都市の地図を始め、敵戦力の報告書など様々な資料が広げられている。

現在は人員が足らず、あらゆる者が作戦室から出払っていた。

「負傷者の看護に、瓦礫の撤去、食料の調達……やるべきことが山積している中、日が経《た》つほど物資は減り、冒険者達は弱る。とどめに、いつ爆《は》ぜるとも知れない民衆という『爆弾』付きだ。住民の不安感を募らせ、冒険者に反感を持つよう煽っている……」

敵はそそり立つ巨大市壁を占領することで、即席の拠点に変えたのだ。

文字通り、誰も逃がさない包囲網の『砦』に。

悠々と頭上から見下ろし、こちらが弱り切るのを待つつもりだ。

フィンは敵の布陣と意図を見抜いた上で、冷静に分析していた。それと同時に、この状況が全《すべ》てヴァレッタの目論見通りであることも見抜いていた。

どれほど酷薄であろうと敵の嫌がることをとことんやる。

彼女の思考回路はフィンのそれとよく似ている。

自分の方にはまだ品性や戦う者への敬意があるとそう信じたいものだが、とにかくヴァレッタの企図とは、フィンの思い描く戦略と酷似することが多い。

その上で、フィンが最低限の作法《マナー》を守って控える一手を、ヴァレッタは平然と叩《たた》きつけてくるのだ。それがヴァレッタ・グレーデという指揮官を侮蔑する要素であり、彼女の強みとも認める側面でもあった。

「極限状態の負荷《ストレス》ほど怖いもんはない、か。起こるのは錯乱《パニック》か、暴動か……こりゃホンマに守るべき民衆《もんたち》に後ろから刺されるかもな」

フィンがヴァレッタの思考を敷写《トレース》している中、溜息を投げやりに吐き出すロキの仕草にも、どこか鬱憤が滲《にじ》んでいる。

『大抗争』で好きなように蹂躙され、自身の眷族にも大きな被害が出た彼女も、胸の内で憤懣《ふんまん》を溜《た》めているのは明らかであった。

「港街《メレン》の方じゃあ漁神達《ニョルズ》も何とかしようとしとるみたいやけど、全部闇派閥《イヴィルス》に潰されとるらしい。巨大都市《オラリオ》の包囲に手勢の大部分を割いている分、内側《こっち》へ派手に攻撃してこんのは助かるっちゃ助かるが……」

　オラリオ南西に位置する海の玄関口、港街《メレン》からの援軍も期待できないことをロキは察していた。最初こそ港街《メレン》から緊急時の信号弾が何度も空に打ち上げられていたが、それから音沙汰がない。間違いなく闇派閥《イヴィルス》が手を回している。

　ロキがしかめっ面を隠さないでいると、

「熱き戦いどころか、搦《から》め手に、謀略……まったく、いやらしい手口よ」

　一人のドワーフが扉を開け、作戦室に入ってきた。

「ガレス……平気なのか？　怪我《けが》は？」

「いつまでも寝とるわけにはいくまい。それに横になっておると、アルフィアにやられた記憶が蘇《よみがえ》って噴火しそうになるわ」

　入室したガレスの体には何重にも包帯が巻かれていた。

　数えきれない重傷者に治療師《ヒーラー》達はかかりきりで、余裕がない状況だ。

　回復魔法もそこそこに、強健なドワーフには医療道具が用いられていた。

　フィンが驚きの視線を向けると、ガレスは笑ってみせる。

「この体は頑丈さだけが取り柄なのだろう？　昔、自分が口にしたことを忘れたか？　生意気な小僧《パルゥム》め」

「……ありがとう、ガレス」

そのしたり顔に、張り詰め続けていたフィンの顔からも力が抜け、笑みが漏《も》れる。

深い信頼で繋がっている二人の姿に、【ファミリア】発足から眷族を見守ってきたロキもまた頬を緩めた。

「だが、無茶だけはしないでくれ。この先、君に倒れられると戦略的な意味でも抜き差しならない状況になってしまうからね」

「おう、重々承知しとるわ。それで、状況はどうなっておる？　話は途中から聞いておったが、化物《アルフィア》と対峙《たいじ》した後のことはよくわかっとらんのでな」

「ああ、敵の首魁は邪神エレボス。そして、男神《ゼウス》と女神《ヘラ》の生き残りだ――」

『大抗争』の夜、ガレスとリヴェリアはＬｖ．７の魔女、アルフィアに敗れている。

フィンは二人が倒れた後の出来事と、現在までの状況を簡潔に語った。

「……なるほどのぅ。アルフィア以外にザルドとは。全く、亡霊が蘇ったかのようじゃ」

「ま、実際『悪夢』や。あのエロジジイとクソババアに散々辛酸を舐《な》めさせられとった、うちらからすれば」

「よせ、言うなロキ。それこそ儂は昨夜、やられたばかりなのだからな」

迷宮都市の千年という長い歴史の中で、『史上最強』の名をもってオラリオに君臨し続けていた【ゼウス・ファミリア】、そして【ヘラ・ファミリア】の生き残りの存在に、ガレスは思わず眉間に皺《しわ》を集めた。

フィンとガレスはともにLv.5に上り詰めた実力者だが、彼《か》の二大派閥の幹部達に関しては、もはや同じ第一級冒険者の名でくくれないほど隔絶した力の開きが存在していた。

少なくとも、彼等が『黒竜』に敗れる八年前の時点では。

「都市《オラリオ》を守り続けてきた『千年の壁』が、敵となって儂等の前に立ちはだかるとはな……」

オラリオに足を踏み入れた当時から、フィン達は高みを目指してはゼウス・ヘラの両派閥に挑み、『洗礼』を浴びてきた。

しかしそれも、迷宮都市の一員という枠の中でだ。

だが、今は違う。

ザルドとアルフィアは正真正銘、都市を滅ぼすための『侵略者』として現れた。

二つ名から実力まで、彼等の素性を痛いほど知っているフィン達は、あの二人が『覇者』と言うに足りる圧倒的な暴力の塊であることを知っている。ロキの言う通り、まさに『悪夢』以外の何ものでもない。

ガレスが落とした言葉を皮切りに、広間に重い沈黙が横たわる。

「……ところで、他の者は？　全員出払っとるようじゃが」

「このギルド本部の他に、中央広場《セントラルパーク》に拠点を設けている。むしろあちらが『本陣』……最終防衛地点だ」

切り替えるように頭を左右に振り、ガレスが疑問を口にすると、フィンは情報共有の延長で説明した。

「その口振りから言って、敵の狙いは中央広場《セントラルパーク》、いや『バベル』か?」

「十中八九な。ダンジョンの『蓋』たる神塔《バベル》を落として、モンスターを地上に流出させる……大方、そんな腹積もりやろ」

「ああ。それがオラリオを崩壊させるには、最も手っ取り早い。あの『大抗争』の日、敵方の動きからいっても間違いないだろう」

ロキとともにフィンが闇派閥《イヴィルス》側の思惑を推測していると、

「ふむ……敵の最終的な目標はわかった。だが、それならば何故《なぜ》ザルド達はあの夜、そのまま攻め込まなかった?」

ガレスは解せぬとばかりに、顎に蓄えている髭《ひげ》をさする。

「神の『一斉送還』などということもあって、疑いようもない窮地だったのだろう? どうしてオラリオに止《とど》めを刺さなかった?」

「単純な置き換えをしよう。敵はLv.7、よって『深層』の階層主と仮定する。ただし人型で、すこぶる速く動く、という注釈がつくけれど」

フィンは左手を腰に、右手を天板につきながら、机に広げているオラリオの冒険者一覧《リスト》——戦力表を見下ろす。

「ガレス達を欠いていたとはいえ、僕や美神の派閥《フレイヤ・ファミリア》は健在。もし中央広場《セントラルパーク》に全勢力を集結させ、迎え撃ったとしたら？」

「……欠片《かけら》に過ぎずとも、勝機はある。それこそ『手段』を選ばなければ」

フィンの言わんとしていることを察し、『手段』という言葉にあらゆる意味を内包させながら、ガレスは重々しく答えた。

「そうだ。僕達が民衆を切り捨てたのなら、刺し違える可能性はあった。ザルド達はよく知っている相手でもあるしね。……そして第一級冒険者《ぼくたち》のうち一人でも生き残れば、ヴァレッタ達の追撃をはねのける確率は上がる」

「だから、敵は『確実な方』を取った……そういうことか」

ヴァレッタ達が残っていても、ザルドとアルフィアという切り札を失ってしまえば、闇派閥《イヴィルス》の士気が維持できなくなるのは想像に難くない。それこそ『大抗争』の夜、都市最強《オッタル》を下されたオラリオのように。ゼウスとヘラという特級の超戦力《イレギュラー》を除けば、総力戦は迷宮都市が断然優位という前提は崩れていないのだ。

【アレクト・ファミリア】のディース姉妹はともかく、【アパテー・ファミリア】が投入した『精霊兵』――十二名のLv.5の存在はフィンも聞き及んでおり、確かな脅威と認めるが、従来の法則からいって『調整』が必要だろうと踏んでいる。

度が超えた薬物強化《オーバードーズ》はもとより、『精霊』の注入など多大な反動が生じないわけがない。まず間違いなく連戦は不可能。不正《アパテー》の教理の『弱点』は健在であると、闇派閥《イヴィルス》側からしてすれば忌々しいほどにフィンは敵情の分析を完結させていた。何より、フィン達はもう一人のLv.6──『とある酒場の女将』に援軍を求めることも可能だったのだ。

「なるほどのぅ、そこで『民』という荷物を最大限に利用するつもりか。確かにこう聞くと、こちらの方が危ない橋を渡らずに済むな」

単純な引き算を聞いて、ガレスは納得したようだった。

そんな彼を横目に、フィンは思考の海に沈む。

(ガレスに説明した通り、闇派閥《イヴィルス》の思惑はこれで間違いない……が、敵が消極的になり過ぎる理由もない)

フィンは己の推測に欠片《ピース》が足りていない感覚を覚えていた。

見方を変えれば、その空隙に『釣り針』が仕込まれているように感じてならないのだ。

神の遊戯《ゲーム》だと言われればそれまでだが、極端な話、ザルド達に遊撃戦《ゲリラ》を仕掛けられればフィン達は甚大な被害を受ける。

戦力に換算できない民衆の誘導や不眠不休の治療活動など、『大抗争』の被害からオラリオは依然《いぜん》立ち直れておらず、武人《キング》と魔女《クイーン》の強襲を受ければ防衛線にたやすく穴が開くだろう。

(ザルドとアルフィアを動かせない理由……もしくは、まだ『何か』があるのか)

無意識のうちに眼差しが鋭くなるフィンが、手もとの情報を精査していると、

「だ、団長っ、ロキ！　敵の襲撃っす！」

転がり込むように、ラウルが作戦室の扉を破った。

「来おったな！　フィンの読み通り、散発的な『嫌がらせ』！　場所は⁉」

「都市の北東、『工業区』っす！　中央広場《セントラルパーク》に入りきらない、街の人のキャンプが襲われて……！」

敵の襲来を予期していたロキが問い返すと、ラウルは血相を変えたまま、まくし立てる。

それを聞いて、ガレスは脇《わき》に置いていた兜《かぶと》を被った。

「フィン、儂が行く。動かせる戦力も碌《ろく》にないじゃろう」

「いや、『工業区』なら問題ない。既にリヴェリアを向かわせてある」

だが、フィンは冷静だった。

動じることも慌てることもなく、『予定通りの布陣』をもって対応させる。

「なにっ？　しかし、あやつも傷が癒えきっておらんだろう。打たれ弱いエルフには酷ではないか？」

思わず目を見張るガレスを前に、フィンは肩を竦める。

意図せず唇に浮かぶ笑みと一緒に。

「それも、問題ない。まぁある意味、普通に戦うより『面倒』を押し付けているかもしれないけど」

最後に、種明かしをするように口端を上げるのは、ロキだった。

「せやなぁ。母親《ママ》はいつだって、『子守り』には苦労するもんや」

銀の一閃が、走り抜けた。

「ぐあああっ⁉」

鋭い斬撃がヒューマンの男を斬り伏せる。

僅かな抵抗も許されなかった兵士が瓦礫《がれき》の上に倒れる中、その『剣士』は、美しい長髪をなびかせ風のごとく駆け抜けた。

「待て、出過ぎるな！　――止まれ、アイズ‼」

敵の悲鳴はおろか、味方からも叫喚《きょうかん》を浴びせられるのは、一人の少女だった。

金髪金眼《きんぱつきんがん》。

幼いながらも人形のように整い過ぎた顔立ち。

しかし、その美貌の頰は今、跳ねた返り血で赤く染まっている。

小柄な体軀には不相応な銀の剣《つるぎ》を持ち、戦場を縦断する齢九歳の少女。

アイズ・ヴァレンシュタインは、リヴェリアの制止の声を置き去りにした。

「平気……行ける」

彼女が疾走する先は、闇派閥《イヴィルス》の複数の部隊。

無力な都市民を嗜虐的《しぎゃくてき》に弄《もてあそ》ぼうとしていた悪徒どもである。

「き、金髪金眼の娘《むすめ》……⁉　それにこのデタラメな動き──まさか『人形姫』⁉」

こちらへ迫りくるアイズの正体を察した瞬間。

敵の一団は、恐怖の雄叫びを上げた。

「せ、戦姫《せんき》だぁぁぁぁぁぁぁぁぁぁぁぁぁぁぁぁぁぁ⁉」

それに対してアイズは、一言。

「全部、倒すよ」

闇派閥《イヴィルス》にも知れ渡る通り名が示す通り『戦闘人形《キリングドール》』に成り果てた。

踏み込むと同時に、袈裟《けさ》斬り。

小さな体をいっぱい使った剣撃が、獣人の巨躯《きょく》を切り裂く。

瞬時に切り返される二の斬撃が、横から飛びかかろうとしていた女戦士《アマゾネス》を武器もろとも斬断した。

「があああああああああああっ⁉」

一人、また一人と悪の眷族が崩れ落ちていき、闇派閥《イヴィルス》の陣形は瞬く間に意味のないものに成り果てる。

その剣技は、まだ短い手足に似合わないほど精密で、苛烈だった。

Lv．3。

十にも満たない年齢でありながら、少女は第二級冒険者に名を連ね、その実力を遺憾《いかん》なく発揮する。金色の髪をきらめかせる残像はまさに小さな嵐《あらし》と化し、悲鳴の渦を生んだ。

纏うのは蒼一色で統一された《戦塵《せんじん》のアリスドレス》。

小人族《パルゥム》の戦鎧《アーマードレス》から数度の変遷を経て軽量性と魔法耐性を突き詰めた、上級冒険者用の戦《いくさ》装束《しょうぞく》。来る日のために小人族《パルゥム》の勇者が指示し、一切の遊びを削ぎ落した対人戦特化装備である。

様々のものが奪われた都市の廃墟の中で、幼い剣《つるぎ》の姫君が、無垢《むく》に、淡々と、罪状を読み上げては審判を下すかのように、悪の痛哭《つうこく》を引きずり出す。

「ど、同志が一瞬で……！　しかも誰も殺さず、ことごとく『無力化』……!?」

部隊を預かる闇派閥《イヴィルス》の小隊長は、眼球をあらん限りに剝《む》いた。

壮烈な剣舞でなお恐ろしいのは、誰一人として命を奪っていないことだ。

全力で抵抗する敵や、手負いの獣の命を断ち切らず再起不能にとどめるのは、ただ殺害するより遥かに困難極まる。多くの者を淀みなく切り裂いておきながら、その剣は決して血に酔っていない。

ただただ、ひたすらに『敵を打ち倒すためだけの剣《つるぎ》』だった。

「止まれと言っているだろう、アイズ！　くそ、人の気も知らないで……！」

一方で、少女に殺生の厳禁を命じた当の本人、リヴェリアは焦《あせ》りの声を飛ばす。

いくら過保護と言われようと、彼女は未だ幼い少女を血生臭い戦場――モンスターを屠るダンジョンとも異なる人間同士の殺し合い――に参加させることに最後まで反対していた。

そして少女《アイズ》は禁じて年若い団員達《ラウル》は認めるのか、というフィンの鋭い指摘に、何も言い返せなかった。

諭された通り、副団長であるリヴェリアとて理解している。

あの夜に大敗を喫した今、『手札』を温存できる段階はとっくに過ぎているのだ。

「恨むぞ、フィン……！」

しかし理屈と感情は別だった。

少女の面倒を誰よりも見続けてきたハイエルフは、怪我の体を押して追いかけながら、一人の小人族《パルゥム》に向かって悪態をつく。

「ヴァ、ヴァレッタ様に与えられた三つの部隊が、壊滅……!?」

『戦姫』が暴威を振るう渦中で、後のない闇派閥《イヴィルス》の小隊長は呻《うめ》く。

そして次には、眦《まなじり》を引き裂き、決意を固めた。

『火炎石』が仕込まれている己の懐《ふところ》に手を伸ばし、自決装置を起動させようとしたのだ。

「主よっ!!　我が命を天に捧げっ――」

己の命を道連れの爆弾に変えようとした彼の『特攻』は、しかし無駄だった。

剣《つるぎ》の音色とともに、より凄烈《せいれつ》な『神風』に阻まれる。

「――――え？」

金の影が己の脇を過ぎ去り、銀の光が瞬いた。

呟きの破片を転がす闇派閥《イヴィルス》の小隊長は、気付いた。

自決装置に伸ばした手を動かせないことに。どころか四肢を動かせないことに。

い、い、い、い、い、い、い、い、い、い、い、い、い、い、い
斬られたことに気付かなかったことに、気が付いた。

「フィンから話、聞いた」

男の背後で、少女が抑揚なく告げる。

「『爆発《ばくはつ》』なんて、させない」

現実を受け止め、男の手足から血が噴き出す。

(手足、斬られて――爆弾に触れず斬撃を――自爆できな、い――)

走馬灯のごとく脳内で単語が駆け巡る悪の眷族は、正《ただ》しく状況を理解し、時を止める。

顔色一つ変えず、針の穴を通すほどの精密斬撃を一瞬で繰り出した少女に、戦慄《せんりつ》した。

「――ば、馬鹿《ばか》なっ」

どしゃっと音を立てて、最後の敵兵が崩れ落ちる。

激しい戦闘の音が鳴り止《や》む。

辺り一面に広がる瓦礫の海には、凪のような静けさだけが横たわった。

「終わり……」

自身の身の丈ほどもある愛剣《デスペレート》を振り鳴らし、血を飛ばして、アイズが背の

鞘に収めた――――次の瞬間、ドゴッッ!!　と。

「ふぐっ⁉」

凄《すさ》まじい拳骨《げんこつ》が、脳天に叩き落とされた。

「終わり、ではない、馬鹿者！　今のオラリオはダンジョンより危険な戦場と化しているっ！迂闊《うかつ》な真似はするな！」

怒りの形相で雷《いかずち》のような声を浴びせるのは無論、リヴェリアだった。

何を言っても聞かなかったお転婆娘に、説教を行う。

「痛い……」

アイズはというと、頭を両手で押さえ、涙目でリヴェリアを睨んだ。

戦場での活躍が嘘《うそ》だったかのような年相応の仕草で。

主神《ロキ》がこの場にいれば「涙目の幼女愛くるしぃぃー！　お持ち帰りやー！」などと騒いでいただろう。

「そんな目で睨んでも無駄だ！　どうして私の言うことを聞かなかった、アイズ！」

無論の無論、そんな少女の反逆などリヴェリアには通用しない。

今にも長い翡翠《ひすい》色の髪が揺らめきそうな彼女に、怯えるアイズは睨むのを止めて、ぽそぽそと言う。

「……全員、私一人で倒せたから……」

「お前というやつは……！」

「……それに、リヴェリア、怪我してる」

「!!」

その言葉に、リヴェリアは動きを止めた。

長杖《ながつえ》を持ち、今も武装している彼女の体には、どこかのドワーフと同じように包帯や綿布の治療痕が痛々しく残っている。第一級冒険者に見合う翡翠《ひすい》の外套《がいとう》と白と黒を基調にした魔法衣──《師境《しきょう》のエルフ・モンタント》もまた、魔女戦《アルフィア》の損傷《ダメージ》を修繕しきれていない。

その姿を見上げながら、アイズは子供心のまま言った。

「だから、私がやらなきゃって……そう思った。リヴェリアが、苦しいのは………嫌」

そこには確かに愛があった。

家族《ファミリア》を想《おも》い、労らんとする『親愛』が。

まだ幼い少女は口数が少なく、表情も乏しい。

だから、胸の中のありのままの気持ちを差し出す。

動きを止めていたリヴェリアは、一度目を瞑り、ややあって地面に片膝《ひざ》をつく。

「……アイズ、その気持ちは嬉《うれ》しい。だが、私もお前と同じ思いだということを、忘れないでくれ」

まだ小さい少女と目線を合わせながら、一言一言を噛《か》みしめるように告げた。

リヴェリアの翡翠《ひすい》の瞳が、アイズの金の瞳と視線を絡《から》める。

「私も、お前が傷付けば悲しい。自分のこと以上に」

「……うん。わかった、リヴェリア」

言葉を交わし、頷く。

彼女達の姿は何てことのない、絆《きずな》で結ばれた、ただの母子のようだった。

「こっちに来い。血を拭く」

「んっ……」

刺《とげ》のなくなった声色に、もう怒っていないと悟ったのかアイズはとことこと近付いた。

白く清潔な布《スカーフ》で顔を拭われ、素直な猫のようになされるがままになる。

目を瞑《つむ》りながら丸い頬をむにむにと変形させるアイズに、思わず微笑していたリヴェリアは
──赤く染まる布《スカーフ》を見て、すぐに笑みを消した。

「アイズ……血の臭いに、慣れるな。……人を斬ることに、抵抗をなくすな」

憂いを宿す睫毛《まつげ》とともに、リヴェリアは僅かに目を伏せる。

「相手はモンスターではなく、同じ人だということを、忘れるな……」

それは聡明で気高い彼女には似つかわしくない、哀願にも取れる響きを帯びていた。

顔を拭われたアイズは、すぐには答えなかった。

言われたことがよくわからなかったのかもしれない。

ただ透明な瞳でリヴェリアを見つめ、口を開いた。

「ねぇ、リヴェリア……どうして、人同士で、殺し合ってるの？」

「……！」

リヴェリアの双眸が見開かれる。

「闇派閥《イヴィルス》の話、知ってる。前から、聞いてた。でも……私達が戦う相手は、他にいるよ？」

無垢《むく》な目は、ありのままの事実を問うた。

「私達の敵は、モンスターじゃないの？」

崩れた都市の廃墟の一角に、冷たい風が過ぎ去る。

黙りこくっていたリヴェリアは口を開いて、認めた。

「……ああ、そうだな。お前の言う通りだよ、アイズ……」

子供の尋ねる『正しさ』が間違っていないとわかっていながら、現実を何も変えられない大人のように、ハイエルフは天を仰いだ。

「愚かなまでに……我々は、同胞の血を流し合っている」

一章

石の味

ASTREA RECORDS
evil fetal movement
Author by Fujino Omori Illustration Kakage
Character draft Suzuhito Yasuda

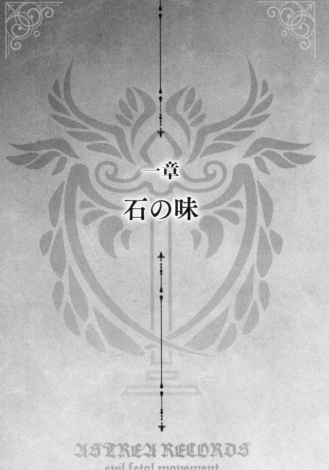

暗雲に塞《ふさ》がれ、空は一向に晴れることはない。

火の手は全《すべ》て鎮火されたものの、立ち昇る幾筋もの煙が上空へと吸い込まれ、曇天《どんてん》との境目を消しているかのようだった。

翼を広げる鳥の姿も、今はどこにも見えない。

「……これで終わりか？」

酷《ひど》く嗄《か》れた声で、小人族《パルゥム》のライラは尋ねた。

水を欲している喉《のど》から声を絞り出す彼女に、水筒代わりの精神力回復薬《マジック・ポーション》を投げながら、輝夜《カグヤ》は肯定する。

「ああ、もう人の気配は感じない。いたとしても、物言わぬ屍《しかばね》だ」

最後の重傷者を運んだ仲間達《リャーナ》が、やはり疲労を隠せない顔で戻ってくるのを横目に、ヒューマンの少女は桃色の髪の小人族《パルゥム》に告げてやった。

「……酷い顔だぞ」

「鏡、見せてやろうか？　お前もひっでぇ不細工な面《ツラ》してるぜ」

それに対して、ライラは軽口を叩《たた》いてやった。憔悴《しょうすい》した顔に無理矢理笑みを浮かべて。

『大抗争』から夜通しでの人命救助。

他の冒険者、治療師《ヒーラー》、ギルド職員、あらゆる職種の者が不眠不休で働き続けていた。【アストレア・ファミリア】も例外ではない。むしろ秀でた力を持ち、『正義』のエンブレムを掲げる少女達は、いかなる派閥よりも奔走していた。

肉体の負担は大きい。

しかしそれよりも『心』を消耗している。

数日前まで賑やかとは言わずとも、秩序が保たれていた大通り。今やそこは荒れ果てた瓦礫の山と化していた。それを眺める正義の眷族達は重々しく口を閉ざしてしまう。

しばし立ちつくしていたライラは、酒をあおるかのように、残り最後の精神力回復薬《マジック・ポーション》──傷や体力を回復させる道具類《アイテム》は要救助者に全てつぎ込んだ──を飲み、乱暴に口もとを拭った。

「ネーゼ、疫病の対策は？」

【ファミリア】の団長であるアリーゼは、毅然《きぜん》と指揮を執っていた。

溜《た》まっている疲労感をおくびにも出さず、意志の力で平時《へいじ》の声を保つ。

「ディアンケヒトの連中が各区画に防病剤《やくざい》をばら撒《ま》いたらしい。あと、腕っこきの『聖女』がいるから、もう問題ないって……」

「『聖女』……ああ、あのお人形みたいな小さい女の子のことね。わかった、この一帯の人命救助は終わり。引き上げるわ」

疲れを引きずりつつ報告する獣人のネーゼに、アリーゼは頷《うなず》きを返した。

他の団員達にも声をかけて、荒れ果てた戦場跡地から撤収する。

「シャワーを浴びてえ。あったけえスープを飲みてえ。そして寝てえ」

「最後のは叶《かな》わん。補給を済ませたら、すぐ巡回だ。至る場所で闇派閥《イヴィルス》が悪さをしている」

固まって移動する【アストレア・ファミリア】の中で、ライラと輝夜《カグヤ》が互いの顔も見ることなく、力なく言葉を交わす。

歩んでいく道もまた、惨憺《さんたん》たるものだった。

風通しが良くなった建物は壁や天井《てんじょう》が抉れ落ちており、巨人や竜が暴《あば》れ回ったと説明された方がまだ納得もいく。壊れた木造の柱や樽《たる》だけでなく、部品を散乱させて『魔石』の輝きを散らす街灯など、多くの魔石製品が砕けた石畳の上に転がっていた。常人であれば移動するのも骨が折れるほど、足場が悪い。

冒険者といえども、疲れ果てた今の状態では踏み越えるのも億劫になる中、ライラは転がっている魔石灯の鋭利な破片を、子供のように道の端へと蹴《け》りつけた。

「超人じみた冒険者だからって、死んじまうぜ。まったく、こちとらヤベエ大抗争《たたかい》から碌に休んでねえんだぞ」

輝夜《カグヤ》が言葉を返さなくなっても、ライラの悪態は続いた。

それに苛立つ者も、やかましいと叫ぶ者も、いなかった。

他の団員達は気付いているからだ。

ライラの無駄口が、自分達の心を守っていることを。

ダンジョンで窮地に立たされた時も、ライラはどうでもいいことを延々と喋《しゃべ》る。パーティの間に流れる沈黙を決して許さない。

それは冒険者の『知恵』だ。

消耗した肉体につられ、塞ぎ込《こ》もうとする精神に少しでも水をやろうとする彼女の補助《フォロー》だ。

【ファミリア】の中で最も非力な小人族《パルゥム》の少女が、自分に課している役割でもあった。

口には出さなかったが、ネーゼ達はライラに感謝した。

今まで味わったことのない未曾有《みぞう》の苦境の中でも、いつも通りであろうとするライラの姿に、僅かでも助けられて、小さな笑みを浮かべることができた。

「…………」

しかし、リューだけは違った。

一人、誰《だれ》よりも暗鬱《あんうつ》とした顔で、エルフの少女はうつむいていた。

「……リオン。下を向いちゃダメよ。何か喋らなきゃ、駄目」

アリーゼは歩み寄り、そっとリューの肩に手を置いた。

「貴方、あれからずっと塞ぎ込んでる。……そのまま溜め込むと、いつか爆発《ばくはつ》するわ」

「…………」

「もう仮設のキャンプにつく。一度そこで――」

無言しか返せないエルフに声をかけていた、その時だった。

あたかも壁を築くように、オラリオの住民達がアリーゼ達の前に立ちはだかったのは。

「なんだよ、お前ら……？」

ライラが口を開くが、戸惑いを隠せない。

アリーゼが言っていた仮設キャンプから、まるで幽鬼のようにぞろぞろとやって来た男と女は、口を真一文字に引き結んでいた。

そして、リュー達を仇のように睨《にら》みつけていた。

「……【アストレア・ファミリア】は、正義の派閥じゃなかったのかよ？」

誰かが、呟いた。

小さな声は、しかし大きな感情のうねりへの切っかけとなる。

「みんなを、助けてくれるんじゃなかったの……？　みんなを、守ってくれるんじゃなかったの⁉」

絹を引き裂くかのような叫び声を上げたのは、若い獣人の女性だった。

わなわなと肩を震わせていた彼女は、瞳《ひとみ》に涙を溜めて、行き場のない情緒を爆発させた。

「嘘《うそ》つき！　あの人を返してぇ！」

「「「‼」」」

その『糾弾《きゅうだん》』に、リューが、アリーゼが、輝夜《カグヤ》が、ライラが。

【アストレア・ファミリア】の団員達が、双眸《そうぼう》を大きく見開く。

次の瞬間、感情の留め具を弾けさせた民衆が、石が投げ始めた。

「みんな死んじまった！」

「ふざけんな！」

「冒険者だろう！」

「何とかしろよ！」

「どうしてこんな目に遭わないといけないいんだ！」

「何が正義だ‼」

「お前達のせいだ！」

容赦のない礫《つぶて》とともに投げつけられるのは怒りと、悲しみだった。

石の雨が降りそそぎ、罵詈雑言《ばりぞうごん》が【アストレア・ファミリア】を打ち据える。

民衆の不満と、絶望の爆発。それはリュー達の与《あずか》り知らないフィン達の懸念であり、今のオラリオが避けようのない『恐慌』そのものだった。家族、伴侶、住居、財産、生きてゆく支えを失った瞬間、人間はどうしようもなく不安定となり、それは時に理不尽の発露となって感情を暴走させる。戦ってくれた味方――けれど守っ、て、い、い、な、か、っ、た冒険者に、こうして恨みをぶつけてしまうほどに。

ライラ達が咄嗟《とっさ》に腕で顔を庇う中、リューは呆然《ぼうぜん》と立ちつくしていた。

「……なんだ、それは。……なんだ、この仕打ちは！」

やがて肩を、手を、唇を、激昂の炎で燃やす。

「これが戦った者に対する返礼か⁉　私達だって……大切な者をっ、友《アーディ》を失ったのに‼」

溜め込んでいた衝動を、アリーゼが危惧《きぐ》していた通り、とうとう爆発させてしまう。

しかしそれでも、返ってくるのは冷たく苦い石の味。

敗れた『正義』に対する無情の指弾。

戦った者の言葉は、守られていた者に届かない。

あまりにも理不尽で残酷な行いに、『無償の正義』なんて言葉を忘れそうになる。

「貴様等……！」

怒りで顔を染め上げるのはリューだけではなかった。

輝夜《カグヤ》を始めとした団員達も我慢ならず、それぞれの得物に手を伸ばしかける。

鯉口《こいぐち》を切り、威嚇も含めて石の雨を切り払おうとした輝夜《カグヤ》だったが——そんな彼女を制止する影があった。

リュー達の中から歩み出した、アリーゼである。

「団長？　待て、いま近付いては……！」

驚愕《きょうがく》する輝夜《カグヤ》の言葉を置いて、赤髪の少女は顔も庇わず石の雨の中を歩んでいく。

そして当然のように、礫の一つが彼女の額に命中した。

「あ……！」

鋭い石の破片は、アリーゼの額を切った。

流れ落ちる生々しい血の色に、石を当ててしまった獣人の女性の方が怯《おび》える。

アリーゼは彼女に何も言わず、ただ、次の言葉を告げた。

「――――ごめんなさい」

何の意図もない、純粋な謝罪。

石を握っていた亜人《デミ・ヒューマン》達は罵声を失って、固まった。

「私達の力が足りなかった……貴方達の家を、大切な人を、守れなかった……」

「「「……!!」」」

「本当に、ごめんなさい」

感情という名の竈《かまど》に火が投げ込まれていた民衆は、水を浴びせかけられたかのように、一瞬だけ静寂を帯びる。

呻《うめ》く者、顔を歪《ゆが》める者、後ろめたさを宿す者。

懺悔《ざんげ》にも似た少女の言葉に怒りの行き場を見失い、僅かだけでも冷静さを取り戻す。

少女が誰よりも、少女自身のことを許していないことが、明白であったから。

「アリーゼ……」

その光景に、リューは言葉にならなかった。

輝夜《カグヤ》も、ライラも、アリーゼだってあの地獄のような戦いの中で、懸命に奔走した。

こぼれ落ちた命以上に、多くの者を救ったのだ。

そんな彼女が責められ、自らを許そうともせず、謝罪する姿を晒《さら》している。

こんなものは報われない。

他者のために力をつくした者の行きつく場所が、弾劾と自責の檻《おり》なんておかしい。

そんな不条理があっていいのか。


『見返りを求めない奉仕ってさぁ、きついんだよ。すごく』

『俺《おれ》から言わせればすごく不健全で、歪《いびつ》。だから心配になっちゃって』


かつて告げられた『邪神』の言葉が、今この時、道化の声音のごとく脳裏に蘇《よみがえ》る。


『君達が元気な今のうちは、いいかもしれない』

『でも、もし疲れ果ててしまった時、本当に今と同じことが言える？』


己《おのれ》を苛む声に思わず息を詰まらせてしまう。

そして、リューが不条理だと思うのと同じように、アリーゼの謝罪を、どうしても受け入れようとしない者がいた。

「……ごめんなさいじゃあ、ないわよ……」

生ける屍《しかばね》のように。

おぼつかない足取りで、群衆の中から歩み出るのは、ヒューマンの女性だった。

「貴方達のせいで、あの子はっっ——!!」

灰と煤で汚れた顔を怒りに歪め、飛びかかるように、アリーゼの頬《ほお》を叩いた。

アリーゼが瞠目《どうもく》する。

リューは息を呑《の》む。

女性は憤激とともに吐き捨てる。

「まだあんなに小さかったのに、あの子はぁ……!!」

「お、おい、やめないか！　冒険者様になんてことを……！」

感情的《ヒステリック》な声を散らしながらアリーゼに摑《つか》みかかろうとした女性は、慌てて背後から腕を回す男性に止められた。夫婦なのだろう。

同じヒューマンの夫は、妻を押さえながら、言い聞かせようとする。

「リアは一度、彼女達に救ってもらってっ……」

言い聞かせようとして、言葉が続かなかった。

「救って、もらったのにっ……！」

言葉の代わりに目に浮かんだのは、大粒の涙。

「あぁっ、どうして……!!　うぅぅ……あぁぁぁぁあ……!!」

込み上げる悲愴《ひそう》に屈するように、妻と一緒に、その場に泣き崩れる。

呆然とする【アストレア・ファミリア】の中で、アリーゼと、そしてリューだけが気付いてしまった。

「あ――――」

嗚咽を漏《も》らす女性が歩み出てきた、その奥。

まるで墓石のような瓦礫の上に置かれた、真《ま》っ赤《か》な血を浴びた熊の縫包み《テディベア》の存在に。

「……あれは……まさか……」

記憶が濁流となって頭の中を駆け巡る。

血濡《ぬ》れの熊の縫包み《テディベア》が、夕暮れの光景を喚起する。

――あ、【アストレア・ファミリア】だぁ！

――うん！　おねえちゃんが助けてくれた、リアだよ！

アリーゼとリュー達が救った、『リア』と名乗った少女は、あの血濡れの熊の縫包み《テディベア》と同じものを持っていなかったか。

――嗚呼《ああ》、冒険者様、あの時は本当にありがとうございました……！

あの日、確かに自分達に感謝していた彼女は――リアの母親は、今、なぜ激怒して、滂沱《ぼうだ》の涙を流しているのか。

あの無邪気な少女は一体、今はどこにいるのか。

それらの疑問が意味するところに気付いてしまったリューは、全身を氷に変えた。

(私達は……一、度、は、守、っ、た、者、で、す、ら、……)

世界が捻じ曲がる。

心が歪《いびつ》にずれる。

視界が灰色の渦に呑み込まれる。

その時リューは、多くの命を奪った大抗争《たたかい》を憎むより先に、己の無力を呪い、打ちひしがれることしかできなかった。

そしてそれは、知己《アーディ》を失った時と同じ、岩漿《がんしょう》のように焼けるような悔恨である。

今までずっと封じ込めていた、どうしようもない『怨嗟《えんさ》』だった。

「ああ…………あぁぁぁぁぁぁぁぁぁ…………!!」

砕ける音がした。

既に罅《ひび》だらけで、ボロボロだった『正義《モノ》』が、砕け散る音が。

その決定的な音を聞いた瞬間、張り詰め続けていたリューの意識は、断ち切られた。

鈍い音を立てて、華奢《きゃしゃ》な体がその場に倒れ伏す。

「おい、リオンっ？　リオン⁉　ああっ、くそ！　お前等、リオンを運べ――!!」

かすかに聞こえるライラの叫び声。

駆け寄るアリーゼ達の足音も遠い。

そして、リューの意識が闇に包まれる直前。

『君達の『正義』とは、一体なんなんだ？』

何も答えることのできない囁《ささや》きが、残響した。

最初、それが『夢』だとはわからなかった。
あまりにもその夕暮れは鮮やかで、泣きそうになるくらい眩しかったから。
稲穂が揺れ、黄金の麦畑が広がっている。
香りはどこか懐かしい。
風は涼しかった。
麦と同じ色に染まる空。
天と地の境界が曖昧になるくらい、どこまでも金色《こんじき》の地平線が続いていた。
けれど。
『夢』だと受け入れるしかなかった。

夕焼けの光景の奥、黄昏の光を背にしてたたずむ、『彼女』の姿を見たから。

リオン――。

揺れる薄蒼色の髪。

もう二度と聞くことのできない、少女の声。

手を伸ばすこともできず、目を見開くことしかできない自分《リュー》に。

陰がかかって顔も碌に見えない『彼女』は、確かに唇を動かした。


リオン、正義は――。


今の自分《リュー》に、その言葉の続きを聞くことはかなわなかった。

全ての光景が遠のいて、幻想から弾《はじ》き出《だ》されるように、ここではない現実《どこか》へ飛ばされる。

自分《リュー》にできたのは、咄嗟に喉を震わせ、『彼女』の名を叫ぶことだけだった。

「──アーディ!!」

毛布を跳ねのけ、飛び起きる。

伸ばした手は何も摑めない。

ただ虚空をさまよい、全ては夢だったことを教えてくる。

放心していたリューは、力を失った腕を、だらりと足の上に垂れ落とした。

うつむくことしばらく。

虚《うつ》ろな空色の瞳は、ようやく辺りを見回す。

「………ここは?」

見覚えのある椅子《いす》に机。

自分が寝かされているのも、何度も座ったことのある長椅子《ソファー》。

視界に映る室内をぼうっと眺めていると、

「私達《わたし》の本拠《ホーム》だ」

すぐ側から答えが落ちてきた。

リューが顔を上げると、そこに立っていたのは着物を纏《まと》った少女《ヒューマン》だった。

「輝夜《カグヤ》……」

こちらを見下ろす瞳と視線を交わしていると、次第に記憶がはっきりとしてくる。

民衆に石を投げられ、失意のまま意識を絶った後、リューは【アストレア・ファミリア】の本拠《ホーム》『星屑の庭』――この団欒《だんらん》室に運び込まれたのだろう。

惨めな姿を晒した自分に忸怩《じくじ》たる思いを抱き、そして手を煩《わずら》わせただろう彼女に後ろめたいものを覚えていると、輝夜《カグヤ》はまるで普段と何も変わらないように、鼻を鳴らした。

「ようやく起きたか。立て。準備を済ませろ」

長椅子《ソファー》の上で上体を起こすリューに別状がないことを確認し、淡々と告げる。

「闇派閥《イヴィルス》の襲撃が続いている。ネーゼ達はもう出た。私達もいくぞ」

その言葉の羅列には、事実以外の情報は何も存在しなかった。

整った少女の横顔も、いっそ憎らしいほど泰然としていた。

リューは一度、黙りこくった。

「…………どうして」

だから、唇の隙間《すきま》から疑問の破片がこぼれ落ちた。

部屋を出ようとしていた輝夜《カグヤ》は、怪訝な表情でこちらに振り向く。

「なんだ？」

「……どうして、あんなことがあったのに、平然としていられる？」

一度問いかけてしまうと、もう止まらなかった。

「多くの者が亡くなったのに……一度は救った命さえ奪われたのにっ……それを責められて、石を投げられたのに！」

箍《たが》が外れたように、沢山の『どうして』が喉から迸《ほとばし》る。

感情が昂《たかぶ》り、声に熱を帯びていき、ぶつけるように輝夜《カグヤ》へ叫んでいた。

「アーディが死んだのに!! どうして、そんな顔をしていられる！」

叫喚が部屋の中に響き渡る。

静寂はすぐにやって来た。リューの乱れた息の音だけがこぼれ落ちていく中、輝夜《カグヤ》は何をするわけでもなく、エルフの少女を見つめ返す。

「………………はぁ」

ややあって、室内に大きく響く溜息《ためいき》をこぼした。

「ぶぁ〜〜〜〜〜かめ」

「なっ……!?」

「『正義』を名乗る時点で、批判、中傷、叱責……そして『犠牲』など、覚悟して然《しか》るべきものだ」

間延びした嘲弄《ちょうろう》が、いつも文句を交わす時と同じように――しかし普段にはない物静かな語気を伴って――空色の瞳に投げかけられる。

時を止めるリューに委細構わず、輝夜《カグヤ》は突きつけた。

「私達はみな、覚悟していた。お前だけは、覚悟していなかった」

「っっ――!!」

「私達《わたし》の中で最も遅く入団したお前が、もっとも腹を括れていなかった。それだけのことだ。エルフのリュー・リオン」

リューは途方もない衝撃に襲われた。『現実』に打ちひしがれた、でもいい。

思考に空白が刻まれる彼女を前に、輝夜《カグヤ》は言葉を続けた。

その表情を、初めて悲しげなものに変えながら。

「私《わたし》は常に言っていたぞ、愚か者。全てを守ることも、全てを救うことも不可能だと……」

それは九日前。

18階層で、顔無し《ヴィトー》率いる闇派閥《イヴィルス》による『冒険者狩り』があった時のこと。

『つけ上がるな、間抜け。英雄でも気取っているのか？　未熟な今の私達が、全てを救えるわけないだろうに』

冒険者の犠牲者を出し、悔やむリューに対し、輝夜《カグヤ》はそう冷然と告げたのだ。

「あ……」

当時の光景を思い出して呆然とするリューの前で、輝夜《カグヤ》は視線を下に落とし、今も腰に佩《は》いている刀の鞘を左手で触れる。

「今の状況が堪《こた》えていないわけがなかろう。しかし、あらかじめ覚悟していたなら、受け止めることはできる」

輝夜《カグヤ》の至極明快な答えに、衝撃から立ち直れないリューは直ちに言葉を返せない。

だが、冷えた体に血がじわじわと巡っていくように思考が動き出し、鼓動がどくどくと嫌な音を鳴らすようになると、我慢できずに声を放っていた。

「ばかな……馬鹿《ばか》な！　あらかじめ犠牲を見据えた覚悟など、そんなものを『正義』と呼んでいい筈《はず》がない！　少なくとも、アストレア様が掲げる『正義』は違う！　あの方が導こうとしている『正義』は……そんなものじゃない‼」

リューの反論に、輝夜《カグヤ》は己の答えを撤回しない。

少なくとも道理を押し通せるほどの『力』を自分達は持っていないのだと、少女の眼差《まなざ》しは告げていた。

今の自分達にとって、リューの言う『正義』はただの絵空事で、夢物語だと。

「『現実』を見ろ。『世界』というものを知れ。誰しも『選択』する日を迫られる。……そう言っても、今のお前には届かんな」

そして、その顔に浮かぶのは嘲笑《ちょうしょう》ではなく、憐憫《れんびん》だった。

「どれだけ強くとも、やはり私達の中で、お前の心が最も弱い。お前は潔癖で……青過ぎる」

リューは気付けない。

その哀れみは、自分が手放したものを眩しく思う羨望《せんぼう》と表裏であり、それと同時に妖精《エルフ》の『危うさ』を危惧する心配でもあることを。

友を喪い、余裕を失い、乱れる情緒を律することのできない今のリューでは、気付けない。

「……っ！　輝夜《カグヤ》ぁ‼」

見下されたのだと激昂し、長椅子《ソファー》から体を剝《は》がして、ヒューマンの少女に摑みかかる。

胸ぐらを摑まれた輝夜《カグヤ》は表情一つ変えない。抵抗の一つもしない。

急に立ち上がってふらつきかけるリューを柱のように受け入れながら、彼女の怒気さえも正面から受け止める。

行き場を違《たが》えているリューの怒りは、音を立てて、椅子を床に転がした。

「輝夜《カグヤ》！　何をやってるの⁉」

その音を聞きつけ、団欒室に入ってきたのは、アリーゼだった。

輝夜《カグヤ》とともに、寝込むリューの様子を代わる代わる看て、今は体を休めていたのだろう。

喧嘩《けんか》もかくやという二人の間に割って入り、引き離す。

「リオンも起きたばかりなんだから落ち着いて──」

アリーゼが肩に手を置くより先に、リューはぐっと唇を歪め、驚く少女の胸に縋りついた。

「アリーゼ……教えてください……。貴方も『犠牲』を覚悟していたのですか……？」

震える目で、すぐ近くにあるアリーゼの瞳を見上げる。

「『しょうがない』と言って、友の死を切り捨てられるのですか！」

若葉色の双眸が見開かれる。

「アリーゼ、お願いっ、教えて……！　我々が追い求める『正義』とは、何なのですか⁉」

それは冒険者の鎧《よろい》も、エルフの矜持も失った、丸裸のリューの言葉だった。

ただの少女の慟哭《どうこく》だった。

己の最も弱い部分を晒すリューの姿に、アリーゼは動きを止め、瞼を下ろす。

時計の音だけが無機質に響く中、ややあって、瞼を開いた。

「……ごめんなさい、リオン」

彼女が行ったのは正々堂々、己を偽らず、答えることだった。

「今の貴方を納得させられるだけの答えを、私は持っていないわ」

今の自分にとって、何よりも無慈悲なその言葉に、リューは絶望した。

大陽のような少女に抱く、初めての失望でもあったのかもしれない。

「……っ!!」

目を子供のように歪め、眦《まなじり》に光るものを溜めながら、次には駆け出していた。

アリーゼ達に背を向け、部屋を後にする。

「リオン！」

扉を開け放ち、本拠《ホーム》からも飛び出し、背中を叩く輝夜《カグヤ》の一声を振り払う。

腕を振り、何度も顔を拭うリューは、壊れた通りを走りながら叫んでいた。

「違うっ、違うアリーゼ！　私は、謝ってほしくなんかなかった！」

無残な瓦礫の山と、無様な自分を見下ろしてくる灰の空に、無秩序の思いをぶちまけては曝け出す。

「そんなことはないと、否定してほしかった！　いつものように笑って――私の手を、引っ張ってほしかった！」

寄る辺を失ったリューは、走った。

衝動の言いなりとなり、星の導きを失った暗い都市の中へ、消えていった。


「……団長。馬鹿正直に答え過ぎだ」

リューがいなくなった直後。

子供のように泣いていた後ろ姿を追えなかった輝夜《カグヤ》が、苦いものを口にするように皺を眉間に集める。

「あの未熟者では、受け止めきれん。……私が落として、貴方も落としてどうする」

それは役割と適所を訴える、非難に届かない苦言だった。

【ファミリア】の副団長としての訴えに、アリーゼは目を伏せる。

「……いつも通りにしなきゃいけないって、わかってる。こんな時こそ笑って、声を上げて、自分に正直にならないとって」

でも、と続け、その赤く美しい髪を儚く揺らした。

「自分に正直になるなら、今のリオンに嘘なんかつけなかった。ううん……私が嘘をつきたくなかった」

心の奥の思いを吐露するアリーゼに、輝夜《カグヤ》は口を閉じる。

沈黙だけが彼女達の間に横たわっていると、ぎぃぃ、と。

木が軋む音とともに、一人の少女が部屋の扉に寄りかかった。

「景気が悪《わり》い声を出すなよ、二人揃《そろ》って。ったく、残ってて正解だったぜ」

「ライラ……」

桃色の髪を揺らす小人族《パルゥム》の少女は、アリーゼ達のもとから消えた笑みの代わりのように、飄々《ひょうひょう》と自分の唇を曲げていた。

「アタシがリオンを追う。後はそうだな、輝夜《カグヤ》も来い。二人で見回りっていう体《てい》なら迷子探しも格好がつくだろ」

「なら、私も……」

「お前はノイン達の指揮をとれよ、団長」

アリーゼの言葉を遮《さえぎ》り、ライラは笑みを投げかける。

「そんで、アタシ達が帰ってくるまでに『いつものお前』に戻っとけ」

「同感だ。真面目《まじめ》腐った顔は、貴方に似合わない」

輝夜もまたライラに倣う。

二人の笑みを前に、アリーゼは動きを止めた。

「ライラ、輝夜……」

今日まで自分を支え続けてくれたライラ達に、アリーゼは信頼を返すように、素直に従った。

アリーゼも含め、彼女達は【ファミリア】の中でも古参組。

「――んっ、わかったわ！　頬にビンタね！」

代わりに、自分の頬へ左右に一度ずつ、手の平を見舞う。

「リオンへの『正義』の答えを用意して、闇派閥の前で高笑いしておくわ！　清く正しく美しい後光を背負って！」

「そこまでは言ってねえよ。……じゃ、後は頼んだぜ。リオンのことは任せろ」

すっかりいつもの調子に戻ったアリーゼに、ライラは苦笑した。

目線で促す輝夜に頷きを返し、そのまま部屋を出る。

そして。

「……」

去っていく彼女達に手を振り返していたアリーゼは、浮かべていた笑みを消した。

邪悪に呑み込まれ、正義はまだ見えない。

ばしゃばしゃと、驟雨《しゅうう》がもたらした水溜りを蹴り荒らす。

行く宛もないリューは走り続けていた。

夜はまだ遠い筈なのに、雲に塞がれた空は宵《よい》のように薄暗い。

あの凄惨な『大抗争』から避難を済ませ、人の気配が感じられない街は、リューに孤独を押し付けるのに十分だった。

間もなく、麻痺していた精神が体力の消耗を受け入れ、足を鈍くさせていく。

「はぁ、はぁ……無様だ……」

肩で息をするリューは、本拠《ホーム》から遠く離れた南西地区で、ようやく足を止めた。

火の爪痕《つめあと》と雨の足跡が残る街並みを、見るともなく眺めながら虚無感に浸る。

「衝動の言いなりになって、子供のように駆け出して……アリーゼに、あんなことを言って……こんなこと……何の意味も……」

どんなに走っても、後悔しても、胸に抱える重みが消えることはない。

そんな時だった。

「人員、集まったか！　今より指示を出す！」

凛然とした声が周囲に響き渡ったのは。

驚いたリューは、引き寄せられるように通りの曲がり角へ赴き、声の主《あるじ》を視界に収めた。

「現在、人手が圧倒的に足りない。負傷者の看護、亡骸の処理、そして市民の対応は、全てギルド職員や有志の者に任せる！」

声を淀みなく紡《つむ》ぐのはシャクティだった。

都市の憲兵【ガネーシャ・ファミリア】の団長である彼女は、正面に整列する団員達に指揮の声を放ち続ける。

「我々は対戦闘――闇派閥《イヴィルス》の迎撃に全力を傾注する！　戦える者はみな、群衆の盾となれ！」

「「「はっ！」」」

団員達が一糸乱れず声を返す。

その光景にリューは胸を打たれる思いだった。

「シャクティ……実妹《アーディ》を失って、彼女も辛《つら》い筈なのに、毅然《きぜん》と指揮を……」

リューと負けず劣らず、その胸中は深い傷を負っている筈だ。

だとしても下を向かず、やるべきことに従事するシャクティを心から尊敬する。

そんな彼女と無様な自分を見比べ、悄然《しょうぜん》な思いを抱いていると、

「先に言っておく！　敵に情けをかけるな！　アーディのような愚行を犯すな！」

「――なっ」

飛び込んできた声に、耳を疑った。

「アーディはその甘さ故《ゆえ》に死んだ！　奴《やつ》は敵も味方も救おうとし、その結果自らの死を招いた！　これを愚挙と言わずして何と言う！」

シャクティは止まらない。

むしろ怒号にも聞こえる声音とともに、団員達を睥睨《へいげい》する。

「敵は自爆行為に躊躇《ちゅうちょ》がない！　捕縛は不可能と判断した場合、速やかに撃破に移れ！　お前達が同じ轍《てつ》を踏むことは許さん！」

「「「……了解!!」」」

「よし、行け！」

一拍の間を置き、男女の団員達は声を揃えた。

シャクティの号令とともに都市の各所へと散っていく。

その光景に、リューは。

「シャクティ……」

信じられないものを見たかのように、ふらついた足取りで、一人残る彼女のもとへ近付いた。

「……リオンか。どうした、一人か？　単独行動は危険だ、早くアリーゼ達のもとへ――」

「今の言葉は、どういうことですか……」

「………」

「アーディが……甘かった？」

「………」

「彼女の死が……愚かだった⁉」

そこが感情の発火点だった。

リューは眦《まなじり》を裂いて、叫び声をまき散らす。

「違う！　アーディは優しかった！　誰よりも『正義』を尽くそうとしていた！　みんなが笑い合える光景を模索していた！」

「………」

「あの時だって、幼い子供を守ろうとした！　彼女は小さな命を救おうとしてっ――‼」

怒りの形相を浮かべて詰め寄るリューに対し、終始無言だったシャクティは、口を開いた。

「そして、死んだ」

「――っっ⁉」

冷たい双眼だった。

射竦《いすく》められるようにリューが動きを止める中、シャクティは両の眉《まゆ》を逆立てる。

「たとえ幼子だろうと、敵を救おうとしたがために、あいつは『貴重な上級冒険者の数』を減らした。我々の足を引っ張った」

それは妹の『愚行』を責める響きすらあった。

衝撃に打ちひしがれるリューに、なおも彼女は続ける。

「以前から、私はあれに注意していた。その場その場で慈悲を恵むなと。我々は……決して神ではないとな」

それは全ての者を救うことはできないと知る者の言葉だった。

だからこそ『秩序の番人』となった者の覚悟でもあった。

「以前のスリの報告は聞いた。リオン、お前も当初、アーディの『綺麗事《きれいごと》』には反発していた筈だろう？」

「それ、は……」

「今のオラリオの中で『綺麗事』は許されん。団員達を死なせないためにも、私はそれを徹底する。『反面教師』を用いてでもな」

よろめき、呻いて、掠れた声しか絞り出せないリューに対し、シャクティはあたかも咎めるように言葉を連ねる。

そして『反面教師』という単語に、リューの手が痙攣《けいれん》した。

「この難境を乗り越えるため、実妹《アーディ》の死さえ利用する……。それが、今の私の『正義』だ」

再び、砕ける音がした。

リューの心が罅割れ、真紅《しんく》を伴わない玻璃《はり》の血が流れ出す。

信じていた『正義《モノ》』など最初からなかったように、無数の破片となって、幻のように崩れていく。

「それが、『正義』……？　それも、『正義』？　嘘だ……嫌だ！　認めたくない、認められるものか!!」

後ろに後ずさりながら、リューは何度も顔を横に振った。

泣き出す子供のように顔を歪めながら、喉を震わせる。

「姉である貴方だけは、アーディのことをっ……！」

言葉の続きが、音になることはなかった。

黙りこくるシャクティが拒むように目を伏せた瞬間、リューの感情は矛先を失う。

「っっ────!!」

リューは再び、走り出した。

アリーゼの時と同じように。

『正義』の前から、逃げ出した。

走り去っていくエルフの少女の背中を、シャクティは遠い眼差しで眺めるのみだった。

足が地に縫い付けられたように、『妹』と重なる後ろ姿を追いかけることが、できなかった。

「シャクティ……」

どれだけ時間が経《た》っただろうか。

どこまで聞かれていただろうか。

水溜りを踏み鳴らし、象面を被った男神ガネーシャが、シャクティのもとに現れる。

「…………ガネーシャ。私は間違っているか？」

不意に呟かれた問いかけに、神は、すぐに答えなかった。

「姉である私だけは、アーディのことを……否定してはいけない。リオンの言葉が、正しいか？」

「…………」

リューが言いかけた言葉の続きを正《ただ》しく察しているシャクティに、先程までの『秩序の番人』たる面影はどこにもない。

リューと同じ、今も迷い続けている一人の女性が、そこに立っているだけだった。

「……死者の尊厳ではなく、生きる者の明日《あす》を願った。シャクティ、お前は選んだだけだ」

主神の言葉は何も間違っていなかった。

だからシャクティは、あらん限りに己の拳《こぶし》を握りしめた。

「ああ、そうだ。私は選んだ。犠牲を減らすために、あの子に向かって唾を吐いて！」

感情が高ぶっていく。

語気の勢いが止まらない。

己の無力に対する怒りが嘆きと喪失感、後悔と混ざり合い、境界を失って、シャクティの理性を溶かす。

「ガネーシャ、教えてくれ……！　私達は、あとどれだけ犠牲を払えばいい……！」

地面に向かって吠え続けていたシャクティは、顔を上げた。

目尻を歪めながら、星なんて何も見えない灰の空を仰《あお》いだ。

「あとどれほどの犠牲で、私はあの子に謝ることができる……！」

神が答えることはなかった。

眷族を見つめる男神《おとこ》は、ただ歯を食い縛っていた。

二章

迷える正義

ASTREA RECORDS
evil fetal movement
Author by Fujino Omori Illustration Kakage
Character draft Suzuhito Yasuda

巨大市壁を占拠され、女神《ロキ》の言う通り強制的な『籠城』を課せられるオラリオは、未《いま》だ混乱から脱せずにいた。

市壁に近付けば容赦なく爆撃を敢行する闇派閥《イヴィルス》から遠ざけるため、中央広場《セントラルパーク》ないし都市の中央区画に民衆を誘導する。抵抗する者も出たが、冒険者達は力づくで彼等《ら》彼女等《ら》を連行した。

さらなる反発は当然のように招くものの、無駄死にさせることはできない。

民衆のために行動をしておきながら、民衆から罵詈雑言《ばりぞうごん》を投げかけられる矛盾。

およそ敵の指揮官《ヴァレッタ》の思惑通りに、民衆にも冒険者にも多大な負荷《ストレス》がのしかかっていた。

「早く何とかしてくれよ！　このままじゃあ俺《おれ》達……！」

「家も、食べ物も、着替えるものもない！　怪我《けが》だってしてる！　どうすればいいの⁉」

「隣のやつから奪えっていうのかよ‼」

民衆は声を上げて冒険者に、ギルド職員に詰め寄っていた。

飢餓に冷寒、何より闇派閥《イヴィルス》がいつ襲ってくるやもわからぬ不安。

叫び声が連鎖しては重なり合い、集団病的興奮《ヒステリー》を引き起こしている。

「落ち着け！　配給はちゃんとやる！　早まった行動だけはするな！」

大声で何とか制するのは、虎人《ワータイガー》のファルガー。

上級冒険者の彼を始め、守る側の者達が必死に民衆を宥《なだ》めていた。

「……門前に押し寄せていた住民は、全《すべ》て避難させました。後はよろしくお願いします」

その光景を横目で見つつ、アスフィはギルド職員に報告を済ませる。

シャクティ達とともにいた西門から避難誘導を続け、半日。

別の門でも一般人の護送を続けていた彼女の顔にも、隠せない疲れがへばり付いている。

「はい、ありがとうございます。………………あ、あの」

報告を受けるギルドの女性職員は、血の気が通っていない優れない顔色で、言った。

「我々は……オラリオは、勝てるのでしょうか？」

一瞬の空白。

アスフィは彼女が望む答えを、咄嗟《とっさ》に返すことができなかった。

「……私達、冒険者は全力をつくします。だから貴方達もどうか、協力してください」

「は、はい、失礼しました！　……どうか、ご武運を」

慌てて失言を詫び、女性の職員はその場を駆け出していく。

走り去っていく姿を視界に収めながら、アスフィは眼鏡《めがね》の陰に苦渋を溜《た》めた。

「ギルドの者達でさえ、不安になっている……」

「ああ、そして俺達も、『勝てる』と断言することができない。一般人を安心させてやることも……」

彼女の呟きを拾うのは、ようやく民衆の騒ぎを収拾させたファルガーだ。

同じ【ヘルメス・ファミリア】団員の彼は、今も大剣と盾を背に装備したまま、アスフィの隣に並ぶ。

「あの夜、それだけの蹂躙と絶望を叩《たた》きつけられた。希望を遠ざけ、内部から疲弊させる……この状況を考えた者は相当に意地が悪い」

フィンやガレスをして『悪辣《あくらつ》』と言わせる敵方の指揮官に同じ見解を抱きつつ、アスフィは嫌な鼓動の音を鳴らす。

(このままでは都市の秩序が失われる。そうなれば瓦解《がかい》も時間の問題。これ以上、悪報が続けば最悪の事態に……!)

そんな彼女の危惧《きぐ》は、あっさりと現実となった。

「アスフィ」

一柱の神が、あたかも前触れを象徴するように、背後に現れる。

「ヘルメス様……? 護衛もつけず、何をしているんですか! 今がどういう状況なのか、わかってっ――」

振り向いたアスフィはその姿を見るなり怒鳴りつけた。

あまりにも不用心なヘルメスに詰め寄ろうとするが、

「今から、お前が【ファミリア】の指揮を執れ」

「……えっ? な、なにを言って……」

ヘルメスは遮《さえぎ》って、指示を出した。

アスフィは最初、うろたえた。そしてすぐ、気付いた。

今の主神から、おちゃらけた空気の一切《いっさい》が消滅していることに。

普段笑みを絶やさない唇は閉ざされ、その声は限りなく抑揚が消失し、双眸《そうぼう》は感情が離れた無機質な光を帯びている。

アスフィは、息を止めた。敏《さと》い頭脳が『まさか』という危惧を呼んだ。

胸の奥が鼓動の音で埋めつくされる中、ヘルメスは告げた。

「前団長《リディス》が死んだ。お前が、次の団長だ」

「っっ──!?」

酷薄なまでに、その命令を突きつけた。

驚愕《きょうがく》は許されなかった。絶望さえ許されなかった。

絶句するファルガーを他所に、顔という顔から生気を消失させたアスフィは立ちつくし、全ての時間を停止させた。


「やれ！　襲え!!　無知の罪人どもを血祭りにするのだぁ！」

人々の悲鳴と、殺意の叫喚が絡《から》み合《あ》う。

『悪』の眷族達が凶刃をもって、崩れた壁や地面を鮮血で汚していく。

都市北部、中央広場《セントラルパーク》に入りきらなかった住民が集まる仮設キャンプで、その襲撃は始まった。

闇派閥《イヴィルス》の兵士達が戦う力を持たない者達を狙《ねら》い、更なる悲劇を呼ぼうとする。

オラリオの民衆は泣き叫ぶ子供の腕を何度も引き、時には走る力も残されていない老婆を我が身可愛《かわい》さから見捨てながら、必死に逃げ惑っていた。

「み、みんなっ、早く逃げるっす！」

混乱の一途を辿《たど》る蹂躙の最中《さなか》、喉《のど》が嗄れるほど声を張り、一般人を庇うのは【ロキ・ファミリア】のラウルだった。

上級冒険者のことごとくが前線に動員されている中、下級冒険者達が恐怖と戦いながら身を挺していた。【ファミリア】先達の手が届かない穴を埋め合わせようと、剣と盾を持ち、自分達より強い襲撃者から無辜の民を守ろうとする。

『ラウルも昇格《ランクアップ》が近い』。

十日前、それこそ『大抗争』勃発前にそう告げられ、あれほど喜んだ主神《ロキ》の太鼓判も今のラウルには何のお守りにもならなかった。オラリオに来て一年と半年の冒険者には、今のオラリオはあまりにも過酷だった。

「こ、こっちへっ！　頑張るっす！」

「あぁ、冒険者様っ……！」

情けないほど青ざめ、手足を震わせた挙句、今にも股を濡《ぬ》らしそうになりながら、ラウルは民衆の誘導を続けた。置いていかれた老人を死に物狂いで助け出し、同僚の少女に預け、安全

な場所などない戦場を走り続ける。だが、

「死ねっ、冒険者！」

「――ひっ⁉」

闇派閥《イヴィルス》の剣が閃《ひらめ》いた。

目障りでぱっとしない冒険者――紛れもなく自分《ラウル》のことだ――を駆除せんとする凶刃に少年は何もできないまま、あわや貫かれそうになった。

「抜かせ、童《わっぱ》ぁ！」

「があぁ⁉」

それを許さなかったのは、より鋭い一閃だ。

片刃の長剣が翻《ひるがえ》り、闇派閥《イヴィルス》の兵士を深く斬りつける。

「あ……ノ、ノアールさん！」

髭《ひげ》を生やしたヒューマンの老人だった。だが『老人』という表現が本当に正しいのか、その柱のように伸びた背筋と、しなやかに鍛えあげられた四肢が首を傾げさせる。

上背もあり、一七〇Ｃ《セルチ》後半の肉体は風を受け流してはたたずみ続ける柳のようだ。『恩恵』の副次効果を差し引いても生命力に溢《あふ》れ、その剣筋は未だ衰えていない。

齢《よわい》七十を越えておきながら『現役《げんえき》』を名乗る上級冒険者、Ｌｖ．４のノアール・ザクセンは、背後のラウルを一瞥する。

「下がっていろ、ラウル。そんな引けた腰では剣も振れまい」

「で、でもっ、自分も戦わないと……！」

咄嗟《とっさ》に言い返そうとしたラウルだったが、新たに駆けつけた二つの影に制された。

「モンスターくらいしか碌に戦ったことのない若造が、何を言ってやがる。ここは大人しく老兵《ロートル》に任せろ」

「年季だったらフィン達にも負けやしないよ。【ロキ・ファミリア】先達の言うことが信じられないかい、ラウル」

「ダインさん、バーラさん……」

ノアール以上に髭を蓄えた精悍なドワーフと、女傑という言葉を彷彿させるアマゾネスは、戦場に似合わない笑みでラウルを諭した。

ノアールとダイン、そしてバーラ。この種族バラバラの三人は——ダインが口にした『老兵《ロートル》』の名に違わず——あのフィン達にとっても冒険者の先達である。

改宗《コンバージョン》を経た途中入団ではあるものの、ロキとフィン、リヴェリア、ガレスが迷宮都市《オラリオ》に足を踏み入れる以前よりダンジョンを攻略していた古兵だ。彼等の『経験』は当代の第一級冒険者達にも勝るとも劣らないものである。

「ラウル、お前は裏方に徹しろ。避難民を連れていけ、女子供の悲鳴は聞き飽きた。……アナキティまで前線に巻き込んでやるなよ」

「っ……！」

こちらに向かってくる闇派閥《イヴィルス》の兵士達を今も睥睨しながら投げかけられるノアールの言葉に、ラウルは肩を揺らした。

「ラウル……！」

少年の背後には、老婆に肩を貸す獣人の少女がいた。

アナキティ・オータム。ラウルとほぼ同時期に入団した十四歳の少女は、青ざめていた。

恐怖に圧《お》されて走り回ることで、一種我《われ》を忘れていた愚かなラウルとは異なり、優秀なアナキティは正確にこの戦場の残忍さを把握していた。優秀で、正確に理解してしまったからこそ、彼女は立ち竦《すく》むことしかできなかった。

『帰ってきて』

『死んじゃう──』

そう懇願する瞳《ひとみ》に──年相応の少女のように震えているアナキティの姿に、ラウルは情けない顔で眉間に皺を集め、手を握りしめた。

「……すいません！　お願いします!!」

ラウルは走った。

ノアール達に背を向けて、アナキティのもとへ。

すかさず鳴り響く激しい剣戟《けんげき》の音に、ひゅ、と喉を一瞬閉じながら、少女とともに老婆を運び出す。

片方の瞳だけ背後を顧みると、修羅と化したノアール達が血飛沫をまき散らし、敵兵を容赦なく斬り捨てていた。

(抗争に駆り出させてもらえない、戦線にも加わらせてもらえない！　今の自分達だと、あっという間に殺される戦場！)

背後の戦場から必死に遠ざかりながら、ラウルは叫んでいた。

「怖い……！　逃げることしかできないなんて！　これが本当の『暗黒期』なんですか、団長⁉」


「──フィン！　待て！　どこへ行く⁉」

背を叩くロイマンの声に、フィンは足を止めずに告げた。

「一度中央広場《セントラルパーク》に戻る。報告だけでなく、この目で状況を確認しておきたい」

都市北西に位置する『ギルド本部』。

中央広場《セントラルパーク》に次ぐオラリオ第二の拠点の中で、フィンは長い廊下を歩んでいた。

「今後のためにも『盤面』を俯瞰《ふかん》する必要がある」

怯《おび》えることもなく、悲観することもせず。

誰《だれ》よりも冷徹に戦局を見定めようとしている小人族《パルゥム》の碧眼を見て、慌てて追いかけてきたロイマンは言葉を失った。

「……なぜだ。何故《なぜ》、お前はそこまで冷静なのだ、フィン！」

すぐにわなわなと震え出し、取り乱したように叫び散らす。

「お前の面《つら》の皮が厚いことは重々承知だ！　もう何年もその生意気な碧眼《め》を見てきた！　だとしても、この状況で何故そうまで振る舞える⁉」

エルフのギルド長は、既に限界だった。

他の者がそうであるように、『悪』がもたらす絶望に呑《の》まれようとしていた。

「私は恐ろしい！　あのゼウスとヘラが！　【暴喰《ぼうしょく》】と【静寂】が敵に回ったなど、まさに悪夢だ！」

絶望の象徴の名は【ゼウス・ファミリア】と【ヘラ・ファミリア】。

知らぬ者は誰もいない『かつての最強』にして『英雄』の脅威は、ロイマンの心をへし折るのに十分だった。百年以上もギルドに務め、オラリオとともにしてきた長寿のエルフだからこそ、誰よりも現状の深刻さを理解してしまっていた。

「既に九の【ファミリア】が消滅した！　主神は健在でも眷族が全滅した派閥も数えきれない！　状況はっ…………オラリオ史上、最悪だ」

最後の言葉は触れればかき消えそうなほど、震えていた。

その弱々しい声に、フィンは黙って、歩みを止めた。

「……君の言う通りだ、ロイマン。状況は最悪、敵は悪夢そのもの。オラリオはかつてない危機に瀕《ひん》している」

フィンは否定しない。

安易な気休めなど言葉にしない。

残酷なほどにロイマンの弁を肯定し、迷宮都市が風前の灯火であることを認める。

しかし。

「だが、それならば尚更、絶望に暮れている暇はない」

振り返ったフィンの言葉に、ロイマンの顔が驚愕に染まる。

「顔を上げろ。情けない声を出すな。君達に希望を示せるなら、僕はいくらでも自惚《うぬぼ》れてやるぞ」

ロイマンより背の低い、小さな小人族《パルゥム》は、不敵な笑みとともに問いかける。

「言ってみろ、ロイマン。僕以外の誰が、この戦況を覆せる？」

「……‼」

「勇者以外の誰が、今、このオラリオに『勇気』を問える？」

投げかけられた、その笑みと問いかけに。

エルフは右手を震わし、ぐっ、と拳《こぶし》を握った。

「………………お前しかおるまい。この暗澹たる都市を奮い立たせられるのは、勇者《おまえ》だけしか！」

ロイマンは叫び返していた。

神にさえ異論を許さない語気で、迷宮都市の全てを賭《と》して、断言する。

「ゼウスとヘラに対抗できるとしたら、第一級冒険者《おまえたち》しかいない‼」

小人族《パルゥム》の勇者に、ロイマンは身を乗り出して問うていた。

「ならばフィン、勝てるのだろうな⁉　千年もの間、オラリオの頂点に立ち続けてきた怪物達に！」

「負けはしない。敗北はオラリオの終焉《しゅうえん》と同義だ」

フィンの答えは簡潔だった。

笑みを消した彼は前を向き、歩みを再開させる。

「そして、糸のような勝機を手繰り寄せるためには──『彼』の力がいる」

廊下を抜け、広大なロビーを後にし、扉をくぐった先。

灰色の空の下、小人族《パルゥム》の碧眼が見つめるのは、都市南西。

『覇者』に蹂躙され、一人の『猛者《おとこ》』が敗れた戦場だった。


剛閃《ごうせん》。

振るわれたその一撃が、全てを撃砕した。

「ぎゃぁぁああああああぁぁあぁぁぁああああああ⁉」

千切れ飛ぶ幾重もの悲鳴。

かろうじて両断を免れた兵士の体が、四肢をあられもない方向に曲げ、喀血《かっけつ》し、錐揉《きりも》みしながら大地に叩きつけられる。

都市南西部の一角を支配するのは、悪の絶叫である。

「こ、殺せっ！　今すぐ奴《やつ》を仕留めろ！」

闇派閥《イヴィルス》の小隊を預かる部隊長の男は、大粒の唾を散らしていた。

動揺に裏返りかねない指示の激声《げきせい》を槍に変え、視線の先の『怪物』を貫こうと躍起になる。

「あれはザルド様にやられた手負いの獣！　傷はまだ癒えていない！　今こそ千載一遇《せんざいいちぐう》の好機っっ……‼」

引き千切られた包帯、紅の体液が痛々しく滲《にじ》む裂傷。

肩で息をする男は確かに深手を負っていて、しかし、それだけだった。

その剛力も、戦意も、怒りさえもとどまることを知らず、ただただ己《おのれ》の目の前に立ちはだかる存在を粉砕していく。

「む、無理です！　止められない！　あんなもの、誰にも——‼」

願望が入り混じった小隊長の言葉を、闇派閥《イヴィルス》の兵士は否定することしかできなかった。

眼前に迫りくる巨大な影に最後まで絶望しながら、彼等は一切の容赦なく、薙ぎ払われる。

「フーッ、フーッ………おおおおおおおおおおおおおおおおおおっっ!!」

熱気が詰まった息を吐きながら、オッタルは吠えた。

まさに我を失った猛猪《もうちょ》のように怒りのまま暴《あば》れ、一振りの大剣を振り回す。

壊れないものはない。

倒れない者はいない。

その戦場に、もはや意味はなかった。

「ハア、ハア……!!」

動くものが消え、オッタルの荒い息だけが響くようになる頃。

それまで傍観していた影が、半壊した建物から飛び降り、瓦礫の上へと着地する。

「やられた腹いせに、雑魚を甚振《いたぶ》る……情けねえ。反吐《へど》が出るぜ」

「……アレン……!」

投げかけられた声にオッタルが振り向くと、銀の長槍《ちょうそう》を携える猫人《キャットピープル》の青年は唾棄《だき》の感情を隠しもしない。

「仇敵《きゅうてき》だか何だか知らねえが、腹の中をかき回されてるんじゃねえ。陣地を飛び出しやがって、本当にただの猪に成り下がりやがったか」

アレンの言葉の通りだった。

ザルドに敗北したオッタルは目を覚ました瞬間、体を支配する痛苦《つうく》の茨《いばら》を憤激で焼き払い、衝動の言いなりとなっていた。『覇者』の姿を追い求め、出くわす闇派閥《イヴィルス》の部隊を根こそぎ壊滅させていたのである。

「……失せろっ。今の俺に余裕はないっ」

その声音《こわね》は冷静さを忘れていた。

答えることも怒鳴り返すこともせず、アレンを置いて先へ進もうとする。

「どこへ行くつもりだ」

「ザルドを倒す……！」

「そんな襤褸屑《ボロクズ》みてえな体でか？」

「関係ない……！」

重ねられる問いに、聞く耳を持たない。

寡黙で、ただそこに在《あ》るだけで強さを証明する【猛者《おうじゃ》】の姿はどこにもない。

まさに今のオッタルは獣そのものだった。

惨敗の文字を叩きつけた敵《ザルド》ではなく、無様なまでに屈した己自身に対する怒りを燃やし、無謀の再戦に臨まんとする。

「そうか——」

こちらを振り向かない、そんなオッタルの背を見つめながら、アレンは双眼を氷の刃のごとく細めた。

そして。

「──なら、死ね」

容赦なく、手に持つ槍を打ち出した。

「！」

己の命を穿《うが》とうとする銀の穂先を、オッタルは間一髪のところで防ぐ。

振り向きざま、大剣で軌道を逸らし、驚愕とともに吠えていた。

「アレン……！　何のつもりだ！」

「今のてめえが戦《や》り合ったところで、結末なんざ目に見えてるだろうが」

猪人《ボアズ》の怒声を欠片《かけら》も意に介さず、猫人《キャットピープル》の青年は『事実』を吐き捨てる。

「あの鎧野郎に殺されるのも、俺に屠られるのも、どちらも同じだ。意味のねえ死に様を晒《さら》すなら、俺にてめえの【経験値《エクセリア》】を寄越せ」

【ランクアップ】の礎《いしずえ》になれ。

俺の踏み台になれ。

Ｌｖ.５のアレンは、Ｌｖ.６のオッタルに対し、そのように要求していた。

瞠目する【猛者《おうじゃ》】を前に、青年は剝き出しの戦意とともに告げる。

「俺が、あの鎧野郎を轢《ひ》き潰《つぶ》す」

「──ッッ！　アレン!!」

オッタルが行ったのは、激昂。

短い付き合いではない。どこまでもアレンが本気で、自分が打ち倒さなければならない壁を奪おうとしていると悟った直後、その戦いは避けられないものとなった。

激突する。

超速の銀槍《ぎんそう》と規格外の剛剣《ごうけん》が。

衝撃を孕む一陣の風が生まれ、巨人の大拳のごとき怪力の咆哮《ほうこう》が轟く。

速度と力の戦いは瞬く間に周囲一帯を揺るがすようになった。凄烈な震動が半壊している建物に止《とど》めを刺し、更なる瓦礫を生む。怒涛のごとく連なっては木霊《こだま》する戦いの音《ね》は、遥か彼方にいるオラリオの民衆に、再び恐ろしい抗争が始まったのではと錯覚させるほどだった。

所属派閥《なかま》なんてものは関係ない。

獣人同士、仮借のない獲物の奪い合いが繰り広げられる。

「ぐっ――――!?」

そうして。

五十を超える攻防の後、金属の鈍重音を響かせ、一振りの武器が弾《はじ》き飛ばされる。

地面に転がったのは大剣。

大地に片膝《ひざ》をついたのは、オッタルだった。

「……何だ、その無様は？」

そして、屈辱と憤怒をあらわにしたのはオッタルではなく、アレンだった。

「何だ、その体たらくはァ‼」

槍を振り抜いた体勢で静止していたアレンは、体を震わせたかと思うと、次にはあらん限りに叫び散らしていた。

「いつからその丸太みてえな脚は容易く折れるようになった⁉　いつからその巨軀《からだ》は、俺の銀槍《やり》を受け止められなくなった⁉」

「ッ……！」

「ふざけるんじゃねえぞ、オッタル‼　俺が倒すと決めたてめえは、ただの木偶《でく》なんかじゃねえ！」

アレンの罵倒に、オッタルの顔が歪《ゆが》む。

バラバラだった。

傷付いた肉体も、平静さを欠いた精神も。

何もかもまとまらず、初めて猫人《キャットピープル》に敗北した猪人《ボアズ》から弁明の言葉など出るわけがない。

その姿に一層憤激するように、アレンは叫喚を飛ばした。

「俺はてめえを倒し、最強の『戦車』になると誓った！　そのために、俺は余計なものを全部捨てた‼」

それは在りし日に誓いを立てた、男の意志だった。

双眼に決然とした光を宿しながら、止まらない衝動のまま言い放つ。

「俺はこんなことのために、あの『愚図』を切り捨てたんじゃねえ!!」

「……!」

オッタルは動きを止めた。

その『愚図』が誰を指すのか、同じ派閥の団長である彼は知っている。

かつての『戦車』の隣には『片割れ』がいた。

果てなき道を突き進む『戦車』の側に追い縋《すが》ろうとした、一輪《ひとり》の『車輪《いもうと》』が。

「アレン……お前は……」

これまで一度だって明かされたことのなかったアレンの胸の内に触れ、オッタルは瞠目する。

アレンはというと、口を衝《つ》いて出た己の言葉に、苛立ち交じりに舌を弾いた。

こちらを見つめる錆色の瞳を睨《にら》み返す。

「……立てっ。てめえに情けなんか必要ねえ。次は最後まで戦《や》るぞ。俺、達と」

その言葉を皮切りに。

二人きりの戦場に、新たな人影が姿を現す。

「無様だな、オッタル」

「滑稽《こっけい》過ぎて笑えもしない」

「だが、それはこちらも同じ」

「無様に敗走した僕達を殺す。そして不正《アパテー》の屑共を殺す、より強い勇士となって蘇《よみがえ》る」

小人族《パルゥム》の四兄弟が。

「闇派閥《イヴィルス》は必ず滅ぼす。あの愚劣かつ下劣極まる姉妹もろとも」

「オッタル……今までも本気だったけど、今日は『全力』だ」

白妖精《ホワイト・エルフ》と黒妖精《ダーク・エルフ》の魔法剣士が。

完全武装した状態で、オッタル達の前で足を止める。

「俺も……俺達も、あいつ等に勝ちたい。勝たなきゃいけない。じゃなきゃあ……俺達は、あの夜の自分を許せない」

他の者達を代表するように、黒妖精《ダーク・エルフ》のヘグニが言葉を続けた。

他者と視線を合わせるのも、言葉を交わすのも大の苦手な彼が、『魔法』の力に逃げることなく、はっきりと自らの意志を表明する。

「ヘグニ、ヘディン……アルフリッグ達……」

【フレイヤ・ファミリア】の全幹部——最大戦力の集結に、オッタルは驚きを隠せない。

そんな彼に委細構わず、アレンは言った。

「作戦なら、あのいけ好かねえ『勇者』が勝手に立てるだろう。その日まで、俺達は——殺し合う」

「!!」

「ここで生き残った野郎が、ゼウスとヘラ、あの男と女を潰す」

まさか、と思うと同時に、オッタルはアレンが言う次の言葉がわかってしまった。

「ここがもう一つの『戦いの野《フォールクヴァング》』だ。あの化物どもを討つための『最強の勇士《エインヘリヤル》』を作り出す」

『戦いの野《フォールクヴァング》』。

それは都市最大派閥たる【フレイヤ・ファミリア】の本拠《ホーム》の名。

日夜殺し合いを繰り広げる眷族同士が、限界を超克せんとする、戦士達の聖域。

その領域をここに、アレン達は生み出そうというのだ。

ヘグニの言った通り、比喩抜きで『全力』で闘争を繰り広げ、相手の命を奪おうとも、ゼウスとヘラを討つ『最強』を生み出さんがために。

時刻は既に、夕刻。

星空も隠す灰の空の向こうには、終末の戦いを告げる黄昏《たそがれ》が広がっているだろう。

「アレン、まさか……俺のために……？」

呆然《ぼうぜん》とするオッタルの唇から、そんな問いかけがこぼれ落ちる。

アレンはそれを、心底くだらなそうに否定した。

「ふざけんな。何がてめえのためだ。勘違いするんじゃねえ。全て『女神の意志』だ」

それは主《あるじ》に託された『神意』。

アレン達が拝命した神託を、オッタルへと明かす。

『次代の【英雄】を用意して頂戴──』

オッタルの目が、見開かれる。

『男神《ゼウス》と女神《ヘラ》に借りを返しにいくわ──』

そして、その岩のような拳が、あらん限りに握りしめられた。

「ッッ──!!」

フレイヤの口から告げられたという神意に、オッタルの意志が燃え上がる。

敗北を喫してなお、主《あるじ》は依然、気高い女神のまま。

ならば眷族のオッタルも、その神意を背に乗せて駆け上がらなくてはならない。

「これ以上無様を晒すなら、本当に死ね。女神の威光を汚したまま、くたばりやがれ。……あの鎧野郎は、俺が殺す」

突き放すようにアレンが告げる。

慈悲の欠片もなく、槍の穂先をオッタルの額に突きつける。

「……させん」

掠れた声を落とす。

一度うつむいたかと思えば、次には熱した眼差《まなざ》しを振り上げ、突きつけられた穂先を片手で摑《つか》む。

「男神《ゼウス》との因縁は、俺が決着を着ける。——奴等《やつら》に負け続けた俺が！　奴等を超えねばならない、この俺が!!」

勢いよく立ち上がり、掌から血が溢れるのもいとわず、槍を握りしめる。

小人族《パルゥム》の四兄妹が。

白妖精《ホワイト・エルフ》と黒妖精《ダーク・エルフ》の魔法剣士が。

そして一匹の凶猫が見つめる先で。

【猛者《おうじゃ》】たる威風をもって、雄叫びを上げた。

「あの男だけは、俺が倒す!!」

アレンは口角を歪めた。

それはあるいは、笑みのようにすら見えた。

すかさず、鋼の拘束から脱するように遠慮なく柄を引き寄せ、回転、血濡れの槍を猪人《ボアズ》に向けて構える。

「吠えやがれ！　行くぞ——!!」

吹き飛ぶ筈もない太い五指で大剣を摑み寄せる猛猪《オッタル》は、他の強靭な勇士《エインヘリヤル》とともに、応《こた》えた。

「おおおおおおおおおおおおおおおおおおおおおおおおッッッ‼」

剣撃と槍撃、無限の連携と白黒の魔法。

それら全てが錯綜し、『戦いの野《フォールクヴァング》』が酷烈な産声を放つ。

瞬く間に繰り広げられる死闘に恐れを為《な》し、唸《うな》るのは空。

強さを求める飽くなき意志を連ね、第一級冒険者達は吠え続けるのだった。

彼等の名は、『戦うことしかできない者達』。


空が獣のように唸った。

まるで何かに恐れを為すかのように。

間もなく曇天は雨雲へと変わり果てる。

忍び寄る宵の気配に雲が灰から黒に染まり、槍のように激しい雨が降り始める。

「はぁ……はぁ……はぁ……！」

そんな降りしきる雨の中を、リューは走っていた。

誰もいない暗い街を一人で、涙かもわからない水滴を目尻に溜めて、声を上げながら。

「シャクティ……！　どうして！　どうして貴方が、アーディを否定する！」

——敵に情けをかけるな。アーディのような愚行を犯すな。

——それが、今の私の『正義』だ
目の前から逃げ出したシャクティの言葉が、脳裏に残響する。

リューはそれに何度も頭《かぶり》を振る。

「それじゃあ、アーディは……！　アーディの死は……！」

知己の死も、その生き様も無駄であったと認めないがために、腹の底から叫ぶことしかできない。

「アーディの『正義』は——!!」

さまよう風は、でたらめに疾《はし》った。

疾《はし》って、疾《はし》って、疾《はし》り続けた。

そうして辿り着いた場所は、暗闇《くらやみ》に包まれる一つの建物だった。

都市の中にあって例外なく損壊している元箱型の建物は、今もそびえているのが不思議なほどに穴だらけだった。

内部から『爆弾』が炸裂したかのように大きな口を空ける壁面、根こそぎ吹き飛んでいる鎧戸という鎧戸。柱は何本も落ち、建物の中央から東は斜めに傾いて今にも崩れ落ちそうだ。

リューはそんな建物の中を進み、ひしゃげた金属扉を、無理矢理こじ開けた。

「…………来てしまった」

そこはもう、ただの瓦礫の海だった。

天井《てんじょう》を失い、昏い空が頭上を覆《おお》っている空間。灯りがない代わりに雨だけが降りそそぐ。

オラリオ南西、第六区画。

闇派閥《イヴィルス》の棲家《アジト》だった廃棄商館。

『自決装置』を用いられ、リューが知己を喪った場所。

「誰もいないのに……何もかも壊されているのに……」

その金の長髪を雨に濡らしながら、リューは亡霊のように歩んだ。

激しい剣戟を交わしていた戦場はもはや見る影もない。

「彼女の亡骸も……吹き飛んでしまったのに……」

血濡れの壁も、消えてしまっている。

「アーディ……」

リューは立ちつくし、星が見えない空を仰いだ。

その姿はまるで断罪を請う罪人のようですらあった。

冷たい空の涙が、金の髪と細長い耳を何度も打つ。

しかし、その涙滴はリューの悲しみも、虚しさも洗い流してはくれない。

夜の闇がエルフの姿を覆い、呑み込《こ》もうとしている。

そんな時――ギギィ、と。

「！」

リューが来た方角とは反対、裏口側の金属扉が鳴った。

この廃墟に別の誰かがやって来た。それを知ったリューは反射的に覆面を纏《まと》う。

「誰だ⁉」

リューの誰何《すいか》の声に返ってきたのは、小さな足音。

音が軽い。歩幅も狭い。

小人族《パルゥム》か？

細長い耳を揺らし、油断なく空色の双眼で正面を見据える。

やがて、暗がりの奥から現れたのは。

「……何してるの？」

年端もない、ヒューマンの少女だった。

「誰……？　一人……？」

少女は抑揚のない問いを重ねた。

闇派閥《イヴィルス》の刺客かと警戒していたリューは内心、うろたえる。顔も判然としない闇の中で、しかしその砂金のごとき美しい『金の髪』の輝きは、はっきりと認めた。

（子供？　冒険者の装備を纏っている……？　それにあの金髪金眼の容姿……まさか——）

——【剣姫】？

一時期は『人形姫』と呼ばれ、モンスターの殺戮を繰り返していた戦闘人形《キリング・ドール》。

その戦闘能力は年齢に似つかわしくないほど苛烈で、【疾風《リュー》】とも並ぶその成長速度をもって一気にLv．3までのし上がった。【ロキ・ファミリア】の秘蔵っ子と言ってもいい。

敵味方を恐れさせる——冒険者及び闇派閥《イヴィルス》を震撼《しんかん》させる——第二級冒険者、アイズ・ヴァレンシュタインであると、リューは少女の正体を察した。

「もしかして……闇派閥《イヴィルス》？」

「なっ……！」

何故こんな場所に、と戸惑っていたのは最初だけだった。

小首を傾げるアイズの疑問に、リューの頭に血が上る。

「ふざけるなっ！　私をその名で呼ぶな！」

「でも、顔を隠してる……」

「覆面をしていれば全員、闇派閥《イヴィルス》とでも言うつもりか！　勘違いも甚《はなは》だしい！」

「じゃあ、こんなところで何してるの？」

「そ、それはっ……」

子供の安直な問いはリューをかっかさせ、時には言葉を詰まらせた。

都市をさまよった挙句、衝動的にここまで来てしまった、なんて言えないし、上手《うま》く説明もできない。

見目麗しいエルフが自分より小さな幼女に言葉に窮する光景は非常に珍妙《シュール》ではあったが、

「それに、『目』が、濁ってる」

「!!」

少女のその指摘に、リューは今度こそ声を失った。

「ちょっと前の私とは、違う目……それでも似てる、危ない目……」

まるで鏡と相対するように、アイズは硝子《ガラス》玉のような無機質な瞳で見つめてくる。

空色の双眸は、擦《す》り切《き》れていた。

それは絶望を知った者の濁った『目』だった。

アイズの瞳には、それが何をしでかすかわからない、危ういものだと映った。

「フィンが言ってた、『爆弾』。仕掛けてるの?」

だから、その言葉は。

動じていた筈のリューの視界に、火花を散らした。

よりにもよって、その『禁句』は。

今のリューの怒りの撃鉄を起こすのに、十分だった。

「娘《むすめ》……その言葉を、二度と、私の前で口にするな……」

冷たい憤激が全身から滲み出し、紅い灼熱《しゃくねつ》の色が脳裏を満たす。

蘇る光景は、アーディの死に際に見た赤爆の光だった。

「よりにもよって、その『侮辱』──今の私は、自分を抑えられなくなる……！」


友を奪った『爆弾』。

ちょうどこの場所で、リューの大切なものを踏みにじった闇派閥《イヴィルス》の『自決装置』。

そんな忌々しきものを設置されていると誤解された暁《あかつき》には、誇り高い妖精《エルフ》のリューは自制なんてできなくなる。鼓動は全身を震わせ、はっきりと怒りの音を奏でていた。

有り体に言えば、リューは静かに、どうしようもないほど、切れていた。


「それじゃあ──」


そんなリューの剣呑《けんのん》な視線を前に、アイズは憎らしいほど動じない。

人形のような相貌を小揺るぎもさせず、背中の鞘に手を伸ばす。

身の丈ほどもある、その銀の剣を引き抜いた。


「──戦う。危ない人」


何が『それじゃあ』なのか、いかなる脈絡で戦うことになるのか。

全く理解はできなかった。

けれど、それすらも『どうでもいい』と、そう思った。

だから私《リュー》は、その少女の前で、得物を抜いた──。


「先に謝っておく。これは醜い自暴自棄だ。愚かなエルフが行う、ただの八つ当たりだ」

木刀を両手で握り、リューは告げる。

「よく、わからない」

鏡のように腰を落としながら、アイズもまた剣を構える。

「だから、倒すよ」

「──抜かせ」

戦意が爆《は》ぜたのは一瞬だった。

空色の瞳と金色《こんじき》の双眸が睨み合った直後、足もとの瓦礫を粉砕し、二つの影が衝突する。

「はぁぁッ!!」

叩きつけられる互いの武器。

降りしきる雨粒を弾き飛ばす衝撃と、裂帛の声。

疾風《かぜ》と剣姫《つるぎ》の闘争が幕を開ける。

彼女達もまた、『戦うことしかできない者達』。


初撃。

木刀、あるいは剣で受け止めた、そのたった一撃で、リューとアイズは相手の実力を正《ただ》しく理解した。

（──強い‼）

瞬く間に交わされる斬閃《ざんせん》の数々。聴覚を塗《ぬ》り潰《つぶ》す連撃の音。

常人では視認することもかなわない高速の攻防の中で、少女達の視線が絡み合い、彼我の実力は『拮抗《きっこう》』の二文字であることを見抜く。

（小柄な体にいっそ不釣り合いな剣の冴《さ》え！　何より躊躇の無さ！　その年齢で、一体どれだけのモンスターを斬ってきた！）

リューの視界を縦横無尽に行き交う剣士は、まさに獣さながらであった。

速い。とにかく速い。

その小さな体に不釣り合いな銀剣を、全身という全身を用いて繰り出してくる。

上半身をいっぱいにひねった袈裟一閃。超速の独楽《こま》のごとき回転斬り。一見剣《つるぎ》に振り回されているようにも見えるその姿は、凝縮された『嵐《あらし》』と同義だ。僅《わず》かでも対応を誤れば、間断ない斬撃の渦がリューをズタズタに斬り刻むだろう。

途方もない『連続斬撃』。

制止装置《ブレーキ》など端《はな》から壊れているように、金髪金眼の少女は全力全開で斬りかかってくる。

（速い。ううん、上手い。フィンより遅いのに、攻撃が弾かれる──）

他方、アイズの瞳の中で幾閃もの樹刀の軌跡を生む妖精は、さながら森の番人のごとくであった。

上手い。とにかく上手い。

一切無駄のない迎撃によって、こちらの猛撃《ラッシュ》がことごとく弾かれる。

度重なる研鑽《けんさん》、そして数えきれない場数によって裏付けされた『技』。四方八方から絶え間ない斬撃を見舞い、やっとのことで体勢を崩したと思えば、流れるような刀術が空隙《くうげき》を埋める。

防戦を強いていた筈が、いつの間にか攻守逆転していたことに気付いた時、アイズは静かに驚愕《きょうがく》した。

桁外《けたはず》れの『戦闘技術』。

木刀のたった一振りが、妖精の魔法のように戦況を何度も変化させる。

妖精里の技はもとより、極東の刀術、小人族《パルゥム》の知恵、そして太陽の少女を彷彿させる思い切りの良さが滲み出るその戦闘型《バトルスタイル》は、見る者が見れば星乙女《アストレア》のもとで今も磨き抜かれている『正義の結晶』だとわかっただろう。

「「ッッッ!!」」

お互いの評価と衝撃を放り投げ、リューとアイズは加速する。

両者の金の長髪が風になびき、斬撃の軌跡に沿って黄金《こがね》の輝きが瞬いていく。

この戦闘に体格の有利不利はない。

しなやかな四肢でリューが射程《リーチ》の優位性《アドバンテージ》を保とうとすれば、アイズはその小さな体を駆使し、地を這うように攻撃をかいくぐって懐《ふところ》に飛び込もうとしてくる。

そして一撃の速度で制そうとすれば、迎撃の数によって相殺される。

『技』はリューが有利か。

『駆け引き』は獣の直感じみたアイズに分がある。

あらゆる戦闘経験を駆使し、冒険者達は一進一退の攻防を繰り広げた。

「なるほど、【剣姫】……二つ名と違《たが》わない！」

振り下ろす木刀と一緒に、リューは叫ぶ。

凄《すさ》まじい剣技を繰り出す幼い少女に向かって。

まさに剣の化身。戦いの申し子だ。

より正確に言えば、才能などとは隔絶した『執念』をもって誕生した、殺戮者《モンスター・スレイヤー》。

「覆面、木刀、外套、剣は鋭くて……」

すくい上げる銀剣とともに、アイズは呟く。

風の円舞のごとく自分と斬り結ぶ妖精に向かって。

その強さは【ロキ・ファミリア】の彼女をして目を見張るものだった。呟く己の言葉に驚嘆が込められていることに、アイズは気付かない。

「顔はよく見えないけど――瞳が、青にも、緑にも見える」

辺りを包むのは視界が利《き》かない闇。更に相手は覆面までしている。

戦闘と同調するように勢いを増し、横顔を叩く雨弾も相まって、まるで黒き嵐とともに現れると伝えられる死風《ワイルド・ハント》の精霊のようにも見えた。

「貴方、だれ？」

答える者はいない。

ただただ少女達は、相手の攻撃に斬撃をもって応えた。

彼女達は似ていた。彼女達に自覚がなくとも、幾つもの共通項がそれを証明していた。

長い金色《こんじき》の髪、闘争心《まけずぎらい》、そして『風』との縁《ゆかり》。

自らを颶風《ぐふう》と変え、旋風の調べを奏でる。

そして互いのブーツが瓦礫を蹴立《けた》て、吹き飛ばし、跳んだ。

二つの影が高速ですれ違った瞬間、交差する斬閃が一際《ひときわ》激しい衝突音をかき鳴らした。

「押しきれない……！　これが、【ロキ・ファミリア】の冒険者……！」

外套の一部を裂かれたリューが、覆面の内側から熱い息を吐きながら、背後を振り返る。

目を眇《すが》めた彼女の視線の先、金髪金眼の少女が同じように振り向くところだった。

「ふぅ、ふぅ……まだ、やる。私は、もっと強くなる」

その小さな体全体で息をしながら、アイズは剣を構える。

いくら体力を削がれても衰えない戦意を見せつけるかのように。

「戦闘狂め……！　その闘志が、通り名の『戦姫』の謂《いわ》れか！」

畏怖にも似た悪態を放ちながら、リューは木刀の柄を握りしめる。

もはや二人の体を打つ雨など気にもならないように、少女達は己の得物を振り鳴らした。

「いいだろう、最後まで――!!」

戦いへの意志を新たにした、まさにその時だった。

「アイズ、どこだ!!　一人で何をやっている!!」

凄まじい怒りの声が――というか暗くなっても帰らない我が子に堪忍袋《かんにんぶくろ》の緒がブチ切れた母親のような怒鳴り声が――轟《とどろ》き渡ったのは。

「あ」

やべっ、という顔をアイズが浮かべた瞬間。

眉《まゆ》を怒りの角度に上げたハイエルフの王女が、廃墟に現れた。

「勝手に飛び出すなと言っただろう！　何もわかっていないではないか、馬鹿者《ばかもの》！」

「ひぐぅ⁉」

ボゴォ!!　と。

鳴ってはいけない音がアイズの頭頂部から響き渡る。

脳天に振り下ろされた特大の拳骨に、金髪金眼の幼女は両手で頭を押さえてもがき苦しんだ。

剣を放り出して両の目に涙を溜める姿から、『戦姫』なんていう物騒な面影が消失する。

「リ、リヴェリア様⁉」

そしてリューはリューで、その滑稽な光景に呆然とする暇もなかった。

現れた人物に、仰天することしかできなかったのである。

(敬うべき王族《ハイエルフ》の目に、血迷って幼女と斬り合う今の愚者《わたし》の姿を映すわけには……!!)

王族《ハイエルフ》とは名の通り、全てのエルフにとって崇高な存在だ。

その尊崇の念は妖精達にとって、下界に降臨した神へのそれをも超える。

無論リューも同じで、一体自分はこんなところで何をやっているのか、と急速に頭が冷えることとなった。

「っ……！　名乗らぬ無礼、お許しを！」

数秒の葛藤の末にリューが取った行動は、その場を後にすること。

己の痴態を隠すように覆面を上げ直し、廃墟から一目散に立ち去る。

瓦礫を蹴飛《けと》ばし、闇夜《やみよ》の奥へと高速で消えていった影に、顔を上げたリヴェリアは怪訝な表情を浮かべた。

「何だ、今のは。どうやらエルフだったようだが……アイズ、誰と戦っていた？」

「う～っ…………闇派閥《イヴィルス》？」

「なぜ疑問形なんだ……どうして戦っていた？」

彼女の隣では、未だ頭を押さえながらアイズが痛がっている。

リヴェリアが呆《あき》れながら問いを重ねると、少女もまた、顔を上げた。

「危ない目をしてて……戦わなきゃいけないような、気がしたから」

そして、エルフが去っていた闇の先を見つめる。

「戦ったら、危ない感じ……少しだけ、消えた」

思い返すのは、鋭くも熱い戦いに没入していく、妖精の眼光だった。

アイズも同じだ。

つい先程まで、二人は戦って勝利すること以外の事柄が、全身から消えていた。

「あの人、ちょっとだけ……すっきり、できたと思う」

そんな所感を口にするアイズの横顔は、いつもよりどこか、大人びていた。

しかし彼女を見下ろすリヴェリアは微妙そうな顔で、指摘した。

「……闇派閥《てき》をすっきりさせては、まずいだろう」

「…………おおっ！」

はっ！　と目を見開く。

ぽむっ！　と拳を手の平に落とす。

そんな金髪金眼の幼女の様子に、リヴェリアは痛む頭に片手を添えながら、溜息《ためいき》とともに呟いた。

「はぁ……一体どうして、天然《このよう》に育った……」

三章
野に咲く鈍色の花

ASTREA RECORDS
evil fetal movement
Author by Fujino Omori Illustration Kakage
Character draft Suzuhito Yasuda

長い夜が明けた。

『死の七日間』、三日目。

空は変わらず灰色の雲に覆《おお》われている。

が、啜《すす》り泣くような雨は上がっていた。

頭上を見上げていた小人族《パルゥム》のライラは、廃墟然とした通りに視線を戻し、ぼやきをこぼす。

「リオンのやつ、どこまで行きやがった。アタシ達がこんなに探してるってのに、見つかりやしねー」

肩を竦《すく》める彼女の隣には、絹のように滑らかな黒い髪を揺らす、ヒューマンの輝夜《カグヤ》がいる。

歩みを止めない極東出身の少女は、頷《うなず》く代わりに、周囲を見回した。

「日も跨《また》いでしまったな。道中で会ったシャクティは、出くわしたと言っていたが……」

リューが本拠《ホーム》を飛び出してから、約一日が経《た》とうとしている。

警邏《けいら》のついで、という体《てい》で彼女の行方《ゆくえ》を追うライラ達は、目撃情報を辿《たど》りつつ、今はこのオラリオの北、都市の第八区画を進んでいた。

あの『大抗争』の夜、【フレイヤ・ファミリア】が防衛に当たったという北区画は、二人の『覇者』が出現した南西区画に次ぐ激戦地だった。炎上の痕《あと》より『魔法』を乱発したかのような破壊状況が凄《すさ》まじく、都市の中でも殊更建物が抉《えぐ》れ、崩れ、瓦礫《がれき》の量が多かった。

記憶の光景から様変わりしている通りに、自然と口数が減っていく。

彼女達が守ってきた街並みはそこにない。

破壊された都《みやこ》が生む空虚な沈黙だけが横たわっている。

だが——輝夜《カグヤ》もライラも、その沈黙を決して苦《く》とはしなかった。

二人の纏《まと》う空気は酷似していた。

辺りを眺める眼差《まなざ》しはどこか達観していて、老成めいてもいる。

普段はパーティの様子に気を配り、言葉数を絶やさないライラは、輝夜《カグヤ》相手ならば遠慮しない。無理に喋《しゃべ》ろうとしなければ相手の胸中を汲《く》むことも放棄する。輝夜《カグヤ》も同じだ。その必要がないと彼女達にはわかっていた。

【ファミリア】の副団長と、参謀《ブレーン》。

団長《アリーゼ》を支える立場にある二人は、自分達が本質的に『似たもの同士』だという自覚がある。

つまりそれは、彼女達が【アストレア・ファミリア】の中でも同じ部類の——過酷な過去を持つ——人間だという共通認識だ。

彼女達は現実主義者《リアリスト》である。

今のリューのように打ちのめされ、葛藤し、絶望に翻弄《ほんろう》される青い自分は、既に過去に置いてきた。

「なぁ、輝夜《カグヤ》」

ライラが口を開いた。

「なんだ、ライラ」

輝夜《カグヤ》も唇を開いた。

「リオンの初めての家出、何日で終わると思う?」

「二度と帰ってこないかもしれない。エルフの中でもあれは繊細過ぎる。しかも時期が時期だ。あの間抜けは闇派閥《イヴィルス》にやられるかもしれん」

「お前は本当に冷《さ》めてんなぁ。いや、『楽観』と『希望』をとことん自分に許してねえ」

輝夜《カグヤ》の冷淡な物言いに、ライラは形ばかりの呆《あき》れを見せながら、指摘した。

「ずっと前から思ってたが、お前、極東でどんな面倒くせえ人生を送ってきたんだ?」

その問いに、ヒューマンの少女の答えは、やはり冷たかった。

「ライラ、この際だから言うが、私はお前と二人でいるのが嫌いだ。その鼠《ねずみ》のような目が、無遠慮に何もかもを見透かそうとするからな」

輝夜《カグヤ》は言葉を偽らない。

主神《アストレア》以外に語ったことのない過去を詮索するライラを、はっきりと拒絶した。

それは自分達が同じ穴の狢だという『同族嫌悪』から来るものでもある。

対するライラはというと——気分を害した素振りも見せず、ニヤリと笑ってみせた。

「そんな大っ嫌いなアタシと一緒にいてまで探そうとするなんて、リオンは愛されてんなぁ～?」

おちょくるような声音に、輝夜《カグヤ》がはっきりと顔をしかめる。

腕っぷしは輝夜《カグヤ》の方が強くても、口ではライラには敵《かな》わない。

輝夜《カグヤ》はそれがわかっているから、不機嫌そうに顔を背《そむ》けた。

「……だからお前といるのは、嫌いだ」

小人族《パルゥム》の少女は笑みを深めた。

そして目を瞑《つむ》り、それ以上おちょくろうともしなかった。

彼女達は確かに現実主義者《リアリスト》だ。

だからこそ正義の女神《アストレア》に救われ、破天荒な団長《アリーゼ》に振り回され、派閥《リュー》の末っ子の面倒をつい見てしまう、いわゆる凸凹組合《でこぼこコンビ》であった。

頭二つ分も背が高い輝夜《カグヤ》が不機嫌そうにむっつりとし、逆に背の低いライラが頭の後ろで両手を組んで澄まし顔を浮かべる様は、どこか珍妙で、確かな絆《きずな》があった。

「っと……いけね、見覚えのある場所に来ちまった」

そこで、ライラは足を止めた。

進んできた道の奥、開けた場所には複数の亜人《デミ・ヒューマン》からなる野営地《キャンプ》が広がっていた。

「アタシ等が信じられねえほど石を投げられた、あの野営地《キャンプ》だ」

ライラはつい眉をひそめてしまった。

優れた上級冒険者の視力が、自分達に石を投げつけてきた者達の顔をはっきりと視認する。

こちらの存在はまだ気付かれていないが、もし知られれば再び一悶着《ひともんちゃく》が起きるのは請け合いだろう。

「ここの住民と接触するのは得策ではないな。リオンがいないかどうか確かめたら、すぐに離れて……ん？」

あの愚か者もまさかこんな場所にはいないだろう、と思いつつ目を凝らした輝夜《カグヤ》は、ふと『とある光景』に視線を引き寄せられた。

「はい、どうぞ。あったかいスープです」

ちょうど野営地《キャンプ》の中ほど。

湯気が立ち昇る大きな鍋からスープをよそっている、一人の娘《むすめ》がいた。

「俺《おれ》にもくれ！」

「ちょっと、押さないでよ！」

彼女の前には大勢の人だかりが。

帰る家も失い、すっかり疲弊している住人は、こぞって食料を受け取ろうとしている。

そんな今にも押し合いを起こしそうな大の大人達を前に、娘《むすめ》は全く臆することもなく、不思議と通る声で呼びかけた。

「みなさん、喧嘩《けんか》はしないでください。まだまだ沢山ありますから！」

頭の後ろにまとめた薄鈍色《うすにびいろ》の髪が揺れる。

格好はロングスカートに紫色のケープを羽織っており、どこにでもいる街娘《まちむすめ》の装い。髪と同じ色の瞳《ひとみ》を笑みの形に曲げ、一人一人、温かなスープを渡していく。

「炊き出しか……」

「しかもギルドの配給じゃねえ。すげえな、誰《だれ》も彼も余裕がねえこんな状況で、個人がやるなんて……」

離れた場所から窺《うかが》う輝夜《カグヤ》とライラは、素直に驚嘆していた。

人命救助のため都市を奔走したライラ達は、今のオラリオの惨状を嫌と言うほど知っている。あらゆる神の眷族《ファミリア》が現状、野営地《キャンプ》の防衛や迎撃戦、見張りや医療従事に駆り出されており、炊き出しを行う暇すらない。そんな中で貴重な物資を分かち合い、助け合おうとする娘《むすめ》の姿は、彼女達の目をして慈愛の聖母のように映った。

ましてや、ギルド職員でもなければ派閥の構成員でもない、紛れもない一般人となれば。

「炊き出しなんて、ありがたいよ……。いつ、あんた達の食料が尽きるかも分からないのに……」

「困ってる時は、お互い様です。それに心配しないでください。このスープは『豊穣の女主人』というお店の差し入れですから」

弱り果てている初老の男性に、娘《むすめ》はどこか得意げに、片手を胸に置いた。

大鍋の側には彼女の付き添いなのか、若葉色の給仕服の上から外套を被った猫人《キャットピープル》の少女が一人。

　どこかグレているようにも見え、不服そうに働いている。

「すごい怖くて、でも都市で一番安全な酒場なんです。皆さん、もし困ったら西のメインストリートに来てくださいね！」

　心からの言葉なのだろう。

　明るい笑みを向ける娘《むすめ》に、しかし民衆の反応は暗いままだった。

「嘘《うそ》でも、嬉《うれ》しいです……そんなこと言ってもらえて」

「ああ。もうオラリオに、安全な場所なんて……」

　獣人の女性が嘆けば、小人族《パルゥム》の男性が悲観に暮れる。

　顔を地面から上げられない今の彼等《ら》彼女等《ら》に希望を示すのは、たとえ女神でもそう簡単にはいかないだろう。

「う～ん、嘘を言っているつもりはないんですけど……皆さんを明るくするには、先にお腹《なか》いっぱいになってもらった方がいいですね」

　ほっそりとした顎に人差し指を添える娘《むすめ》は、困ったように眉《まゆ》を曲げ、やっぱり笑った。

　人々がどんなに下を向こうが、彼女の笑みは曇らなかった。

「たくさん食べて、笑顔が浮かんじゃうくらい、温《あたた》まってください♪　他に、まだもらっていない人は――」

「やめろ、やめろぉ‼　炊き出しなんてしても、意味ねえんだよぉ！」

だが、そこで。

キャンプの奥から上がった怒鳴り声が、娘《むすめ》の言葉を塗《ぬ》り潰《つぶ》す。

「どうせ俺たちは死ぬ！　飢え死にしなくたって、闇派閥《イヴィルス》に殺されてオシマイだ！」

声の主《あるじ》はヒューマンの青年だった。

絶望に取り憑《つ》かれ、落ち窪《くぼ》んだ目。娘《むすめ》にも、炊き出しに加わっていた住民達にも、ボロボロに刃毀《はこぼ》れした刃《やいば》のような眼差しを向けている。

ほのかな酒気を漂わせながら、彼は歩み寄ってきた。

「……そんなこと、ないと思います。そうならないように今、冒険者様達が……」

「冒険者？　そんなのもう頼りにならねぇよ！　闇派閥《イヴィルス》の奴等《やつら》に、いいようにやられたじゃねぇか！」

娘《むすめ》が眉をつり上げて反論しようとするも、青年は大声を被《かぶ》せてくる。

「【ロキ・ファミリア】も、【フレイヤ・ファミリア】も負けたんだろう⁉　そんなの敵いっこねえじゃねえかよ！」

糾弾のごとく叫び声が連なる。

二人のやり取りを取り巻く民衆は、昏《くら》いざわめきを膨らませていった。

その青年の言葉は、この野営地《キャンプ》に――いやオラリオにいる誰しもが必死に考えないようにしていた事柄でもある。誰もが目を伏せ、諦観から逃れられない。

炊き出しで温まっていた筈の空気が、現実という冷たい二文字を突きつけられ、温度を奪われていった。

「俺も、他の奴等も、死ぬんだ……。冒険者が守ってくれなかった、俺の妹のように……！」

終始、自暴自棄に陥《おちい》っていた青年は、最後に震える声でこぼした。

そんな光景を遠目から眺めていたライラと輝夜《カグヤ》は、黙りこくるようになっていた。

「……石、投げられる方がまだマシだったな」

「…………」

民衆の悲愴の声は、石より鋭かった。

瞳を細めるライラの隣で、輝夜《カグヤ》は口を閉ざす。

「終わりだよ、もう……冒険者もオラリオも、全部！」

少女達の視線の先で、青年がありったけの失意を吐き出す。

多くの者がうつむく。

鍋の番をする猫人《キャットピープル》の少女も手を止め、そちらを見やる。

そんな中、青年を目の前にする娘《むすめ》は、

「う～ん……」

一人、困った顔を浮かべていた。

先程と同じように、ほっそりとした顎に人差し指を添え、何か思案していたかと思うと……

ぱんっ、と。

子供のように両手を叩き、にこりと満面の笑みを浮かべた。


「じゃあ、みんなで死んじゃいましょうか？」


「はっ？」

青年が固まった。

「「はっ？」」

ライラと輝夜《カグヤ》が停止した。

「「「えっ？」」」

住民達が耳を疑った。

「つらくて、悲しくて、苦しいから、そんなことを言うんですよね？　それなら死んでしまえば、きっともう、何も感じなくなります」

青年達の反応など全く意に介さず、娘《むすめ》は朗々と語る。

まるで教理を説く聖女のように、邪気の欠片《かけら》もなく、無垢《むく》な笑顔のままで。

「天に還れば、貴方の妹さんにも会えるかもしれません。大丈夫、神様達の話が本当なら、いつか生まれ変われますから！」

　ぐっと両の拳《こぶし》を握って身を乗り出す。

　そんな彼女に、青年は、はっきりと気圧されて後ずさった。

「え、あ、いやっ…………な、なにを…………」

「みなさーん！　この方とご一緒に、死にたい人はいらっしゃいませんかー？　もう苦しむことはありませんよー！」

　挙動不審になる青年を他所に、娘《むすめ》は周囲へと呼びかける。

　住民達もまた超がつくほどうろたえ始めた。

　当然だ。自分達は今、まるで酒場で明るい笑顔を振りまかれるように、『道連れ』を尋ねられているのだから。

「「…………」」

　ライラと輝夜《カグヤ》も時を止めたまま。

　彼女達には珍しいほど、口を中途半端《ちゅうとはんぱ》に開け、絶句していた。

「「なんだ、あの女…………やべえ」」

　第二級冒険者をして戦慄《せんりつ》の言葉《コメント》がこぼれ落ちる中、ニコニコと笑うヤベエ娘《むすめ》の前に立つ青年は、かろうじて口を開いた。

「お、俺は……別に、死にたいわけじゃあ……」

その言葉を待っていたように、娘《むすめ》は舌を軽く出した。

「はい、そうですね。意地悪でごめんなさい」

そして、青年の瞳を見つめながら告げた。

「でも、冒険者様達も、決して皆さんを死なせたいわけじゃない」

「!!」

衝撃に撃ち抜かれたように、その体が震えた。

「冒険者様は今も頑張っていますよ?」

「誰よりも傷付きながら、皆さんを守ろうとしてる」

「勿論、守れなかった人達もいる」

「そして、そのことを誰よりも責めているのは、あの人達自身」

滔々《とうとう》と続けられる娘《むすめ》の言葉は、誰も責めていない。

ただただ、憤っては嘆くばかりで目と耳が塞《ふさ》がっている民衆に向けて、事実も、真実も教えていた。

「私の場合は、意地悪な勘違いだけど……皆さんはどうか、冒険者様達のことを、勘違いしないであげてください」

その静かな微笑みを、住民達は直視できなかった。

誰もが視線を地面に逃がすか、声を詰まらせて立ちつくした。

その中には、我が子《リア》を失った夫婦の姿もあった。

「……それでも！　守れないなら、最初から『守ってみせる』なんて期待させるなよ！」

何とか叫び返すのは、拳を作った青年。

娘《むすめ》の前で、知れず涙を流しながら、ぐしゃぐしゃになった感情を吐露する。

「口だけの『正義』なんて、ただの自己満足だろ！　だから俺は、冒険者《あいつら》に石を投げたんだ！」

脳裏に過《よぎ》る【アストレア・ファミリア】への仕打ちに、今は彼自身が罪の意識に苛まれながら、それを言い放った。

「あんな奴等を、『偽善者』っていうんだ！」

その言葉に。

娘《むすめ》はやはり微笑んだまま、答えた。

「『偽善者』。結構じゃないですか」

「え……？」

「簡単に人が死んでしまって、みんな自分を守ることで精一杯。そんな中で、誰かを助けようとする『偽善』は――とても尊いものだと、私は思います」

「!!」

「たとえそれが、上辺だけの『正義』だったとしても」

青年の息が止まる。

周囲の住民も呆然とする。

ライラと輝夜《カグヤ》は、瞠目する。

それは『真の正義』と呼べるものではなかったとしても、価値があり、称《たた》えるべきものであると。

娘《むすめ》はそう言っていた。

「こんな状況で、『偽善者』になれる人こそ、『英雄』と呼ばれる資格がある。私はそう思う」

その上で、はっきりと言葉にする。

胸に片手を添え、今もなお過酷の中で戦う者達に向けて、尊崇を捧げて。

「冒険者様達が戦っているように……皆さんも、苦しみや悲しみと、戦ってみませんか？」

「…………」

「『英雄』にはなれなくても……『英雄』の力になれるように」

その言葉はいっそ残酷なまでに、それと同時に力強く、青年と住民達の胸を揺さぶった。

諦観を抱き、自暴自棄となって、戦う者達に石を投げた彼等からすれば鋭利な刃にも等しい。

だが、正《ただ》しかった。

娘《むすめ》の言葉は誰よりも、何よりも正しかった。

このオラリオで――『英雄の都《みやこ》』で生きる者達にとって。

「っっ……」

間もなく、青年は項垂《うなだ》れた。

そんなものは無茶だと叫び返すことはできた。

無辜の民《おれたち》は無力であるのだと主張することもできた。

だが、それにかまけて、戦う者達へ石を投げる道理も、資格もないのだと、ようやく気付いてしまった。

「わたしは……わたしはっ……！」

我が子《リア》を失った母親は、認めたくなかった。

愛娘《まなむすめ》を喪《うしな》った自分こそ最も不幸なのだと、本当は怒鳴り散らしたかった。

しかし、開き直れなかった。

どれだけ悲憤に囚われても、彼女は普通の人間であった。いつか、どこかで、我が子《リア》とともに少女達《アリーゼ》に感謝できたように、真っ当な善人だったから。

だから、その行為がどれだけ歪《いびつ》で愚劣であるのか、わかってしまった。

「嗚呼っ……リア……！」

自分達は守られて当然なんだと、そうふんぞり返ることはとても楽だ。

そして、とても醜悪だ。

少なくとも自分達が『戦う者』に回った時、彼等《ら》彼女等《ら》はきっと、そんな者達のために戦えない。

怒りと悲しみ、喪失に打ちひしがれて、不条理の怨嗟《えんさ》を『戦う者達』にぶつけることは、きっと『悪』だ。とても哀れで、無自覚の『悪』だ。

少なくとも、そこに『正義』はない。

住民達も一様に口を閉ざし、己《おのれ》の所業によって、苦しんだ。

「……みんな、迷子なだけニャ」

それまでずっと黙っていた猫人《キャットピープル》の少女が、ぽつりと呟く。

出口の宛もなく苦しむ民衆と、かつての自分を重ね合わせるように、空虚な瞳で眺めながら。

「…………」

輝夜《カグヤ》は、その光景を遠い眼差しで見つめていた。

ライラは唖然《あぜん》としていて、やがて満更でもなさそうに、鼻の下を指でさすった。

「……おい、『英雄』だってよ」

「……よせ。体がむず痒《がゆ》くなる」

笑みを投げてくる小人族《パルゥム》に、ヒューマンの少女は頭《かぶり》を振る。

「それは、私にとっては最も縁《えん》のない言葉だ──」

輝夜《カグヤ》の言葉は、それ以降《いこう》続くことはなかった。

野営地《キャンプ》を襲う『爆発《ばくはつ》』が巻き起こったからだ。

「!?」

輝夜《カグヤ》とライラの驚愕《きょうがく》とほぼ同時に、悲鳴が生み出される。

「い、闇派閥《イヴィルス》だぁああああああああああああああ⁉」

恐怖の象徴となった白濁色のローブを見るなり、住民達は走り出した。

蜘蛛の子を散らすように逃げ出す老若男女に、煙が上がる『魔剣』を持った闇派閥《イヴィルス》の兵士はせせら笑う。

「都市内地だからといって油断しきりおって……護衛も用意していない、愚かな民衆め」

ここはもともと、【アストレア・ファミリア】に石を投げたように、冒険者達に不信感を持った者達が集まるキャンプだった。中央からの指示を聞かず、北に留まったが故に、闇派閥《イヴィルス》の目に格好の獲物として映ってしまったのである。

「混乱は望むところろ！　お前達の断末魔の声をもって、冒険者どもに絶望を与えてやる！」

舌なめずりをする闇の使徒が、一斉に飛びかかる。

自分達の命を狙《ねら》う凶刃を前に、背を向けない者は、僅かしかいなかった。

「シル！」

「アーニャ！　みんなを助けて！」

別人のごとく瞳に剣呑《けんのん》な輝きを宿す猫人《キャットピープル》の少女が、側に立てかけていた得物を拾い上げる。そんな彼女が言うが早いか、娘《むすめ》は護衛を拒んだ。

私はいいから——そんな言外の言葉に猫人《キャットピープル》の少女は顔をしかめたが、まさに斬りつけられようかという民衆の姿を捉《とら》えた瞬間、猫の足《ステップ》を踏む。

巻いていた白布を引き裂き、あらわになった金の長槍《ちょうそう》で、闇派閥《イヴィルス》の兵士を薙ぎ払った。

「ぐぁぁぁ⁉」

「こ、こいつ！」

「まさか、冒険者か⁉」

野営地《キャンプ》の一角で繰り広げられる戦闘の風景。

たちまちかき鳴らされる剣戟の音を他所に、薄鈍色の髪の娘《むすめ》は気丈に声を張り続けた。

「みなさん、南側に逃げて‼　早く！」

敵兵に蹴《け》りつけられ、無残にも地面へぶちまけられる鍋のスープに手を握りしめつつ、一人冷静に、的確な指示を飛ばす。

恐慌の中で彼女の声は、闇派閥《イヴィルス》の手が届かない逃走経路に民衆を導いていく。

「他者を逃す暇などあるのか！」

「――‼」

そんな彼女の背後に迫ったのは、小隊長の男。

別の場所で敵を相手取っている猫人《キャットピープル》の少女は間に合わない。

振り返った娘《むすめ》の瞳に鋭い長剣が映り込んだ、直後。

「よっと！」

「ぐげえッ⁉」

短剣代わりに振るわれた飛去来刃《ブーメラン》と刀の一閃が、男を十字に斬りつけた。

僅かに目を見張る娘《むすめ》に――唇をつり上げるのはライラだ。

「大した胆力だな、ヒューマンちゃんよ。逃げ出しもしねえで周りを庇《かば》って。本当に馬鹿《ばか》だな、アンタ」

「貴方達は……」

驚く娘《むすめ》に、刀を提《さ》げる輝夜《カグヤ》は薄っすらと笑《え》む。

「なぁに――ただの『偽善者』だ」

その言葉を合図に、二人同時に駆け出す。

速かった。

これまで罪なき民を守るため、あらゆる状況をくぐり抜けてきた彼女達は、闇派閥《イヴィルス》と一般人が入り乱れる混沌とした戦場の中にあって、機敏だった。

輝夜《カグヤ》が大和撫子の装いらしからぬ雄叫び――戦喊《ウォークライ》を上げ、驚倒する敵味方の注意を引きつけたかと思うと、鼠のように地面を低く疾駆するライラが闇派閥《イヴィルス》の視界外から飛去来刃《ブーメラン》を投擲《とうてき》する。

悲鳴と、怒号。

血を散らしながら次々と回転刃の餌食となる敵兵はあからさまに浮足立つが、物陰に移動しては死角を掠《かす》め取り、暗殺者《アサシン》さながら得物を投じる小人族《パルゥム》を捕捉できない。

そして彼女に気を取られた瞬間、極東の剣客が凄烈な斬撃を見舞う。

【アストレア・ファミリア】の中でも最強の白兵戦能力を持つ輝夜《カグヤ》の刀舞は、もはや美しいを通り越して鬼神のごとくだった。優先順位を履《は》き違《ちが》えた闇派閥《イヴィルス》は彼女一人に斬られ、押され、呑《の》まれ、蹂躙されていく。

既に頭目——小隊長の男は潰されている。引き際も心得ない兵士達はただの獣にして烏合の衆だ。とっくに敵味方の位置を正確に見極めている二人の少女は、被害を気にすることなく、後は暴《あば》れ回るだけでよかった。

背中を預ける気など更々ない輝夜《カグヤ》の支援《フォロー》をライラが勝手に行い、そして威力《パワー》不足のライラの穴を輝夜《カグヤ》の怒涛が埋め、結果的に見事な連携を披露する。

「ア、アストレア・ファミリアっ——ぐあぁッ⁉」

最後の兵士を、鋭い刀閃が斬り伏せる。

一人で戦っていた猫人《キャットピープル》の少女を瞠目させるほどの手並みで——僅か二分の間に、敵小隊は鎮圧された。

「片付いたな。これだけの騒動だ、憲兵団《ガネーシャ・ファミリア》あたりがすぐ来るだろう。残った連中の捕縛は任せるか」

「ああ。リオンもいねえみてえだし、先へ——」

納刀する輝夜《カグヤ》の隣で、ライラが踵《きびす》を返そうとした時だった。

戦場でなくなった野営地《キャンプ》の奥から、ふらつくように、ヒューマンの青年とリアの夫婦が歩み出る。

「あ、あんた達……」

「私達……あんな酷いことをしたのに……守って……」

呆然《ぼうぜん》としている表情には、驚きと困惑、後ろめたさ、そして痛苦があった。

何度も口を開きかけ、しかし言葉を続けられない彼等を、ライラはじっと見つめた後、あっさりと背を向ける。

「行くぜ、輝夜《カグヤ》」

「ぁ……」

去っていく小人族《パルゥム》の後に、輝夜《カグヤ》の黒髪が風になびく。

少女達の後ろ姿を眺めることしかできない青年達は、泣き出しそうな稚児のように顔を歪《ゆが》め、しばらく立ちつくすのだった。

「――良かったのか、何も言ってやらなくて？　石を投げられて、お前も相当に腹を立てていただろう？」

キャンプが見えなくなった頃。

輝夜《カグヤ》は何事もなかったように尋ねていた。

隣を歩くライラは周囲に誰もいないことを確認すると、それまでの真剣《シリアス》な表情を放り投げ、ニヤリと口端をつり上げる。

「バーカ、何も言わず立ち去るのがミソなんだ。民衆《あいつら》の顔を見たか？　勝手に罪悪感に潰されちまって、胸も超すっきりってもんだろ？」

「うわぁ……本当に性根の腐った小人族《パルゥム》ですこと」

ゲスな笑みを浮かべるライラに、輝夜《カグヤ》は着物の袖《そで》で口もとを隠しながら軽蔑《けいべつ》する。

が、隠した唇がしっかり笑みを描く彼女も、やはり似た者同士だった。

「それに、あれだ」

そこで、ライラが足を止める。

腰に片手を置いたかと思うと、今度は年相応の、少女の笑みを浮かべた。

「こっちの方が、『正義の味方』っぽいだろう？」

「……違いない。性には合わんがな」

ふっ、と輝夜《カグヤ》もまた笑う。

笑みを交えた二人はやがて、家出したエルフを探すため、歩き出す。

ここに来る前より、少しだけ横顔を晴れやかにしながら。

「……頑張って。正義の眷族達《ファミリア》」

視線の先、もう見えなくなった少女達に向けて、娘《むすめ》は呟いた。

薄鈍色《うすにびいろ》の髪を揺らし、同じ色の瞳を細め、微笑を送った。

四章
抗う者達

ASTREA RECORDS
evil fetal movement
Author by Fujino Omori Illustration Kakage
Character draft Suzuhito Yasuda

「アスフィ、私が死んだらキミが団長だから。お願いね☆」

「……は？」

それは本当に、何てことのない、とある日の昼下がりだった。

対闇派閥《イヴィルス》の被害を抑えようと、アスフィが新たな魔道具《マジックアイテム》開発に根を詰めていると、ふらりと部屋に訪れた【ヘルメス・ファミリア】の団長リディスに、

「アスフィー、ご飯食《た》べにいこー」

と本拠《ホーム》から連れ出されたのだ。

固辞したのだが全くの無駄で、溜息《ためいき》も売りきれたアスフィは手をグイグイと引っ張られるまま、酒場に連行された。

看板に記された店名は『豊穣の女主人』。二年ほど前にできたばかりで、『暗黒期』でありながら堂々と営業を行う稀有《けう》な店であった。リディス曰く「今のオラリオでゆっくりまったり安全にご飯を食べたいならココ！　ちょー天国《ヴァルハラ》！　冒険者相手には高いけど！」らしい。

そんな酒場の長台席《カウンター》に座らされ、絶品の野菜のキッシュに唸《うな》らされていると、先の言葉を唐突に告げられたのである。

「……いや、いきなり何を言ってるんですか、団長」

「じゃあ、心に留めとくだけでいいや。ご飯も美味《おい》しいし」

まじまじと見つめてしまうアスフィに、リディスはあぐあぐと昼間から鉄串に刺した熱々の

肉塊《ステーキ》にかぶりついていく。

リディスはヒューマンで、同性のアスフィから見ても目が覚めるような美女だった。長い灰がかかった金髪《アッシュブロンド》を、編んで右肩に流す一まとめ《ワンサイドヘア》にしている。襟《えり》付きの白の上衣《ブラウス》に襟布《ネクタイ》をしめており、男性の視点からでも酷く端整に映るだろう。

黙っていれば近寄りがたいほどの美女だった。しかしそれも、精神年齢が低いとしか思えない言動が全《すべ》てを台なしにしていたが。

「陳腐な言い方で自分でもがっかりするけど、こんな時代だから何が起きるかわからないでしょ？　だから、その時のために」

昼間から肉の塊を頬張《ほおば》り、よく真っ白な上衣《ブラウス》に肉汁の一つも落とさないものだと呆《あき》れ半分に感心していると、指先を舐《な》めていたリディスはそう続けた。

「私が指名したってことで、ヨロシク。ま、ヘルメス様も同じことを言うと思うけどね」

「ちょ、ちょっと待ってくださいっ。貴方が死ぬなんて、そんな軽率な発言は……！」

「軽くはないかな。でも、重くもしたくないんだ。淡々と、円滑にことが運ぶようにしたい。【ファミリア】のためにも、あの神《ひと》のためにも」

狼狽《ろうばい》するアスフィを他所に、すぐ隣に座っているリディスは次の料理に手を伸ばしていた。

長台《カウンター》を挟み、料理の準備を進めるドワーフの女主人は、何も言わない。

「私達はヘルメス様の眷族。だから穴ができても、すぐに埋める備えはしておかないといけない。私達は常に飄々《ひょうひょう》としてなきゃいけないから。言っている意味、わかるでしょ？」

「……わかりませんよ。それに、貴方の後釜なんて納まりたくありません……」

「あははっ！　アスフィは真面目《まじめ》だからね、きっとヘルメス様に振り回されて目が死んだ魚みたいになるんだろうなぁ～」

「ちょっとっ！」

「──でも、キミならできる。誰《だれ》よりも苦労しているキミは、ぴったりだよ」

ころころ笑う子供のような笑みから、不意に大人びた淡い笑みを向けるリディスの瞳《ひとみ》に、アスフィは思わず、どきっとした。

けれどそれも僅かなの間で、「このミートパイうんまーい！」ともぐもぐ頬張る彼女の姿に、やっぱり脱力した。

「大丈夫だよ、アスフィ。その時が来ても、来なくても、キミは大丈夫。なんて言ったって【万能者《ペルセウス》】なんだから」

「何を根拠に言っているんですか……」

「オイオイ、私はリディスだぜ？　間違いなんて言うわけないじゃないか！」

「ヘルメス様の真似、やめてください！　果てしなくうざい!!」

「ははは っ！　ヘルメス様涙目～！」

どんなに賢く、いくら教養があっても、当時のアスフィは子供だった。

真に受けず、また質《たち》の悪い冗談だとそう思っていた。

平和そうに笑っていたリディスの方が、ずっと『現実』を見ていた。


だからリディスは死んだ。

『大抗争』の夜、追撃を受ける上級冒険者達を逃がすため、己《おのれ》の命を投じて。

彼女は冷静に都市の利益《りえき》を計算し、自分を切り捨てたのだ。

真に受けなかった話が、現実のものとなった。

彼女はおちゃらけていても、ずっと想定していたのだ。

この『暗黒期』という情勢下、誰が捨て石となり、誰が受け継ぐのかを、ずっと。

そして、それが『今』だ。


「第五、第六、それに第八区画でまた襲撃だ！　これまでより攻勢が激しい！　どうする、アスフィ！」

激しい報告の声が、荒い足音とともにもたらされる。

【ヘルメス・ファミリア】団員の報告に、アスフィは何度目とも知れない動揺に襲われた。

輝夜《カグヤ》とライラが北の野営地《キャンプ》を防衛したほぼ同時刻、闇派閥《イヴィルス》の襲撃が及ぶ南区画。

都市の外には出られず、物資に限りがある状況下で――民衆への供給のため満足な補給もままならない現状で――行われる断続的な攻勢は、確実に冒険者の神経をすり減らしている。

敵指揮官《ヴァレッタ》の思惑通りに、民衆という爆弾を抱える各【ファミリア】は内からも外からも苦しめられていた。

そんな中で、アスフィは誰とも異なる重圧《プレッシャー》に苛まれ続けている。

「さ、三ヵ所同時？　敵の数はっ？」

「小隊が少なく見積もっても八以上！　味方は半分以下！　指示をくれ！」

団員が求めるのは『団長の命令』である。

目の前の『現実』が到底信じられず、アスフィは咄嗟《とっさ》に応《こた》えることができない。

――前団長《リディス》が死んだ。

――お前が、次の団長だ。

主神《ヘルメス》から告げられた残酷な言葉が脳裏に何度も反響する。

良くも悪くも自分に影響を与えたリディス――身近な人物の死を受け入れる暇もなく、『今』が来てしまった。

与えられた立場にうろたえ、状況に翻弄されてばかりのアスフィは、ふと気を抜けば眩暈《めまい》で膝《ひざ》を屈してしまいそうだった。

「ぼ、冒険者が足りない……私達と、あとは、第三区画に駐留する戦闘娼婦《バーベラ》に救援を……！」

指示を待つ団員から後退《あとずさ》りそうになる踵《かかと》を押さえながら、必死に考えを巡らせ、指示を出そうとしたが、

「……駄目だ。俺《おれ》達はともかく戦闘娼婦《バーベラ》まで動かせば東の守りが薄くなる。『穴』が開けば、敵は違う部隊を放り込んでくるぞ」

それまで黙っていた虎人《ワータイガー》のファルガーが、諫言《かんげん》のごとく口を挟んだ。

副官として支えようとする彼の指摘に、アスフィはみっともないほど言葉に詰まる。

「そ、それは……では、どうすれば……！」

全くもってファルガーの言う通りだった。

そして問題なのは『では、どうするのか』という答えを、少女《アスフィ》が出せないことであった。

空を塞《ふさ》ぐ灰色の雲に見下ろされながら、壊れた大通りに立ちつくしていると——。

「そちらは儂等が何とかする。配置は動かすな。どうせこれも『嫌がらせ』の範疇《はんちゅう》じゃろう」

「エ、【重傑《エルガルム》】……！」

大戦斧《だいせんぷ》を担《かつ》ぐドワーフが、少数の団員を率いて現れた。

別の戦場を鎮圧したばかりなのだろう。まだ乾いていない返り血を鎧に付着させた【ロキ・ファミリア】のガレスは、歴戦の戦士の貫禄をもって告げた。

「それよりも、【ヘルメス・ファミリア】は神エレボス、ザルド、アルフィアの所在を探って

くれ。最優先でだ。敵の動向を知りたい」

「ああ、わかった……」

まともに頭が働かないアスフィの代わりに、ファルガーが頷《うなず》く。

依頼の内容に嘘《うそ》はない。最も警戒を払わなくてはならないのは敵の首魁《しゅかい》と、最強戦力である『覇者』の二人。

だが、あえて今の【ヘルメス・ファミリア】を──前団長を失った派閥を──戦場から遠ざけるようにしたガレスは、アスフィの目を真《ま》っ直《す》ぐ見つめた。

「【万能者《ペルセウス》】、動じるな。敵は儂等の緊張を維持しようとしておる。休ませぬよう、いつ攻めてくるかわからぬ恐怖で脅かすつもりだ」

「そ、それはっ……」

「騒ぎさえ起こせればそれでいい、襲撃は常に小規模……そういうことだ。『団長』ならば、常に戦場を俯瞰する癖《くせ》をつけろ」

「っ……！」

その最後の言葉に、アスフィは肩を震わせた。

ガレスが立ち去った後、彼女は糸の切れた人形のように、がくりと項垂《うなだ》れる。

「…………ファルガー」

やがて、絞り出すように、掠れた呟きを発した。

「ダメです、やはり替わってください……！　私には団長なんて無理です！」

「アスフィ……」

顔も上げられないまま、地面に向かって叫び声を放つアスフィを、ファルガーは痛ましそうに見つめた。

「ずっと見当違いな指示ばかり！　思考が全くまとまらない！　震えで、声が今にも上擦《うわず》ってしまいそうになる！」

今だけではない。

団長という責務を負ってから、アスフィは悪手を打ち続けている。

先程のようにファルガーが支えることで何とか事なきを得ているが、これ以降の間違いは戦局に響きかねない。

これがもし、ヘルメスが側にいたなら、アスフィも心の拠《よ》り所《どころ》にできたかもしれない。

しかし彼はいない。

眷族の一人一人にかかずらうこともできないほど、多くの神が駆り出され、今のオラリオを奔走している。ヘルメスも例に漏《も》れず、アスフィやファルガーに何も話さず、少数の団員を連れてどこかへ行ってしまった。

「これでは味方の足を引っ張ってしまう！　団員《あなたたち》を、殺してしまう！　あっけなく死んでしまった前団長《リディス》のように……！」

前髪をくしゃりと鳴らしながら、汗が伝う青白い顔を片手で覆《おお》う。

リディスの死はアスフィの中で『契機』だった。

冷たく残酷な喪失を身近に感じさせると同時に、『自分の指示が仲間を殺してしまうかもしれない』という十分に想定できる未来を脳裏に刻んだ。

これまでヘルメスの気まぐれで、リディスがいない時は秘書紛《まが》いのことを確かにやらされてきた。しかし、そんなものは『仲間の命を預かる』という行為とは程遠い。この『暗黒期』という時代の中で、『団長』という言葉は重みが違う。違い過ぎる。

誰もが、【勇者《ブレイバー》】のようにはなれないのだ。

押し付けられた地位と責任に、アスフィは正《ただ》しく押し潰《つぶ》されそうだった。

(リディス……団長っ！　私はどうすればいいのですか！　どうして貴方は、私を選んだんですか⁉　何がぴったりなの？　苦労している、って何⁉　こんな私の何《なに》が、貴方のいない【ファミリア】を支えられるというの⁉)

故郷を出る時に捨てた『王女』の一面が。

アスフィの『弱さの象徴』が、心の奥深くで蘇《よみがえ》り、涙を堪えている。

アスフィは泣けない。今《いま》泣いたら、万能者《ペルセウス》の鎧に罅《ひび》が入り、かつての王女《アンドロメダ》に戻ってしまう。

アスフィは、戦えなくなる。

しかし涙の奥に見えるリディスの幻想に、どうしても縋《すが》りたくなってしまう。

リューと同じように、アスフィは決して強くなんかない。

重責に苦しめられ、自分の『正義』すら定められない、まだ十五の娘《むすめ》なのだ。

「私は、私はっ……！」

今にも過呼吸に陥《おちい》りかねないアスフィに、指示を待つ団員がうろたえる。

ファルガーだけが、眉間を歪《ゆが》め、葛藤する少女をじっと見つめる。

取り残された若い眷族達の停滞は、しかし、僅かだった。

虎人《ワータイガー》の青年が目を瞑り、次には意を決したように勢いよく開眼したかと思うと――アスフィに迫った。

驚く彼女の両肩を、その大きな手で摑《つか》み、強引《ごういん》に目を合わせる。

「聞け、アスフィ。俺はヘルメス様の言う通り、お前は団長向きだと思う。それは、お前が誰よりも『苦労人』だからだ！」

目の前でぶつけられる叫びに、アスフィは一瞬、呆けた。

「な……なにを、言って……」

「お前の『苦労』は、『今、自分が何をしなければいけないのか』わかってしまうからだ！正確に『今』を見極められるからだ！」

「!!」

――それが『今』だ。

そんな囁《ささや》きを、アスフィは聞いた。

自分の両肩を掴むファルガーの背後に、『一人の美女』を見た。

（団長《リディス》──）

アスフィにしか見えない幻想《リディス》は、いつもみたいな能天気な笑みを浮かべ、呑気《のんき》に手を振っていた。

もう『種は蒔き終えてる』なんて、そんな顔で。

まるでファルガーは、リディスの意志をなぞるように、アスフィの胸に訴える。

「自信を持て！　自分を否定するな！　お前の状況を把握する能力は、【勇者《ブレイバー》】にだって負けちゃいない！」

「!!」

ファルガー・バトロスは、屈強な虎人《ワータイガー》だ。

アスフィと入団時期は近く、今までヘルメス達に揉《も》まれた共通点もあって、苦楽をともにした仲と言っていい。

魔道具作製者《アイテムメイカー》として抜群の才能を発揮するアスフィに唯一足りていないものを挙げるとすれば、それは戦闘能力であり、それを埋め合わせるのが武闘派のファルガーの仕事だった。アスフィもファルガーも、今日まで互いに背中を預けてきた。

ヘルメスや前団長《リディス》の次にアスフィを知る者がいるとすれば、それはファルガーだ。

アスフィと同じく、前団長《リディス》に遺言《なにか》を託されたとしたら、それは彼だ。

少女の強さも弱さも、間近で見続けてきた彼の声は、アスフィの自己否定の言葉より、ずっと力強かった。

そんなファルガーが、【万能者《ペルセウス》】は【勇者《ブレイバー》】にも劣っていないと、そう断言する。

「今日までのヘルメス様の無理難題を思い出せ！　あれに比べれば、今なんて口笛を吹きながら切り抜けられる！」

「ファルガー……」

「お前ならできる！　俺には、決してできないんだ！　だから——アスフィ!!」

それはファルガーの激励だった。

自分にはない能力を持つ少女への羨望と信頼だった。

前団長《リディス》に託された、『新たな団長を支える《アスフィ》』という約束だった。

肩に食い込む太い指に、アスフィは胸を震わした。

やがて緞帳《どんちょう》が降りるように、瞼が閉じられる。

瞼の裏側に過るのは自分をいつも見守っていたヘルメスの笑み。

そして、飄々としながら【ファミリア】を導き続けていた前団長《リディス》の姿。

(私には、できないことが沢山ある)

アスフィはそれを認めた。

(そして、私にしかできないことがある)

彼女はそれを自覚した。

(その上で私は――何をしなければいけないのかくらいは、わかる!)

少女は重圧に歯向かい、『巡る意志』に手を伸ばした。

今、考えられる上での『最悪』とは、アスフィ・アル・アンドロメダがリディスの遺志を継がず、ただの『置物』と化すことだ。

瞼をこじ開ける。

新たな幕が開く。

両の瞳が景色を映した時、そこに広がるのは新しい世界だった。

幻想《リディス》はもう見えない。

代わりに世界《ここ》に立つのは、新たな団長《アスフィ》だ。

「……依頼された敵の首魁《しゅかい》捜索と並行して、廃墟から物資を確保します。食料、装備、何でもいい」

「……!　アスフィ!」

深い呼吸を経て、口を開く。

顔付きが凛然としたものに変わったアスフィに、ファルガーは歓呼した。

「敵は都市を包囲するため、一度制圧した中央広場以南《セントラルパークいなん》から撤退した……繁華街を中心に物資の収拾を。これが後の命綱になる」

アスフィが指示するのは、来《きた》る反抗作戦のための『貯蓄』。

戦術・戦略は【勇者《ブレイバー》】が必ず練る。ならば今すべきは補給物資を確保しておくことだ。

装備はもとより、民衆への供給のためにも食料や衣類は欠かせない。

ガレスに言われた通り現状の戦場を俯瞰し、数手先の盤面を描くアスフィは『憂いを断つためめの備え』を選択した。

フィンがここにいれば、言っただろう。

『正解だ』と。

リディスがいれば、笑ってくれただろう。

『よくできました』と。

「護衛は必須です。各隊、四人一組《フォーマンセル》でそれぞれの区画に散ってください！」

「了解！　みんなに伝える！」

調子を取り戻した、いやこれまで以上に力強いアスフィの声に、指示を仰《あお》いでいた団員も喜びを隠さず駆け出していった。

その背中を見送った後、アスフィはファルガーへと振り返る。

「ファルガー……乗せられてやりますよ、貴方達の口車に。この戦いに勝利するために、『苦労人』になってやります！」

「ああ、頼む！　俺達を導いてくれ、団長！」

今までの『苦労』なら誰にも負けない。

だってあの『先輩』も、苦労していると、そう認めてくれていたのだから。

破顔するファルガーに、アスフィもそこでようやく、久しぶりの笑みを宿すことができた。

「まったく、調子がいいんですから……自分が団長をやりたくないだけのくせに」

「はは、バレたか」

笑みを交わし合った同期の二人は、すぐに真剣な顔付きを纏《まと》い直す。

「私は魔道具《マジックアイテム》を使って単独で動きます。機動力はこちらの方が上です。貴方はセインとともに小隊を率いてください」

「ああ、任せろ！」

目の前から走り出すファルガー。

そんな彼とは逆方向へ、アスフィもまた駆け出すのだった。

「今、私達がやらなければならないことを……！　今、自分ができることを！」


やらねばならないことは、もう既にわかっている。

「うぁああああああ⁉」

「な、なんだ！　誰かいるのか⁉」

「空間から『衝撃波』がっ——ぐあああああああ！」

闇派閥《イヴィルス》に魔咆手《マジック・イーター》を撃ち込み、雑兵を蹴《け》散らす。

蹴散らした後に残るのは空虚なまでの静寂で、得るものは何もない。

周囲、何もかも崩れ落ちた廃墟が暗然と囁くように、失ったものは山ほどあるというのに。

黒衣の魔術師《メイジ》、フェルズは、その行動に何の意味がないにもかかわらず、被っていた『透明衣《リバース・ヴェール》』を剝《は》ぎ取った。

『フェルズ、状況は？』

「闇派閥《イヴィルス》の一団を発見し、これを殲滅した……地下水路の入り口は、すぐそこにある」

透明状態《インビジビリティ》を解除し、虚空から姿を現したフェルズのもとに老神《ろうじん》の声が響く。

貴重な魔道具《マジックアイテム》『眼晶《オクルス》』を介して通信してくる都市《オラリオ》の創設神、ウラノスだ。

フェルズはギルドの主神たる彼の私兵。『大抗争』が始まった時から今の今まで、ウラノスの右腕として暗躍し、神意に従っていた。

全てが燃えた夜、フェルズは陰ながら冒険者を援護し続けた。

夜が明けた後も東奔西走し、文字通り不眠不休で働き続けた。

起きかけていた民衆の暴動を、魔道具《マジックアイテム》で強制的に眠らせ、もう四度は事前に防いだ。

治療師《ヒーラー》達が抱えきれない大量の怪我人《けが》も、冒険者も一般人も関係なく癒やした。

使い魔の梟《ガフィール》を飛ばし、巨大市壁を占拠する闇派閥《イヴィルス》の陣形を空から認め、主神経由《ギルド》でフィン達に情報も提供した。

今もウラノスの指示で、『臭う』と告げられた都市の地下水路を調査するところだった。

『用心しろ、フェルズ』

「……」

『こちらの予想通り根拠地が地下にある場合、敵も最大の警戒を払っている』

「……」

『魔道具《マジックアイテム》による視覚及び嗅覚の偽装だけでは見抜かれる可能性も………フェルズ？』

透明化して、誰よりも都市に尽力しているフェルズの働きを、主神《ウラノス》を除けば誰も知らない。

だがそれでいい。まさに影となって黒衣の魔術師《メイジ》は『英雄の都《みやこ》』を支えるのだ。

それこそ肉も皮も失い、未練と骨しか残らなかった『愚者《フェルズ》』が尽くすべき献身だ。

腹の飢餓も喉《のど》の渇きも心身の眠りも必要としない黒衣にしか、できないことなのだ。

だから、やらねばならないことは、もう既にわかっている。

そして、やらなければならないことはまだ、無数に存在している。

それを理解しているにもかかわらず、フェルズは、その場から動けなかった。

「ウラノス………亡骸が転がっているんだ」

『……』

「これまで飽き飽きするほど、何度も見てきた……人の死が」

フェルズは、八百年の時を生きる元賢者だ。

人の死など見慣れていて、腐り落ちた肉と皮のように、感情なんてものも枯れていた。常人の精神状態からはとうにかけ離れ、ともすれば達観の奴隷となりがちだった。その筈だった。そう思っていた。

「無念と寂寥《せきりょう》と、渇望が……愚かな賢者《わたし》を見ているんだ」

だが、違った。

これほどの『虐殺』に欠片《かけら》も動じない者がいるとすれば、それは神《かみ》以外ありえない。

どれだけ感情が鈍くなっても、達観の奴隷になろうとも、八百年程度の生では超越できない『感傷』があるのだと、まだ神の足もとにも及ばない子供のフェルズは理解した。

目の前に広がる、屍の山。

既に瞳から光を失い、涙も乾いた妖精《エルフ》の子供が、こちらに助けを求めるように、片手を伸ばしている。

何故《なぜ》『不死の秘法』を求めたのか。

何故『生の奪還』を夢見てたのか。

かつて『愚者《フェルズ》』と名乗る前の、生意気で、傲岸で、悲しみに囚われていた魔術師《メイジ》の根源《ルーツ》を思い出す。

存在しない筈の胸が震える感覚を覚え、フェルズは、愚かな願望《それ》を吐き出していた。

「今、ここで、私が役立たずの蘇生魔法《まほう》を唱えれば……その中の一つは、救われるのか？」

漆黒の手袋《グローブ》に包まれた、まるで死神のように歪《いびつ》な指先を、息絶えた小さな妖精《エルフ》の手へと伸ばす。

目の前の死に、過去の喪失を重ね合わせ、触れようとした瞬間、

『ならん』

「……………」

『蘇生は許さない。この私が、お前が救えた筈の命を奪う』

水晶の奥から、老神《ろうじん》が断じる。

厳しく、残酷に、けれど慈悲をもって、フェルズの無力を己のものとする。

『お前は私の神意のもと、救済すべき命を見殺しにしたのだ。驕《おご》るなよ、フェルズ。お前の感傷など、酷薄な神の前では戯言に過ぎん』

「……………」

『この英雄の都《オラリオ》のために、滅私せよ。神々が望む未来のために、お前の献身を捧げるのだ』

「…………ああ、わかっているよ、ウラノス」

すまない。

ありがとう。

そんな感傷《ことば》を揺れる黒衣の内に隠しながら、フェルズは屍から手を引いた。

自分の咎を肩代わりしてくれた神様に、流せぬ涙の代わりに、感謝を捧げながら。

「大丈夫だ。私はもう、大丈夫……」

何度も繰り返し呟き、無駄に生き続けてきた愚物の仮面を纏い、顔を上げる。

「行くよ」

愚者の献身は終わらない。


「――おえっ、おえええええええええっっ……！」


吐いた。

思いきり、吐いた。

先達の姿に感化され、負けるもんかと自分に嘘をつき、走って走って走り続け、とある愚者とは比べるのも馬鹿馬鹿《ばかばか》しい『ちょっと』だとしても、尊敬している団長達の役に立とうと奔走し続け――あっさりと限界を迎えた。

どこへ行っても漂う強い血の香りが。

直接目《め》にしてなくとも『それだ』とわかってしまう死臭が。

延々と続く街の惨状が、麻痺状態だった心身の均衡《バランス》を崩壊させたのだ。

凄惨な戦場には出させてもらえずとも、伝令役として都市を駆けずり回っていたラウルは、地面に両手をついて吐瀉物をぶちまける。

「ラウル⁉」

「おえっ、おえぇぇぇ……！　げほっ、ごほっ！」

吐き戻された汚物には胃液も混じって、どうしようもないくらいに臭い。駆け寄ってくるアナキティに、今だけは近付いてほしくなかった。

「ラウルっ、休みましょう！　貴方、あの夜からずっと走ってる！　全然休んでない！」

「だ、だめっす……走らなきゃ……！　団長達を、助けないと……！」

ともに伝令役を課されているアナキティが、背と肩に手を置きながら、泣きそうな声で訴える。彼女を不安にさせていることが悔しくて悲しくて、ラウルも目尻に滴《しずく》を溜《た》めた。

（戦ってなんか、ないくせに……！　戦場から遠ざけられているくせに！　何で自分は、こんなに弱いんだ……！）

何てことはない。麻痺していた感覚が正常に戻れば、ラウル・ノールドは少しだけ常人より強い、ただの凡人だった。

死の都《みやこ》と化したオラリオに、胸の中をぐちゃぐちゃにかき乱されてしまうほど、少年は真っ当な精神を有していただけだ。

「どうして、俺はっ……！」

そんな健全な事実が、堪《たま》らなくみっともない。堪らなく惨めだ。

認めなくてはならない。心が折れかかっていると。

いくらフィン達がすごくても『もう駄目だ』なんて言葉が、押さえつけている心の蓋から溢《あふ》れ出しそうになっている。この先のことを考えると、もう顔を上げられなくなるくらい、邪悪という名の絶望がラウル達をせせら笑っている。

その胸の内を察してか、「ラウル……」とアナキティが囁き、同じ無力感をともにする。

四つん這いの体が震えて、肘も膝も折れてしまいそうになった、その時。

コーン、コーン、と。

かすかに響く『音』が聞こえた。

「っ……？　これは……」

猫の耳を立ち上げ、驚くアナキティと一緒に、ラウルも顔を上げる。

現在地は都市の西区画。網目のごとく水路が行き交っており、例年の季節以上に低くなってきた気温もあって霧とは言わずとも靄がうっすらと立ち込めつつある。

「……『槌《つち》』の音？」

呆けていたラウルは立ち上がり、口もとを拭って、まるで音に導かれるように、アナキティともども足を進めていた。闇派閥《イヴィルス》の罠《わな》とは思えないほど音は静謐で、ただ透き通っていた。

靄が薄らぎ、音の源まで、少年達を連れていく。

やがて。

「……『英雄橋《えいゆうばし》』？」

ラウル達が辿《たど》り着いたのは巨大な石橋だった。

長さは六〇M《メドル》、幅は一〇M《メドル》を越える。

そして、左右の欄干《らんかん》に等間隔に並んでいるのは、『英雄橋』の名の通り、三十を越す『英雄の彫像』だった。

遥か『古代』、大穴《ダンジョン》を塞がんと戦い続けていた人類の誇り。

このオラリオの地で特に偉業を為《な》しえた、偉大なる英雄達の御姿《みすがた》である。

都市に来た頃、ラウルもアナキティも訪れたことがある。冒険者の根源《ルーツ》とも言える彼等《ら》彼女等《ら》を拝んで、いつか自分達も、そんな子供のような憧《あこが》れを抱かなかったと言えば嘘になる。

けれど現実は厳しくて。

今だってつらく冷たい惨状を押し付けて、ラウル達に『英雄にはなれない』と冷たい宣告を突きつけてくる。

そんな偉大で、残酷な橋の上に──一柱《ひとはしら》の神物《じんぶつ》がいた。

「……神、ゴブニュ？」

槌を始めとした工具を使って、老神《ろうじん》は橋を修繕していた。お供もつけずに。

『大抗争』の余波から逃れられなかったように一部は抉れ、橋を支えるアーチにも罅が走っていた。橋の上に立つ彫像達はもっと悲惨だ。腕や首が折れ、あるいは傾いている像もある。

呆然《ぼうぜん》としていたラウル達は橋に足を踏み入れ、彼のもとに赴く。

「ゴ、ゴブニュ様……どうして、ここに……」

「武器を打つのは眷族達に任せた。もう、炉が空いていない」

こちらを一瞥もせず、彫像の一つを直している寡黙な神は、答えになっていそうでなっていない返事をした。

ラウルは戸惑いつつ、もう一度尋ねた。

「何で、この橋を直してるんすか……？　修繕するなら、重要な施設の方を――」

「これだけは、駄目だ」

えっ？　と。

こちらの疑問を断ち切るように返ってきた老神《ろうじん》の言葉に、ラウルは立ちつくす。

「この橋だけは、失われてはならない」

神の眼差《まなざ》しは目の前の彫像に、そして『橋』のみに向けられている。

「この橋を失えば、お前達はもう立てまい」

「――――」

ラウルは時を止めた。アナキティも同じだった。

『英雄橋』は、神時代《しんじだい》の始まる前より築かれたとされている。モンスターの襲撃、自然災害、人同士の争い、幾度となく破壊されておきながら必ず誰かがこの橋と彫像を直し、今日《こんにち》まで受け継がれてきた。

『我等の誇りを失わせはしない』と、そう言わんがために。

「巡り、受け継がれる『英雄神話』だけは、途切れさせてはならん」

いつだって口数が少なく、感情をあらわにすることなどない老神《ろうじん》の手は、見たこともないほどボロボロだった。

神匠《しんしょう》の一柱と呼ばれる彼が一人で、既にどれほど橋を修復したのかはわからない。

だがまさに今、一体の彫像がかつての姿を取り戻すところだった。

一振りの槍を持ち、雄々しい騎馬を従え、仮面を被った小人の彫像。

その英雄が成しえた偉業とは、この地への道を切り拓いた蹄跡だったとされる。

理由はわからない。

だが、ラウルの瞳から涙が溢れた。

アナキティも同じだった。

一度見たことがある筈なのに、涙が止まらなかった。

傷付き、傾き、しかし焼かれてもなお、今も勇ましく立ち続ける三十一体の英雄の像。

それを見回すラウルは、瞳を何度も拭い、気付けば少女の手をぎゅっと握っていた。

握り返してくれる手が、彼女の答えだった。

折れかけていた心は――少年の魂は歯を食い縛り、地に手を付いて、みっともなく、情けなく、けれど二本の足で立ち上がっていた。

「そこにいるのは、冒険者か！」

「‼」

直後、獲物を見つけた悪の咆哮が『英雄橋』に投じられる。

橋塔をくぐり、たちまちラウル達の前に迫るのは闇派閥《イヴィルス》の徒党。数は六。嗜虐的《しぎゃくてき》な眼光でこちらを見据え、瞳《ひとみ》以外を覆った覆面の下で嘲笑を浮かべる。

「こんな場所で孤立しているとは、何だ？　我々に狙《ねら》ってほしかったのか！」

「この古びた石橋を直して何になる！　はははははっ！」

侮る眼差しと哄笑は途切れない。そして殺意はラウル達を逃さない。

彼等はラウル達を殺した後、神の行いを無駄だと嗤《わら》うために、この英雄橋《はし》を落とすだろう。

だから。

「ゴブニュ様――」

「俺は橋を直す。お前達が何とかしろ」

「――はい‼」

こちらに背を向け、それだけを告げるゴブニュに、ラウルは叫び返していた。

抜剣する。迷いも恐怖も抱かず。アナキティももう止めない。

少年と肩を並べ、二振りの剣を輝かせる。

敵に昇華《ランクアップ》した眷族はいない。きっといない。いたとしても、超えてみせる。

だって、この英雄橋《はし》の上で、冒険者は決して敗けてはいけないのだから。

「行こう、アキ！」

「うんっ！」

たとえ『英雄』になれなくても。

英雄達《かれら》のように勇ましく、最後まで戦うことはできる。

たとえ戦うことができなかったとしても、走り続けることはできる。

この橋に転がる石の一粒でもいい。

英雄達の意志を背負って、受け継いで、進み続けたい。

「うおおおおおおおおおおおおおおおおおおおおおおおおッッ‼」

誇りに報いる雄叫びが、どこまでも響く。

顛末は決まりきっている。


かつての仮面の英雄が見守る先で、ラウル達はＬｖ．２に至る偉業を成し遂げた。

絶え間ない喧騒が響いている。

呻き声や苦痛の唸り声、あるいは悲鳴。『大抗争』で怪我を負い、未《いま》だ苦しむ多くの重軽傷者が、申し訳程度の布を敷かれただけの石畳の上に寝かされている。

彼等《ら》彼女等《ら》の治療に当たるのは、力を持たない民衆やギルド職員、そして女神だった。

「止血を！　早く！　服でも何でも構わない、清潔な布を用意して！」

常ならば穏やかなアストレアが、指示を矢継ぎ早に飛ばす。

彼女は率先して怪我人の手当てをし、治療師《ヒーラー》も顔負けの対処――魔法や道具《アイテム》を用いない人の手による応急処置を施していった。

「アストレア様、布を用意しました！」

「ありがとう、カレン。ヒューイと一緒に消毒と止血をお願い。骨が折れている子には患部を冷やした後、添え木をお願い。やり方はわかる？」

「任せてください！　あんた、行くよ！」

「おう！」

献身を尽くす女神に、胸を打たれた者は少なくなかった。

苦しい状況の中でなお、五体満足の一般人が協力し、奔走する。

駆けずり回るヒューマンの夫婦に指示を出したアストレアは、横たわる怪我人の処置を行い始めた。

「……アストレア様……お止めください……わたしなんかの血で、お召し物が……」

怪我を負った獣人の女性は畏れ多いと懇願する。

息を吐くのもつらそうな彼女に、アストレアが投げかけるのは、慈愛の微笑みだった。

「貴方から流れる血と、私の汗、あるいは涙は何が違うというの？　それを拭うためなら、いくらでも私の服なんか使って頂戴」

「嗚呼……申し訳ありません……ありがとう、ございます……！」

女性の瞳から涙がこぼれ落ちる。

感涙する彼女の手を、両手でぎゅっと包んだ後、処置を終えたアストレアは立ち上がった。容体を見守りたいが、他にも怪我人は多くいる。玉の汗を拭いながら女神は他の重傷者のもとへ向かった。

場所は中央広場《セントラルパーク》からほど近い野営地《キャンプ》。

都市中央に収まりきらなかった一般人を収容する場所の一つで、周囲には比較的、破損を免れた二階三階建ての商店や酒場が多い。それらの建物は今や病棟代わりとなっており、大量の毛布や即席の寝台《ベッド》が運び込まれていた。

しかしそれも既に満員で、怪我人はこうして建物の外に溢れ出している有様だ。

「アストレア様！」

一人一人怪我人を見て回っていたアストレアのもとに、ギルド職員の女性と一般人の男性が駆けつける。

「どう？　道具《アイテム》や、治療師《ヒーラー》の方は？」

「包帯や膏薬《こうやく》、消毒液は何とか手に入りましたが……回復薬《ポーション》を始めとした道具《アイテム》は冒険者が優先され、治療師《ヒーラー》は人手が足らず……」

アストレアが問うと、ギルド職員は包帯などが詰まった袋を見せつつ、悄然と答える。

「ディアンケヒト様や、ミアハ様達も力を貸してくれているんですが、このキャンプと同じような場所は、他にもいくつもあって……」

彼女の隣で、言外にどこも余裕がないと語るのは、冒険者でも治療師《ヒーラー》でもない、有志の男性だった。物資もなければ人手も足りない中、女神でありながら人々のために尽くすアストレアの姿に感銘を受け、自ら手伝うことを名乗り出てくれたヒューマンだ。

だが、そんな彼も今はもう、己の無力を噛《か》みしめている。

「そう……仕方ない、という言葉は使いたくないけれど、受け入れなくてはならないわね」

二人の言葉に、アストレアは目を伏せた。

間もなく顔を上げたかと思うと、冷たくすら感じられる凛然とした眼差しで、次の言葉を告げた。

「それならば、刃物を用意して。剣《つるぎ》で構いません。三名ほど、手足を切断します」

「なっ⁉」

女神の要求に、ギルド職員と男性は驚愕《きょうがく》の声を上げる。

「体内に埋まった爆弾の破片のせいで、金属毒《どく》が回り切ってしまう。治療師《ヒーラー》を待っていては、もう間に合わない」

「そ、そんな……！」

「できませんっ！　女神様に、そのようなことをさせるなんて⁉」

アストレアの説明にギルド職員が呻き、有志の男性が身を乗り出す。

だが、女神の神意がそんなもので翻《ひるがえ》る筈もなかった。

「私が女神であるかなど、何も関係ありません。こんな細腕にもできることはある。それだけのことに過ぎない」

絶句する二人を他所に、アストレアは、手を差し出した。

自分のことを仰ぐ女神の美しい手の平に、男性は喉を震わす。

彼にとって永遠にも感じられる数秒を経て、腰に差す護身用の剣を、女神へと手渡した。

アストレアは刃の消毒のための火、そして酒を準備するように伝えると、寝そべった怪我人達の海を渡った。

ギルド職員達が慌てて追いかける中、一人のヒューマンのもとで足を止める。

重傷者の中でも、彼は酷い有様だった。

上半身に刻まれた火傷の痕もそうだが、爆片に抉られた右足が、患部を中心に変色しつつある。つい先程、闇派閥《イヴィルス》に襲撃されたキャンプから運び出された怪我人だった。

「貴方達は、彼の体を押さえていてください。歯の間に布《これ》も噛ませて」

仰向《あおむ》けになった男性の横に膝を下ろす。

長い髪を揺らすギルド職員は立ちつくしたまま。

言葉を失っていた有志の男性が覚悟を決め、大の大人達を呼ぶ中、重傷を負ったヒューマンが縋るようにアストレアのことを見上げる。

「あぁ……やめてください、女神様……嫌だ、嫌です……脚を失うなんて……」

「ごめんなさい……私は貴方の命を救うため、貴方に過酷を強《し》います」

アストレアはいっそ残酷なほどに、毅然と告げ、淀《よど》みなく松明《たいまつ》で剣を炙った。

男性はカチカチと歯を鳴らし、目尻に涙を溜めながら、怯《おび》えと非難を滲《にじ》ませながら訴える。

「神様なら、何故その『お力』を使ってくれないのですかぁ……！　私の怪我も、こんな戦いも、神様なら……！」

超越存在《デウスデア》である神々ならば、指を振るだけで何もかも、もと通りになるのではないか。

涙ながら告げる下界の住人に、アストレアはそこで初めて、うつむいた。

「……私が『神の力《アルカナム》』を使い、この都市を救済してしまえば、すぐに別の邪神《かみ》が嬉々として同じ力を用い、破壊を呼び戻す」

「……！」

「そして『神の力《アルカナム》』の応酬が始まれば、下界は取り返しのつかないことになる。子供達《あなたたち》の物語ではなくなってしまう」

下界の蹂躙を暗に語る言葉に、側で立ちつくすギルド職員の女性が息を呑《の》む中、アストレアは誰にも聞き取れない囁きを落とす。

「何より、ダンジョンは『約束の刻《とき》』を待たず、誓約を破って……」

その女神の様子に。

震える手で布を嚙ませようとしていた有志の男性が「アストレア様……？」と戸惑う。

すぐに、アストレアは首を横に振り、次には決然とした声で告げた。

「どうか、耐えて。私も貴方達から奪う血を、決して忘れはしない――」

雲が移ろう。

相変わらず一面の灰色に覆われている空に、宵の気配が満ち始める。

耳を塞ぎたくなるようなくぐもった絶叫は、今は途絶えていた。

静まり返ったキャンプの中で、アストレアは静かに、血に濡《ぬ》れた剣を台の上に置く。

白い布で丁寧に包まれた赤子ほどもある包みを三つ、口を閉ざした有志の男性に手渡す。彼は何も言わず、決して落とさぬよう抱え、外へ向かった。

手にも、頬《ほお》にも、純白の衣にも付着した紅の痕を放置して、アストレアは彼の背を見送る。

「アストレア様……これを。体をどうか、拭いてください……」

そっと。

ギルド職員の女性が清潔な布を差し出す。

ずっと青ざめたままの彼女から受け取り、アストレアはほんの小さな笑みを向けた。

「ごめんなさい。ありがとう。貴方は、大丈夫？」

「わ、私なんか、アストレア様に比べれば、何も……」

こちらを気遣う女神の言葉に、ギルド職員は項垂れた。

何もできない自分を恥じるように、掠《かす》れた声を出す。

「私は、貴方のような気高い『女神』には、なれません……」

血に濡れることも厭わず、怒りや悲しみの涙を浴びることも受け入れ、自らの手も汚し、人々を救済しようとする女神はあまりにも眩しく、美しかった。

少なくとも下界の住人の目にはそう見えた。

彼女のその言葉に、アストレアが浮かべたのは、笑みだった。

「今からおかしなことを言うけれど……決して『女神』を神格化しないで？」

「えっ……？」

ギルド職員は顔を上げる。

「今の私達が謳うべき『正義』は、苦悩する者のために戦うこと。そこに人も、女神も関係ない」

天使とは、女神とは——いや『正義』とは。

美しい花をまき散らす者ではなく苦悩する者のために戦う者であると。

目を見開く彼女に向かって、アストレアは優しく諭した。

「つらくても、恥ずかしくても、貴方にもできる『正義』がある。それを忘れないで」

女神の言葉に、職員の双眸《そうぼう》は、雫《しずく》を帯びる。

涙ぐむ彼女は胸を押さえた後、しっかりと頷いた。

「……はい！　アストレア様！」

瞳に輝きが戻った一人の子供を見て、アストレアは目を細める。

性別も、種族も関係ない。神にだって、できないことなんていくらでもある。

自分ではできないことを自覚した上で何を行うのか。

考えて、選択し、意志を持つことこそが、より重要で、大切なことだ。

顔を上げた彼女の決意は、きっと他の者にも伝播《でんぱ》し、今も迷う誰かを突き動かしてくれるだろうと、アストレアがそう確信していると——

「アストレア様！　アリーゼ達はいますか⁉」

「アスフィ？」

【万能者《ペルセウス》】の名を持つ冒険者が、外套を翻し、野営地《キャンプ》に駆け込んできた。

「アリーゼ達は今、出払っているけれど……どうしたの？」

「敵の所在を探るため、貴方の眷族の力を借りたい。できれば、リオンの手を。彼女が私と最も連携できる！」

今、自分にできることを尽くそうとするアスフィの声は勇ましかった。

しかし『リオン』の名を聞いて、アストレアは悲しみを滲ませた。

「……あの子は今、アリーゼ達のもとからも離れてる。沢山のもの、そして友を失い、傷付いて……」

「……っ！　アーディ……」

アスフィもまた、顔を悲痛に歪める。

リューと同じくアスフィもアーディと交友があった。

気さくで誰よりも心優しい彼女に、沢山のものをもらってきたのだ。

どうしようもない心の痛みを耐えているると、アストレアが顔を上げる。

「アスフィ……リューをお願いできる？　輝夜《カグヤ》とライラもあの子を探している。アリーゼ達の方は、私が寄り添うから」

「……わかりました。失礼します！」

リューの主神に願いを託され、アスフィは駆け出した。

アストレアは切なげに双眸を細めながら、彼女の後ろ姿を見守った。

「……？」

ガタッ、と。

耳に触れた物音に振り返ると、そこには誰もいない。

ただ、走り去っていくヒューマンの背中が、一瞬だけ見えた。


「……い、今の話……」

アストレア達の話を盗み聞きしてしまった男は、誰もいない路地裏で、壁にもたれた。

疲れてもいないのに呼吸を乱す彼は、いつかの日、神から金を奪い、リューとアリーゼに捕えられた暴漢だった。

「アーディって……確か……」

心優しい一人の少女が諭した、ヒューマンだった。

「あの時の……あのガキが……死んだ……？」

身に纏っている冒険者の装備が──以前盗んだ防具が、体と一緒にカタカタと揺れる。

憎まれ口を叩き、少女達の前から逃げ出した男はこの時、確かな衝撃を受け、紛れもない喪失感に襲われていた。

「ッ……！」

堪《たま》らず、駆け出す。

都市にいる数多の者と同じように、行く宛もないまま、何をしたいのかもわからないまま、男は走り続けた。


「……苦しい時が続く」

誰もが迷い続ける都市のさざなみを耳にしながら、アストレアは頭上を仰ぐ。

雲に塞がれた闇の空に、星が見えることはない。

「けれど、これを切り抜けなければ──」

僅かな炎を絶やさず。

『正義』は静かに、呟いた。


「──音が聞こえる」

巨大な闇に身を委《ゆだ》ねながら。

『悪』は静かに、囁いた。

「音？　一体何が聞こえるというのですか、我が主《あるじ》？」

傍に控えるヴィトーは尋ねた。

広大な地下空間。

闇の使徒がひしめき、何本もの柱が列をなす地下放水路の中で、その神は椅子《いす》から立ち上がる。

「あがく音だ」

唇に笑みを刻み、絶対悪《エレボス》は告げた。

「潰されまいと虫のようにもがき続ける――『正義』の音色《ねいろ》」

五章
悪の宴

ASTREA RECORDS
evil fetal movement
Author by Fujino Omori Illustration Kakage
Character draft Suzuhito Yasuda

闇《やみ》が陰惨な熱気を孕んでいる。

蠢《うごめ》くのは『悪』を崇める狂信者にして殉教者達。

世界に絶望した者、憎しみを抱く者、死に奪われた存在と再会を望む者、そして快楽と欲望に酔う者、様々な動機を持つ者達の宴の何と醜悪で壮観なことか。

『死の七日間』、四日目。

闇派閥《イヴィルス》の眷族達は興奮を隠せずにいた。

あの『大抗争』の夜から——オラリオの冒険者どもに打ち勝った記念すべき日から、時が経《た》ち、とうとう自分達を導いた『悪』の化身が姿を現し、その声を聞かせようとしている。

「ああ、そうだ。これは『悪』に抗う者達の音色」

地下放水路の上部入り口。

まるでバルコニーのようにせり出ているそこで、眼下に集まる兵士達を見下ろすエレボスは、横に控えるヴィトーに聞かせるように、話の続きを語った。

「あれだけの絶望を味わっておきながら、未《いま》だ折れない。さすがはオラリオ、『約束の地』。実にしぶとい」

「——よく言うぜ」

未だに抵抗を続けるオラリオ勢力に腹を立てるわけでもなく、むしろ楽しむように肩を揺らすエレボスに、幹部の一人であるヴァレッタが口角を吊り上げる。

「完全に息の根を止める『追い打ち』をしっかり用意しておいて、どの口がほざきやがる？」

『大抗争』の発端から『神の一斉送還』を含め、今オラリオを追い込んでいる計画は全《すべ》てエレボスの神意によるものだった。

そして、まだ後に控えている『計画の続き』に、ヴァレッタは畏怖と興奮をない交ぜにしながら赤い舌で唇を舐《な》める。

【殺帝《アラクニア》】、ヴァレッタ・グレーデ。勘違いするな。これは讃美だ」

そんなヴァレッタに、エレボスは悠然と答えた。

「かつての守護者、最強の象徴が敵に回ってなお、剣《つるぎ》を放さぬ冒険者と、彼等を支えんとする善神《ぜんしん》ども。星が消えた暗黒の空でなお、光を求める者達。……これを『英雄の都《みやこ》』と言わずして何と言う？」

荘厳ささえ感じられる神の言葉に、女は凄絶な凶笑を作りあげ、罵倒じみた言葉を返した。

「知るかよ！　そんな英雄もどきでさえも、アンタの前では形無しだ！　勇者《フィン》も、猛者《オッタル》も、邪神《かみ》の計画《シナリオ》の前では霞む!!」

それは紛れもない事実であり、賛辞でもあった。

憎たらしいと言わんばかりに、喜びに打ち震える。

「そのヤベェほど鮮やかな手並みに、私達もすっかり痺《しび》れちまったじゃねぇか！」

陶然と腕を広げて、眼下の兵士達へと畏敬を呼びかける。

ひしめく闇の眷族達は声を轟かせた。

「神エレボス、万歳‼」

「闇派閥《イヴィルス》、ばんざぁぁーーーーーい‼」

「エレボス様──ッ‼」

「どうかオラリオに破滅を！」

「我等の悲願を！」

「暗黒の救済をぉぉ‼」

広大な地下空間が震える。

熱狂はとどまることを知らない。

まるで救世主を崇めるように、数えきれない歓声が空間を満たし、飛び交っていく。

「ありがとう、諸君。英雄達の音色《ねいろ》と比《ひ》して、まるで響かぬ君等の熱賛、確かに受け取った」

神を称える声を有象無象と断じておきながら、それでもなおエレボスの神性《カリスマ》は衰えなかった。

むしろ愚かな人類を惹《ひ》きつけてやまない禁断の果実のごとく、破滅的な声音をもって闇派閥《イヴィルス》の人心を掌握する。

「ならばその気炎は薪《まき》に変え、都《みやこ》を燃やす準備としよう。粛々《しゅくしゅく》と、懇切に、誠意をもって

──オラリオを地獄の窯《かま》に変える」

歓声は鯨波《げいは》となって爆発《ばくはつ》した。

邪悪に魅入られた凶信者達が大願成就の予感に打ち震え、涙を流す者さえいた。

『悪』の隆盛は、まさしくここに極まっていた。

「何を悠長なことを……！」

そんな中、苛立ちに駆られる者もいた。

幹部のオリヴァスは老人のような白髪を揺らし、エレボスのもとに歩み寄る。

「オラリオは弱っている！　今こそ好機！　傷が癒えぬうちに畳みかけるべきではないのか、神エレボス！」

「逸るんじゃねーよ、オリヴァス。時間が経つほど民衆《ムシケラども》が足を引っ張るって、あれだけ説明してやったろう？」

神の代わりに答えるのはヴァレッタだった。

呆《あき》れも含ませながら、億劫そうに告げる。

「そうじゃなくとも、計画の『第二段階』はもうすぐそこだろうが。それまで待てねーのか、早漏野郎《そうろうやろう》」

「ッ……！　しかし、我々にはオラリオ以外にも敵がいる！　三大冒険者依頼《クエスト》の達成を望む世界は、都市《オラリオ》の崩壊を良しとしない！」

顔を怒りに歪《ゆが》めつつ、オリヴァスは反論した。

『世界の中心』と名高いオラリオは良くも悪くも下界中から重要視されている。

大穴《ダンジョン》の『蓋』たる迷宮都市崩壊を良しとする者は、闇派閥《イヴィルス》を除けばまずいない。

「商人が味方についているとはいえ、それも一部だ！　周辺諸国が援軍を出せば、今敷《し》いている都市の包囲網を破られるやも……！」

「何のために都市の外で『信者』を増やしたとお思いですか？　目ぼしい他国、他都市では今頃《いまごろ》『一斉蜂起』が起きている」

しかしオリヴァスの懸念を、ヴィトーもまた杞憂《きゆう》だと論じた。

血のような臙脂色の髪に『顔無し』とも呼ばれる特徴のない相貌《そうぼう》は、今は薄っすらと笑みを浮かべている。

「足もとの火事を収拾するのに精一杯。少なくとも強大な戦力を持つ『世界勢力』は動けません。私達がオラリオに止めを刺す方が、早い」

闇派閥《イヴィルス》はオラリオ転覆のため、今日まであらゆる手段を講じてきた。

都市外で過激な『布教』――『信者』を大量に増やしていたのも計画の一環だ。

『死の神』の甘い言葉、あるいは人質、もしくは小悪党どもの発掘。ありとあらゆる方法を用いては様々な人種を集め、集団的暴力《テロリズム》を煽ったのである。

オラリオ近辺の共同体はもとより、『帝国』を始めとした列強で、『大抗争』以降、争乱が連鎖しているのは同志の報告から確認済みだ。戦う力のない非戦闘員にも自決装置を横流ししており、オラリオと似た光景があらゆる地域で広がっている。

鎮圧しようにも、迷宮都市《オラリオ》の戦力にも劣る他勢力では、必ず時間を浪費するだろう。

「どいつもこいつも我が身大事ってことだ。機動力に長けた派閥がいたとしても、精々Lv.2。その程度なら何も怖くねぇ」

ヴィトーの説明を引き継いで、ヴァレッタは憂慮にもならない要素を挙げる。

「あえて言うなら、『学区』の存在は面倒くせえが……今は大陸の遥か東方だ。近隣の都市が火の海になっていれば、あのお人好し連中が見捨てることなんてできやしねぇ」

見事獲物を網にかけた毒蜘蛛のごとく、女は唇を嘲笑の形に曲げた。

「それに、私達がオラリオを畳みかけるにしても、あの化物どもの力が必須だろうが」

化物とは『二人の覇者』であり、最強の眷族《ゼウスとヘラ》その人。

ヴァレッタはこの絶対優勢の状況でありながら、決して慢心などしていない。

オラリオを過小評価せず、むしろ今もなお彼我の戦力はあちらの方が上だと認めており、確実に息の根を止めるための『時機《じき》』を待っている。

勇者《フィン》も認める残忍かつ狡猾な女指揮官は、切札《カード》の切りどころを決して誤ろうとしなかった。

「東方で言う虎の威を借る狐……いやブンブンうるせえ蠅《ハエ》だな、テメェは」

「ヴァレッタ……！　貴様ぁ！」

散々嘲弄《ちょうろう》され、とうとうオリヴァスの相貌が灼熱に燃え上がる。

震える拳《こぶし》が女に伸びようとした、まさにその時。

「オリヴァス、『悪』とは何だと思う？」

それまで我関さずを貫いていた神が、口を開いた。

「な、なに……？」

突然の問いに、オリヴァスは動きを止め、うろたえた。

エレボスは眼下の使徒達を眺め、背を晒《さら》したまま、虚空の闇を眺める。

「非道を尽くすことか？　残虐であることか？」

「……っ？」

「俺《おれ》は少し違うと思う。それは手段であり、本質ではない」

冥府――『原初の幽冥』を司る神は、自身の権能に含まれない『悪』について持論を語る。

異次元の哲学者のように。迷える旅人のように。

「『悪』とは、恨まれることだ」

あるいは、子供のように無邪気で残酷な、まさに神のごとく。

「恨まれる……？」

口角をつり上げる神の横顔に、オリヴァスは知れず、冷や汗をかいていた。

ヴァレッタもヴィトーも口を噤んでいた。そのただならぬ雰囲気に眼下の兵士達も息を呑《の》み、沈黙を敷いて、静聴することしかできなくなる。

エレボスは、ゆっくりと振り返り、『核心』を告げた。

「そして、『絶対の悪』とは──あらゆる存在を終わらせるものだ」

「っっ──⁉」

こちらに振り向いた神の双眸《そうぼう》に、オリヴァスは呼吸の術《すべ》を奪われた。

「生命も、社会も、文明も、時間さえも」

「それまで積み上げてきた万物を全て無に帰すモノ」

「断絶と根絶。あるいは、存亡の天秤を嗤《わら》いながら傾ける邪悪」

「それこそが『絶対悪』」

滔々と歌うように、片腕を広げ、『悪』を語る。

その一挙手一投足で眷族達の目を釘付けにしながら、エレボスは哀れな子供へと説いた。

「徳を積もうとする善人のように、せこせこと小さな悪事を働くな。小市民の『悪』より、『悪』の極致を謳え」

気が付けば、恐ろしく整った神の相貌は、オリヴァスの目と鼻の先に迫っていた。

「なぜなら、この邪神《おれ》が『絶対悪《それ》』を宣言したからだ」

間近で己《おのれ》の瞳《ひとみ》の奥を見透かしてくる双眼──『深淵《しんえん》の闇』に、オリヴァスは呑まれるように気圧される。

「う、ぁ……」

「やるなら、『とことん』だ。そして『とことん』をするには、まだ時期じゃない」

そこでようやく、エレボスはオリヴァスの前から身を退《ひ》く。

彼から視線を移し、眼下の兵士達を見渡す。

「賢い諸君らには、理解を求める」

今度は歓声も、雄叫びも上がることはなかった。

邪神の神威に身を震わし、闇派閥《イヴィルス》の面々は寒気に抱き竦められる。

背筋を震わせながら笑みを浮かべるのは、ヴィトーとヴァレッタのみ。

「さて。ヴィトー、供をしろ。外へ行く」

「……まったく、本当に脈絡がない。貴方の眷族でいることは、実に疲れる」

不意にそんなことを言い出す主神に、ヴィトーは小言とともに嘆息した。

神の行動原理は気紛れな猫と何ら変わらない。その場を立ち去ろうとするエレボスに、ヴァレッタは壁に寄りかかりながら口を開く。

「エレボス様よぉ。てめーの仕事は玉座の上でふん反り返って、今みてえにどいつもこいつもビビらせることだ。面倒くせえから、じっとしててほしいんだが……一体どこへ行くつもりだ?」

『大抗争』を起こす前も、エレボスはふらりといなくなってはヴァレッタ達の気を揉《も》ませていた。今はオラリオ側もこちらの動向を摑《つか》もうと躍起になっているだろう。

悪の首魁らしからぬ振る舞いに、不用意な真似はよせ、と言外に告げると、

「男二人で小便だ。聞いてくれるなよ、淑女《レディ》」

エレボスは一瞥《いちべつ》も返さず、片手をひらひらと振った。

「さぁ、ヴィトー。連れションに行くぞ」

眷族を引き連れて、神は闇の奥へと消えていく。

両の腕を組みながらそれを眺めていたヴァレッタは、鼻を鳴らした。

「ちっ……あの野郎もとことん食えねえ神だぜ」

小憎らしそうな笑みを残し、彼女もその場を離れる。

取り残されるのは、未だ立ちつくすオリヴァスだけとなった。

「っ……！」

顔を歪める男は、炸裂間近の火薬を握りしめるように、その拳を震わせるのだった。


「裸の王を気取るのは肩が凝るなぁ、ヴィトー」

朝方の都市。

連日と比べ、薄れつつある灰色の雲を見るともなしに見上げ、肺いっぱいに空気を吸いなが

ら、エレボスは廃墟然と化した街路を歩んでいた。

「何を言っておられるのです、あれだけの『惨劇』を巻き起こしておきながら。嫌味を通り越して、背筋が寒くなります」

彼と同道するヴィトーは呆れた表情を浮かべていたかと思うと、糸のように細い片目をすっと開いて、口の端をつり上げた。

「自分のことを裸の王と勘違いしている『暴君』ほど、始末に悪いものはない。そうでしょう?」

「ほお、面白《おもしろ》い例えだ。今度、女と寝る時はそのネタを使おう」

暗愚とは異なる『怪物』の比喩に、しかし神はどこ吹く風で笑う。

「寝台《ベッド》の上の暴君、これぞ裸の王様! なんちゃって。ハッハッハッ」

「…………」

「『うわっつまんねーこの神』なんて顔するなよ、我が眷族。俺の心が傷付くだろう?」

エレボスの冗談に、ヴィトーは無言の笑みを貼《は》り付けるのみだった。

眷族の塩対応に、エレボスは大げさに肩を竦める。

不思議な空間だった。

迷宮都市を徹底的に破壊し、『絶対悪』と崇められる邪神でありながら、今のエレボスには親しみやすい軽薄さがある。それが自分の前ではよく披露される『顔』で、彼の『地の性格』に近いであろうことを、ヴィトーは知っている。

同時に、残忍な真似を躊躇なく犯す、『冥府の神』としての『顔』もエレボスの本質であると、理解している。

『大抗争』前は聖人《エレン》などと名乗っていたのだ。

神々が持つ百の貌《かお》のうち、どれが本物であるかなど議論することは不毛の極みに違いない。

神なんていう存在は、矛盾していようが破綻していようが、全て神で在《あ》るのだから。

「……努力はしましょう。ところで、先程の虎の威を借る話ではありませんが、【暴喰《ぼうしょく》】と【静寂】のお二人はどちらへ？」

エレボスを観察していたヴィトーは気のない返事をしつつ、問いを投げた。

『大抗争』の夜から、二人の覇者は姿を見せていない。

「さぁな。何せ元の飼い主はあのゼウスとヘラだ。自由気ままに振る舞っているだろう」

「貴方が連れてきたのでしょうに……。やはり神ほど、いい加減な存在もいない」

放任主義の神の返答に、ヴィトーがとうとう長嘆していると、

「闇派閥《イヴィルス》⁉　それに……邪神エレボス！」

小隊を組んで見回りをしていた冒険者達に、見つかってしまった。

「ぞ、増援っ、増援を呼べぇ！　敵の首魁がいると、【勇者《ブレイバー》】に伝えろ！」

抜剣すると同時、慌ただしくなる冒険者達を前に、エレボスはいっそ嫌味なくらい落ち着き払っていた。

「おっと、出くわしたか。ヴィトー、頼むぞ。俺はまだ散歩を楽しみたい」

「やれやれ、眷族使いも荒いときた……などと嘆くのは、今更ですね」

主神の余裕――『信頼』――に応《こた》えるのは、赤髪の眷族だ。

「ご安心を、我が主《あるじ》。騒ぎなど起こしません。ええ、ええ、貴方もおっしゃった通り――全てを無に帰しましょう」

そこからは一方的な『殺戮』だった。

「がっっっ⁉」

「えっ――ぐぇ⁉」

「ぎゃあああああああ⁉」

喉《のど》を裂かれた。胸を穿たれた。顔の真ん中に刃を突き立てられた。

冒険者達が瞬きをする間に、血の噴水をいくつも作り上げていく。

短剣一振りで冒険者達を無力化し、容赦なく切り裂いては踏みにじった。

「ははははははははははっ！　脆い、実に脆い！　やはりLv．2程度では壊れやすくてかないませんねぇ！」

ヴィトーは笑っていた。

絶叫を散らす冒険者達を八つ裂きにしながら、舞い散る血に酔いしれるように。

「もう少し、私の矛盾を受け止めてもらいたいのですが！　弱者の甚振《いたぶ》りを嫌い、人が泣き叫ぶ声を好む、この私の矛盾を！」

その一方で、その顔は、その瞳は。

連続殺人鬼《シリアルキラー》なんてものより澄み渡り、純粋で、無垢《むく》な子供のそれのように輝いていた。

「相変わらず嬉《うれ》しそうだなぁ、ヴィトー」

瓦礫まで伸びた血飛沫を最後に、戦闘はあっけなく終わった。

周囲に転がるのは五つの軀《むくろ》。

眷族の『病気』を知っているエレボスは、笑みを纏《まと》いながら一部始終を眺めていた。

「……おっと、はしたない姿を見せてしまいました。申し訳ありません、主《あるじ》よ」

口もとを片手で覆《おお》ったかと思うと、ヴィトーは仮面のような笑みを纏い直す。

彼の主神はむしろ愛おしむように目を細めた。

「構わない。人を斬る時、子供のようにキラキラ輝くお前の目、俺は嫌いじゃない」

エレボスがそう告げると、ヴィトーは肩を震わせる衝動を、全身に伝播させた。

「ふふ…………ふふふふッ！　私は神々が嫌いです。このような世界、不完全な箱庭を作りたもうた貴方達が」

「……」

「私などという『瑕疵《かし》』を生み出し、矛盾を抱える様を楽しんでいる、超常の存在そのものが！」

次には、『愛憎』などという形容では生温い純粋な殺意と、高尚な尊崇が入り混じった眼差《まなざ》しを向ける。

「ですが……『絶対悪』を標榜《ひょうぼう》し、この下界を壊さんとする貴方だけは……愛しく感じていますよ、神エレボス」

眷族の歪みきった信愛《しんあい》。

それにエレボスはあっさりと、そして飄々と返した。

「よせ。俺は抱くなら女と決めている」

涼しい顔で受け流し、靴音を鳴らす。

冒険者達の屍に見送られながら、宛のない『散歩』を再開させる主神に、ヴィトーも文句を言わず付いていく。

「そう……愛おしむなら、気が強く、誇り高く、意志を貫く極上の女」

目もとにかかる前髪が揺れる。

エレボスは、目を細めた。

「そんな女の顔が絶望と涙で、小娘のように歪むのが、実に好きだ。実にそそられる」

嗜虐的な笑みを唇に刻みながら、神は傲然と告げた。

「さぁて――どこにいる、リオン？」

鋭い斬撃が瞬く。

「がっっ⁉」

短い悲鳴を散らし、最後の敵兵が倒れた。

中央から離れた都市北西『第七区画』。

跋扈していた闇派閥《イヴィルス》の小隊を殲滅したリューは、今にも手の中からすり抜けそうな木刀を携えながら、目を伏せた。

(アリーゼ達のもとに戻らず、都市をさまよって……それでも『義務』のように、闇派閥《イヴィルス》を斬り続けて……)

その顔は疲労の色に塗《まみ》れている。

消耗の痕が、纏っている覆面でも隠せていない。

――敵はあと、どれほどいる？

――いや、私を何をしている？

胸の奥底に残響する自問の声に返ってくる答えなどない。周囲に広がる、無数の瓦礫と化した退廃の景色こそ、今のリューの心象そのものだった。

「あなたっ、貴方ぁ！　しっかりしてぇ！」

「ううっ……！」

聞こえてきた声にリューが目を向けると、そこには泣きじゃくるヒューマンの若妻と、その夫がいた。夫の方は斬りつけられた片腕を押さえ、今も血を流している。

先程までリューが単身で闇派閥《イヴィルス》と戦っていたのは、彼等を守るためであった。

「……大丈夫ですか？」

「大丈夫じゃないわよ！　見ればわかるでしょう！」

近付いて声をかけると、返ってくるのは罵声だった。

「どうしてもっと早く助けてくれなかったの⁉　冒険者なんだから、こんな時くらいちゃんと守ってよ！」

「……」

「もっと、しっかりしてよ‼」

涙を溜《た》めて叫び散らす若妻に、リューは口を噤むことしかできない。

怒りと非難。

今日まで何度も目にして、耳にした。

どんなに身を粉《こ》にしても、私達《リュー》を責める理不尽の眼差し。

どんなに力を尽くしても、苦しむことから逃れられない怨嗟の声。

何より、どんな声も嗚咽を帯び、いかなる瞳も泣いている――。

「…………回復薬《ポーション》です。これで治療を」

無力感に抱き竦められていたリューは、静かに試験管を取り出し、夫妻の前に置いた。

糾弾に甘んじる彼女は何も言わず、背を向ける。ここから野営地《キャンプ》は近い。既に異変に気付いているだろう冒険者達もやって来る。

リューは再び一人、瓦礫の街をさまよい始める。

「……感謝はされず、罵倒される。見返りなんて、何もいらない筈だったのに……」

幽鬼のように歩きながら、乾いた呟きを唇から落とす。

愚直なまでに非難を受け止め、その通りだと肯定し、己の無様を悔やむことしかできない。

リューはすっかり、自傷が上手《うま》くなっていた。

生真面目《きまじめ》で、潔癖なエルフだからこそ、『正義』という存在を失ってしまった彼女が自身を追い詰めるのは容易なことだった。

「無意識のうちに期待して、『裏切られる』ことが……これほど虚しいものとは、知らなかった……」

その呟きを落とした時、まるで心の奥底に広がる闇が嗤うように、ある情景が再生した。

【君達の『正義感』が枯れるまで、じゃないんだ？】

「――――ッ!!」

邪神の言葉が、かつては『エレン』と名乗っていた男の声が、リューの脳裏を蝕《むしば》む。

【見返りを求めない奉仕ってさぁ、きついんだよ。すごく】

【俺から言わせればすごく不健全で、歪《いびつ》。だから心配になっちゃって】

蘇《よみがえ》る言葉は一つだけではなかった。

耳の奥にいつまでも残響する数々の声音が、今のリューを見下し、頻《しき》りに嘲笑っている。

【君達が元気な今のうちは、いいかもしれない】

【でも、もし疲れ果ててしまった時、本当に今と同じことが言える?】

【富と名誉だけでなく、一時《いちじ》の感謝さえ求めていないというのなら――君達の言う『正義』とは真実、ただの『孤独』じゃないか】

誰《だれ》からも感謝されず、誰にも報いることができない。

果たして今の気持ちはどんなものか聞かせてくれと、幻聴をもたらす。

「うるさいっ……うるさい！　黙れ!!」

リューは何度も頭《かぶり》を振った。

悪夢を振り払うように、問いに対する答えも用意できず、呼吸を乱しながら。

後に残るのは、ドクドクという嫌な鼓動の音だけだった。

（あの男神《おとこ》の言葉は……心を蝕む毒のようだ。ずっとついて離れず、今だってこうも胸の内をかき乱す！）

肥大した『悪』が虚《うつ》ろな『正義』を食いものにしようとしている。

リューはそれに必死に抗った。背負っている正義の剣と翼に誓って、気丈に意志と誇りを保とうとした。

しかし、強い苦渋をもって己の顔を歪める。

（それなのに、私は、段々とそれを否定できなくなっている――）

糸が千切れかかる人形のように、首が折れていく。

気付かないうちに足が止まり、底のない空虚の沼に沈んでいく。

「リオン！」

そんなリューに手を伸ばすように、声が走った。

緩慢な動きで顔を上げると、こちらへと駆け付けてくるのは、白の外套《マント》を羽織った同い年の少女だった。

「……アンドロメダ？」

「ようやく見つけました！　リオン、力を貸してください！」

アストレアのいた野営地《キャンプ》を発ち、リューを探し続けていたアスフィは、現状説明とともに己の見解を手早く伝える。

「神エレボス及び、敵の所在を摑みたい！　我々を都市外に逃がさないよう市壁周りに陣取り、自分達の存在を誇示していますが、敵幹部がひそんでいるのは恐らくは地下！　きっと下水道を利用して――」

自分が為《な》すべきことを理解しているアスフィは、眩しかった。

そしてそんな彼女に応える言葉を、今のリューは持ち合わせていなかった。

「……アンドロメダ、他を当たってください」

「なっ……リ、リオンっ？」

「今の私では、無理だ……貴方の足を、引っ張ってしまう」

うろたえるアスフィに、リューは目も合わせないまま、本心を告げる。

「力にもなれず、守ることもできず……きっと、貴方を見殺しにしてしまう。……アーディのように」

「！」

そのエルフの横顔に、アスフィは息を呑んだ。

「リオン……貴方、なんて目を……」

エルフの美しい空色の瞳が、暗澹とした闇に支配されつつある。

今にも亡者の葬列に加わってしまいそうなリューの様子に、アスフィは咄嗟《とっさ》に身を乗り出していた。

「……ダメです、リオン。腐らないでください。顔を上げてっ！」

リューの肩を摑み、強引《ごういん》にこちらを向かせる。

「貴方はっ、貴方達だけはダメだ！【アストレア・ファミリア】が絶望に染まってはいけない！『正義』の名を持つ貴方達が『悪』に屈しては、オラリオはもう希望を信じられなくなる……！」

アスフィは危惧を剝き出しにした。

それは痛切な訴えであり、彼女自身の願いですらあった。

かろうじて繫《つな》ぎ止めている『正義』の意志が、『悪』に屈服した時、オラリオは再起さえ図れないことを少女は予感してしまっていた。

しかし、そんな彼女の声も、今のリューには届かない。

「……うるさい。勝手なことを言うな！　貴方に何がわかる！」

「リオン……！」

片手で胸を突き飛ばされ、アスフィの顔が悲しみに暮れる。

今も迷い続けているエルフに、それでも差し伸ばされようとした手は、直後に響いた『砲撃音』によって遮《さえぎ》られた。

「「‼」」

撃ち出された『魔法』を同時に回避したリューとアスフィが振り向くと、そこに闇派閥《イヴィルス》の一団が集結していた。

「【疾風】、それに【万能者《ペルセウス》】！」

「我等に仇《あだ》なす上級冒険者の首級を挙げよ！　かかれぇ――‼」

打ちあがる鬨の声。

積み重なった瓦礫の丘から駆け下りてくる敵兵に、リューは荒れきった双眸をつり上げる。

「アンドロメダ……もう放っておいてくれ。私にはもう、戦うことしかできない！」

木刀を握りしめ、次には駆け出す。

「奴等《やつら》を一人でも多く、斬ることしか！」

即座に接敵した先頭の兵士を力任せに薙ぎ払うとともに、黒き波のごとく押し寄せる敵軍をかき分けては返り討ちにしていく。

「リオン、待って！　リオンッッ‼」

アスフィは自らも抜剣し、追いかけた。

しかしまさに疾風のごとく、リューの特攻めいた突撃は速過ぎた。

瞬く間に敵を斬り伏せては遠ざかっていく後ろ姿に、アスフィの声は追いつかない。

灰の空は今も彼女達を見下ろし、天を覆っている。

星が見つからないと、少女達は嘆いた。


「補給……これだけか？」

手渡された物資に、獣人のネーゼは驚きと、失望を隠せなかった。

「すまない……武器の整備は鍛冶師達にやらせる。どうか、凌いでくれ」

彼女の正面に立つ大柄な冒険者《ヒューマン》は、沈痛な面持ちで言うのみだった。

場所は都市中央寄りの北東野営地《キャンプ》。

幾度となく闇派閥《イヴィルス》との交戦を経て、道具《アイテム》や装備が損耗した【アストレア・ファミリア】は、補給のため拠点の一つに立ち寄っていた。

「凌いでくれったって……これじゃあ、連戦に耐えられるわけ……！」

渡された小鞄《ポーチ》に入っていた道具《アイテム》は回復薬《ポーション》が三、精神力回復薬《マジック・ポーション》が一つ。後者は二分の一しか入っていない。これがネーゼ一人に対する分ならばまだ引き下がれただろうが、派閥全員分だ。

とてもではないが八人組のパーティには足りない。

「……これで前線で戦い続けろって、流石に酷じゃない？」

「アタシたち、使い捨ての奴隷になった覚えはないんだけど！」

ネーゼ以外の団員──ヒューマンのノインやアマゾネスのイスカも抗議の声を上げた。

連日戦い続け、ネーゼ達の疲労も頂点《ピーク》に達しつつある。武器や防具は早急に鍛冶師達が整備するとはいえ、体力と精神力《マインド》の不調和は深刻な問題だ。気力で奮い立たせるのも限度がある。

物資不足がかねてから懸念されていたのは重々承知している。

それでも、ネーゼ達は無茶を言うなと喚き散らしたくなった。

「──欲しがりはダメよ、みんな！」

「「「どわぁ⁉」」」

と、そこで。

全く空気を読まない少女の大声が、真横から高速で割り込んできた。

「清貧の心は『正義』の基本！【ファミリア】が小さかった頃の節約殺法を思い出すの！」

赤い長髪をなびかせるアリーゼだった。

団長である少女は、薄い胸を張って何故《なぜ》かドヤ顔を見せつけてくる。

「迷宮進攻《ダンジョン・アタック》で大赤字を喫して、野草《くさ》と塩のひっどい汁《スープ》を『いいのよ』と微笑むアストレア様に七日七晩飲ませた時と比べれば、何てことないわ！」

「おい止せヤメロぉ⁉」

「こんな時に私達の黒歴史を掘り起こすなぁー！」

致命的な一撃《クリティカル・ヒット》！

決して思い出したくなかった記憶を掘り起こされ、ネーゼは顔を両手で覆って悶絶した。

イスカ達も同様である。突然の事態に、大柄な冒険者《ヒューマン》は戸惑うばかりだ。

ぐぅう、とか、うぬぅうう、とか。

一頻《ひとしき》り呻き声の合唱が響いていたかと思うと、やがて誰からともなく、笑みを漏《も》らす。

「……ふふっ。そうね。あの時と比べれば、私達、まだいけるわ！」

「いざとなれば、またその辺に生えてる野草を食べてやります！」

みんなの姉代わりのマリューが、エルフの魔導士であるセルティが、威勢よく声を上げる。

鬱屈した空気がたちまち一変し、少女達の顔に笑みが舞い戻る。

ようやく顔を上げたネーゼもまた、乱暴に頭をかきながら、吹っ切れたように笑った。

「ああ、ちくしょう……こうなったら、やってやる！　これでいいんだろう、団長！」

「ええ、百点満点！　気合と知恵で乗りきりましょう！」

【ファミリア】の士気を引き戻したアリーゼは満面の笑みを浮かべた。

一尾始終を見守っていた大柄な冒険者《ヒューマン》も胸を打たれたのか、「すまない、ありがとう！　俺達もできる限り支援《サポート》する！」と約束する。

「じゃあ、準備を済ませたら、またここに集合して！」

アリーゼの指示に、ネーゼ達は従った。

装備の回収や少しでも仮眠を取ろうと散らばっていく。

「……」

そして、彼女達が完全に姿を消した後。

一人残ったアリーゼは、おもむろに、その太陽のような笑顔を顔から消した。

団長として、第二級冒険者として、誰にも見せまいとしていた苦悩を滲《にじ》ませ、曇天を仰《あお》ぐ。

(——ギルドからの報告で、わかっているだけでも死傷者が三万人を超えた)

その場を離れ、人に見つからない場所を目指す。

建物の間と間、路地裏入り口の壁に寄りかかりながら、心を悲嘆で染めた。

(不眠不休の活動のせいで、治療師《ヒーラー》まで倒れ始めていると聞く。状況は逼迫を通り越した)

【勇者《ブレイバー》】の指示により都市外縁部《がいえんぶ》の守備を放棄。

中央部に戦力と避難民を集中。

が、一部の野営地《キャンプ》が要請に応じず。

重苦しい諦観が、都市を覆いつくそうとしている——。

現在の状況を振り返るアリーゼは、瞼を閉じることしかできなかった。

(このままじゃいけない。希望を示さなくちゃ。絶望を吹き飛ばす、強き『意志』を)

心の中で呟くアリーゼは、片手を握った。

(けれど、誰もが声を上げられない。……いつもやかましい、この口さえも)

しかし握られた拳は、碌に力が入らず、弱々しいものだった。

「リオン。私は――」

うつむいたまま、何の意味も持たない呟きが足もとに転がり落ちた、その時。

「大丈夫ですか？」

視界に、小柄な靴が映り込んだ。

耳を揺らす澄んだ声に、アリーゼは驚いて顔を上げる。

「スープ、いかがですか？　疲れているようだったので……」

そこに立っていたのは、薄鈍色の髪の娘《むすめ》だった。

湯気が上る小さな杯を持って、こちらを窺《うかが》っている。

心身が疲弊していたとはいえ、こんな距離まで他者の接近に気付かなかったことに呆然《ぼうぜん》としていたアリーゼは、咄嗟《とっさ》にぎこちなく笑った。

「ああ……ごめんなさい。ありがたく頂いて――」

笑って、そのまま、不自然に動きを止めた。

まともに彼女の相貌を見た途端、電流を流されたように手が痙攣《けいれん》する。

「……？　どうかしましたか？」

不思議そうな顔をする娘《むすめ》の言葉が、耳を素通りした。

髪の色と同じ、その吸い込まれそうな薄鈍色の瞳をまじまじと見つめていたアリーゼは、無意識のうちに息を呑んでいた。

「——貴方、本当に人間？」

どうしてそんなことを言ったのか、自分でもわからない。

ただアリーゼは、脳裏に過《よぎ》った言葉を口にしてしまっていた。

「…………」

今度は娘《むすめ》の方が呆然とする番だった。

唇を僅かに開け、双眸をいっぱいに見開く。

少女達は鏡のように、お互いを見つめ合う。

「……ふふっ、あはははははははは！　そんなこと、初めて言われました！」

不可思議な静寂を破ったのは、娘《むすめ》の笑い声。

おかしくてたまらないと言うように腹を抱えて、スープがこぼれないよう心底苦労しつつ、目尻に溜まった涙を拭う。

「私、怪物《モンスター》なんかに見えますか？」

小首を傾げる相手に、はっとしたアリーゼは、すぐにばつが悪い顔を浮かべた。

善良そうな市民、とりわけ純朴そうな街娘を捕まえて『人外でしょうか？』だなんて尋ねるなど、正義の眷族失格である。

「あー……ごめんなさい。変なことを言ってしまって。よくわからないけど、そう思っちゃったの。悪かったわ」

わかってはいたが、自分は少し疲れているらしい。

妙な直感のことなんて忘れて、アリーゼは苦笑を作る。

「私はアリーゼ。貴方は？」

名前を尋ねると、娘《むすめ》はにっこりと微笑んだ。

「……『シル』と言います」

結わえている薄鈍色の髪を揺らし、『シル』と名乗った娘《むすめ》は、こちらの心を見透かすような透明な眼差しで、次の言葉を尋ねていた。

「アリーゼさん。もし何か悩みがあるなら……私でよければ、聞きますよ？」


「──というわけで団長も大変なのよ！　他にも対外的なアレとかソレとか、とにかく面倒がいっぱいあって──!!」

そして約十分後。

ふっつうに悩みを聞いてもらおうとベラベラ喋《しゃべ》りまくっていたら、シルはすっかり顔色を疲弊させていた。

「まだあるんですね……。私、相談に乗るって言ったこと、後悔してきました……」

スープが飲み干された杯を両手で持ちながら、さしもの街娘も遠い目をする。

二人は場所を移して、噴水の縁に腰かけていた。

水が出なくなった噴水広場は閑散としている。季節違いの、冬の木枯らしを彷彿とさせる風が廃墟然とした瓦礫の間を駆け抜ける中、アリーゼはあっけらかんと笑う。

「せっかく出会ったんだもの！　それに私が弱音を吐くのは貴重なんだから、ぜひ聞いていって！」

明るくそんなことをのたまうアリーゼに「あはは……」と苦笑しつつ、シルはほっそりとした指を顎に添えた。

「え～と、まとめると……アリーゼさんが今一番悩んでいるのは、仲間《ファミリア》の方に『正義』について どんな『答え』を出せばいいのか、ということですか？」

シルがそう言うと。

アリーゼの騒がしかった声音は鳴りをひそめ、代わりに真剣な表情が浮かんだ。

「ええ……でも、リオンへの『答え』だけじゃない」

「えっ？」

「人々から、都市から、世界から……『絶対悪《てき》』からも、『正義』を問われている」

目を見張るシルを他所に、アリーゼは視線を空へと向けた。

「気のせいなんかじゃない。私達が出す『答え』によって、絶望は絶望のままか、それとも希望に裏返るのか、決まる」

今のオラリオに必要なのは、希望であり、強き意志。

この暗澹たる闇を晴らす光そのものだ。

目標とも大義名分とも異なる。単純な二元論とも違う。

一度は『悪』の前に敗れ去ってしまった『正義』の正体とは、一体何か。

強大な『悪』を前に、その『正義』を示さなければ、リューの意志も、人々の心も折れたまま、立ち上がることなんてできない。

「私は……そう思ってしまった」

「アリーゼさん……」

そしてその『正義』の答えを探すには、空は闇に侵され過ぎている。

日の光はおろか星屑の瞬きさえ見えない。自分達を導く光の喪失は『悪』の隆盛を物語り、『正義』なんてものはまやかしだったのだと、嗤笑《ししょう》をぶつけてくる。

雲に塞《ふさ》がれる上空を見上げながら、アリーゼは苦しげに双眸を歪めた。

「……私は、『正義』についてわからないし、貴方の悩みに答えることもできませんけど……」

そんな彼女の横顔を凝視していたシルは、おもむろに口を開く。

「今は、『正義』は見えなくなっているだけだと思います」

そして、笑みとともにそんなことを言った。

「見えなくなっているだけ……？」

「はい。暗い雲が空を覆って、星が見つけられなくなるように……『悪』が『正義』の光を隠してしまっている」

「！」

今度は、アリーゼが目を見張る番だった。

「誰もが願う星の光は、今だって空に在《あ》って、輝き続けている。だから、みんな見失っている
だけ。なくなったわけじゃない」

この寒空の下、深い傷を負った廃墟の中で告げられた娘の言葉を、虚しく感じ、ただの詭弁《きべん》
だと言うのは、容易いことだった。

しかし、アリーゼはそう思わなかった。

あまりにも邪神《エレボス》の神威は強大で、『絶対悪』なんて重圧に怯《ひる》んでは焦《あせ》っていた。

星の光ではなく、自分自身を見失っていることに、アリーゼは今、気が付いた。

あれほど暗澹としていた上空の景色が、今は少し、違って見える。

──昏い雲の先で、星の光は私達を待っている。

その光景を、見えない天の上に思い浮かべることができた。

アリーゼの唇は、自然と綻んでいた。

「……そうね。きっと、そうだわ。アストレア様がここにいたら、同じことを言ってくれると
思う」

不思議な少女だ。

目の前で微笑むシルに笑い返しながら、アリーゼはそう思った。

何の力もない街娘の筈なのに、心にかかる靄《もや》を払ってくれた。

まるで英雄を導く物語の精霊のように。あるいはささやかな天の神託のように。

「リオンに会ったら、聞かせてあげなきゃ」

「ふふっ……アリーゼさんは、そのリオンさんが大好きなんですね」

大きく息を吸って、肩から力を抜くことができたアリーゼは、微笑ましそうなシルの眼差しに頷《うなず》きを返す。

「ええ。とても大切な仲間よ。私なんかよりずっと真面目《まじめ》で……高潔で、眩しい」

細まる双眸には信頼と、尊敬の光が宿っていた。

「私はこれから何があっても……リオンにだけは『希望』を失ってほしくない」

それは明日にも、未来にも続く、少女の心からの願いだった。


「やぁ、リ、リオン――」

そして。

そんな少女の願いを踏みにじるように、邪神は唇に細い三日月を描いた。

「「‼」」

振り返る影は一つ——ではなく、二つ。

「——と思ったら、別の眷族を引き当ててしまったか。まぁ、いい」

エルフではなく、ヒューマンと小人族《パルゥム》が驚倒をもって、その男神を瞳に映した。

着崩した黒衣に、漆黒の髪。

悪びれもなく肩を竦める目の前の存在に、ライラと輝夜《カグヤ》は、去来する様々な感情とともに眉《まゆ》を逆立てた。

「てめぇ……！」

「邪神エレボス！」

少女達の敵意と怒りを心地良さそうに受け止め、『絶対悪』は尋ねる。

「今、俺はリオンを探している。知っていたら教えてくれないか？　迷える正義の使徒よ」

六章

静寂の調べ

ASTREA RECORDS
evil fetal movement
Author by Fujino Omori Illustration Kakage
Character draft Suzuhito Yasuda

不気味な静けさが辺りを包んでいた。

オラリオの北西区画。崩れかけの建物に囲まれながら、ライラと輝夜《カグヤ》、そしてエレボスとその眷族ヴィトーの二陣営が対峙《たいじ》する。

目の前の存在から片時も視線を外さず、ライラと輝夜《カグヤ》は周囲の気配を注意深く探った。

罠《わな》の可能性はない。敵はエレボス達のみ。

そう断定した少女達は、ゆっくりと口を開いた。

「……リオンの居場所？　知らねーな。アタシ達が聞きてえくらいだ」

「たとえ知っていたとしても、答えるわけがない。よくも騙《かた》ってくれたな、神エレン」

二人の眼差《まなざ》しと口振りには、敵意が漲《みなぎ》っていた。

特に輝夜《カグヤ》のそれは顕著であった。

『大抗争』が勃発する以前、度々リューの前に現れては自分達をおちょくっていた優男《やさおとこ》の神を皮肉るように、エレボスが名乗っていた偽名を口にする。

「騙っていたつもりはないいんだがなぁ。ヘルメスの真似事をしていただけだ。しかし、あれはあれで疲れる」

対するエレボスは、心胆寒からしめる殺意を浴びても、涼し気な風を愉《たの》しむように笑《え》む。

「初めて我が友を尊敬した。俺《おれ》にはとてもではないが、道化など演じきれそうにない。それとも……今の俺より、仮面《エレン》の方が好みだったたか？」

一転して、雰囲気と口調ががらりと変わった。

「――やぁやぁ、辛辣な美少女達！　そんな怖い形相《かお》をしないでおくれ。清く美しい正義《アストレア》の名が泣いてしまうよ？」

「「ッ……！」」

言葉遣いは優男のそれ。そして口もとに浮かぶのは、紛れもなく邪神の笑み。

からかわれる少女達ははっきりと苛立ちを募らせる。

輝夜《カグヤ》に至っては額にうっすらと青筋が走るほどだった。血の気の多い相方を他所に、ライラはこれ以上のお喋《しゃべ》りは神に間合《ペース》いを握られると判断し、話題を転ずる。

「おい、神サマよ。どうしてリオンを付《つ》け狙《ねら》う？　大抗争《たたかい》をおっ始める前から、やたらと付き纏《まと》ってたよな？」

「神々の言う『すとーかー』というものでございますか？　嗚呼、全くいいご趣味で反吐が出てしまいそう――この変態め」

それに全力で乗っかる輝夜《カグヤ》は、あらん限りの侮蔑を込めて言ってやった。

エレボスはというと、泰然としながら次の言葉を贈る。

「猫のごとくじゃれるなよ、極東美人《ヒューマン》。男など漏《も》れなく獣《ケモノ》で、倒錯している。生娘《きむすめ》でいる間に覚えておけ」

「……‼　こいつっ……！」

うら若き乙女へ、世の真理を説くように高説を授けてやる。

輝夜《カグヤ》は怒りと羞恥をない交ぜにした表情で、今度こそ顔を赤く燃やした。

「そして、悪童《パルゥム》。なぜリオンを付け狙うか、だが……」

憤る輝夜《カグヤ》を無視して、神の瞳《ひとみ》はライラを見返す。

「だって、アレが一番純粋だろう？　潔癖で無垢《むく》。お前達の中でも紛れもない『正義の卵』だ」

「「なっ……！」」

「『絶対の悪』を提示され、あの娘《むすめ》がいかなる答えを出すのか。後学のためにも俺はそれを知りたい」

ライラに向けられた言葉に、輝夜《カグヤ》も並んで絶句した。

己《おのれ》が司る事物に『正義』が含まれていない『原初の幽冥』は、勤勉な賢者を真似るがごとく、わざとらしく手振りを交える。

「今後の『約束の地《オラリオ》』の行く末を見る、『占星術《うらない》』のようなものだ。女も好きだろう？　呪い《まじな》の類は」

神は笑っていた。

同時に気紛れが赴くまま試してもいた。

アストレアの眷族たる星乙女達を。

「ふふふっ……我が主神ながら、本当に趣味が悪い。都市の代弁者を、年端もない妖精《エルフ》に押し付けようなど」

笑みを漏らすのは、神の斜め後ろに控えているヴィトー。

彼の含み笑いを耳にしつつ、エレボスはそこでふと、顔の横に人差し指を立てた。

「だが、そうだな。お前達が俺の問いに答え、満足させてくれるなら……リオンを玩具にするのは止《よ》そう」

「満足……？　問いとはなんだ？」

上から見下ろしてくる神の眼《まなこ》に、はっきりと嫌悪感をあらわにしながら、輝夜《カグヤ》は問い返す。

神の唇は問うた。


「『正義』とは？」


「……あんだと？」

その問いを前に、ライラが眉《まゆ》を怪訝の形にひそめる。

「言葉通り。お前達の『正義』とは何だ？　述べよ」

無の示唆《ノーヒント》。

少女達が抱く、ありのままの答えを求める。

沈黙の時間を挟んだ後、吐き捨てるように言ったのは、輝夜《カグヤ》だった。

「……知れたこと。大義名分を得るための『武器』だ。言動の暴力を正当化するための、色のない旗」

それは達観にも似ていた。

壮絶な人生経験を窺《うかが》わせる輝夜《カグヤ》の答えは、冷たい。

「そして最善を目指し、磨耗していく過程そのものだ」

その答えを聞き、エレボスが告げたのは、一言。

「失格」

「なっ⁉」

神は表情を変えず淡々と告げる。

「何を醒めた振りをしている？　それは自分を偽るための鎧か？　気取った真似をするお前が一番つまらない」

息を呑《の》む輝夜《カグヤ》の代わりに、エレボスは彼女の心に埋《うず》もれている真の答えを口にした。

「お前の『正義』とは、『未練』。現実に手酷《てひど》く裏切られた子供《ガキ》が、それでも手放せないでいる幻想だ」

「――――ッッ⁉」

少女の胸が抉られる。

罵倒を放つことのできない絶句が答えだった。

凍りつく輝夜《カグヤ》から興味を失ったように、神の眼差しはライラを穿つ。

「そして答えを出さない、お前。会話を引き延ばし、俺から僅かでも情報を引き出そうと考えているな？」

「……!!」

「お前の『正義』は『毒』——と見せかけた『知恵』。無力を嘆き、狡猾を己に課す弱者のあがき」

託宣にも似た厳かな声が、肩を震わせるライラの心を蹴《け》りつける。

全《すべ》てを見透かすかのように、神は慈悲すら感じられる視線を向けた。

「あるいは、劣等感を隠すための『隠れ蓑《みの》』か？　お前にとっての『正義』とは」

「……くそったれが!!　何でもかんでも見抜きやがってっ、これだから神は嫌なんだ！」

忌々しそうに神への悪感情を吐露するライラは、激昂で己の動揺を殺すのに精一杯だった。

心の最も柔いところを突かれた今の彼女には取り繕う余裕もない。

「怒るなよ、小娘。劇毒をも呑む覚悟があるなら、未来の聖賢《せいけん》にでもなれるだろう」

歯ぎしりするライラへ、エレボスは一定の評価すら与えてやる。

間もなく浮かべるのは、心の底から嘲《あざけ》る笑み。

「だがこれで、図星的中論破《クリティカル・ヒット》。実に不完全で、下界らしい。お前達はまさに迷える子羊だ」

「っっ……!!」

「そしてやはり、俺を満足させるには至らない。予定通り、『正義の卵』を食すとしよう」

邪神が納得する答えは提示できず。

よって一人のエルフを狙う神意は翻《ひるがえ》らない。

凌辱のごとく胸の内を暴《あば》かれた屈辱も手伝って、ライラ達は拳《こぶし》を握りしめた。

そんな少女達を見て心底愉快そうに、エレボスは軽い調子で手を払う。

「そら、クソイケメンお兄さんに苛められましたと、母親《アストレア》に泣きついてこい。今なら見逃してやる」

「……自分で言うかよ、クソ神様《がみ》っ」

「そそるだろう？　抱いてやろうか？」

「……蛆と寝た方がマシでございますねぇ」

歯を剝くライラに口端を上げ、輝夜《カグヤ》のせめてもの意趣返しにくっくっと肩を揺らす。

「やはり口が減らないな、正義の眷族。しかし、そろそろ飽きた。行かせてもらおう」

先へ進もうとするエレボスだったが、引き抜かれた刀と構えられた飛去来刃《ブーメラン》が、その歩みを阻んだ。

「敵の頭《あたま》っつう、ごちそうが目の前にあんだ。たとえ糞不味かろうと、見逃すわけはねぇな」

「神を屠る禁忌は犯せずとも、捕縛《ほふ》程度なら我々にも可能だ。……貴様をアストレア様の手土産にし、この戦いを終わらせてやる」

戦意を発散させ、こちらを睨《にら》みつけてくる少女達に、エレボスはやはりの笑みのまま。

「悪《おれ》の慈悲を無駄にする。それもまた正義か」

そう言って、『何か』を探るように周囲に視線を走らせる。

かと思えば、側に控えているヴィトーに向かって口を開いた。

「じゃあ——我が眷族よ。俺が安全になるまで相手をしてやれ」

「嗚呼、いったい何度目の溜息《ためいき》でしょうか……。眷族こそ神の保護者なのではと、考えさせられますねぇ」

この神《かみ》にしてこの眷族《けんぞく》ありか。

ヴィトーは芝居がかったような仕草で、形だけの嘆きを見せると、糸のように細い目をうっすらと開け、愉悦に満ちる。

「さて……18階層以来ですね、お嬢さん方。神に頭を痛めさせられる者同士、再び踊りましょうか？」

「抜かしやがれ！　今度こそ仕留めてやる！」

ダンジョン以来の再戦。

ライラと輝夜《カグヤ》、そしてヴィトーは同時に駆け出し、互いの得物を衝突させた。

一閃される刀に打ち付けられる短剣。

そのまま切り返される短剣が、放たれた飛去来刃《ブーメラン》を容易く弾く。

二対一でありながらヴィトーは輝夜《カグヤ》達に優勢を許さなかった。卓越した戦闘技術、そして駆け引きをもって攻撃を当たらせない。逆に懐《ふところ》から別のナイフを取り出し少女の細い首を刈ろうとさえしてくる。輝夜《カグヤ》を守るためライラまで前衛に加わらなければならないほど。

18階層での戦いは『様子見』。

そう確信させる敵の動きに、輝夜《カグヤ》とライラは顔をしかめる。

「はははははは！　そんなものですか⁉　前回の戦いから一人欠けたとはいえ、二人がかりでこの程度では――」

激しい攻勢に打って出るヴィトーが笑い声を響かせていると、

「――阿呆《あほう》」

輝夜《カグヤ》は短く、罵った。

ヴィトーが踏み込んだのは、彼女の射程圏にして『間合い』だった。

「い、い、い、ただの連携だ。調子乗った馬鹿《ばか》に、『必殺』を叩《たた》き込《こ》むためのな」

「⁉」

迎撃しようと執拗に体を張っていたライラが嘲りとともに、あっさりと身を退《ひ》く。

『わざと劣勢を装っていた』とヴィトーが気付いた時には遅い。

彼の視界からライラの体が遮《さえぎ》っていたのは、既に刀を鞘に収めている『剣客』の手もとだ。

僅かに腰を落とす輝夜《カグヤ》は、神速の抜刀を披露した。

「居合の太刀――『一閃』」

名の通り、銀の閃光が鞘から放たれる。

かろうじて視認した斜線に、ヴィトーが咄嗟《とっさ》に短剣を構えた瞬間、彼の得物は甲高い金属音とともに宙へ舞っていた。

「居合⁉　極東の『技』⁉」

「おうとも。忌々しき家伝の一刀よ」

剣が弾《はじ》き飛ばされただけにとどまらず、上体が横に流れるヴィトーへ、輝夜《カグヤ》はすかさず踏み込んでいた。

「防いだことは誉めてやるが――終わりだ！」

返す刀が袈裟の軌道で、容赦なく男の胴に吸い込まれる。

逃れようのない一撃に瞠目《どうもく》するヴィトーは、そこで、

「やれやれ、凄《すさ》まじい方々だ。ですが――」

状況にそぐわない笑みを浮かべた。

そして輝夜《カグヤ》が怪訝に思うより早く、男を断ち切る筈の刀が、音もなく割り込んだ『影』に阻まれる。

「――⁉」

神速の刃を、音もなくつゝまんだのは、細長い指だった。

自分達の前に立ちはだかる人影に、輝夜《カグヤ》とライラの目が剝かれる。

「主《あるじ》が安全になるまで、という約束でしたので。私がお相手をするのはここまでです」

ちょうどライラが身を退《ひ》いたように、ヴィトーもまた『こうなること』をあらかじめ予想していたのか、あっさりとエレボスのもとへ立ち戻る。

揺れる灰の長髪。

決して開かれることのない両の瞼。

病的なまでに白い肌を覆《おお》う、漆黒のドレス。

静寂とともに降臨した『魔女』は、煩《わずら》わしそうに口を開いた。

「騒がしい……。決して途絶えることのない雑音め」


たった二本。

ヴィトーに決まるかと思われた輝夜《カグヤ》の一撃は、たった二本の指に止められていた。

「指っ……？　指だと……!?　指だけで、私の一刀を――!?」

ただの『白刃取り』。

それが女の中指と人差し指で行われただけのこと。

しかし、その理不尽めいた神業に、刃を押すことも引くこともできない輝夜《カグヤ》は驚倒をあらわにする。

「てめえは、【ヘラ・ファミリア】の……!?」

ライラもまた驚倒する中、静寂を纏う魔女──アルフィアは、瞼を閉じたまま言った。

「耳もとで喚くな。喧《やかま》しい」

「「なっっっ──────!?」」

一薙《ひとな》ぎ。

片腕を払う、それだけで、視界が震動したかと思うと輝夜《カグヤ》の足は凄まじい勢いで地面から離れていた。

背後にいたライラも巻き込み、神経質な魔女の御前から吹き飛ばされる。

「来たか、我が盟友。束の間の『休息』は終わったか?」

「よく言う。『教会』の側で騒ぎを起こしておきながら。私がいると知って、まどろみを妨げただろうに」

自分のもとへ歩み寄るエレボスに、アルフィアはくだらなそうに言い返した。

戦いが始まる前より『魔女の寝床《なにか》』を探っていた神は悪びれもせず、釈明する。

「場所《これ》ばかりは偶然だ。故意に騒いだことは認めるがな。だが、せっかくだ。起きたついでに一仕事を頼めるか?」

間もなく、その目を視界の奥へと向ける。

「正義の使徒に、本物の『蹂躙』を教えてやってもらいたい」

「「っ……!?」」

立ち上がったばかりのライラと輝夜《カグヤ》に向けられるのは、加虐的な笑みだった。

少女達の体が強張るのを他所に、アルフィアは不快の感情を隠さない。

「それはわざわざ私の手を煩わせるほどのものか？　それとも、貴様の眷族は無能揃《ぞろ》いなのか？」

「いやはや、耳が痛い。そして何と恐ろしい。眼前にいるというのに、気配も、魔力の流れも、あまりに静黙《しずか》だ」

そんな彼女に形ばかりの謝意と畏怖を滲《にじ》ませるのは、ヴィトー。

「一度《ひとたび》音が鳴れば、遍《あまね》くを沈黙させるという二つ名の謂《いわ》れ……【静寂】のアルフィアの力、私もぜひお目にかかりたい」

主神と同じく道化を気取り、片目を開いて笑みを浮かべるヴィトーに対し、アルフィアはすぐに背を向けた。

「なるほど、真実《しんじつ》役立たずばかりか。ならば私が静めた方が早いな」

面倒を嫌う女王が、静かに歩み出る。

それだけで重圧が増えた。

静かである筈なのに、二つの脳裏で暴れ狂うように警鐘がかき鳴らされる。

ライラと輝夜《カグヤ》の顔に汗とともに滲むのは、かつてない焦燥だった。

「輝夜《カグヤ》……逃げんぞ……。こんな化物と、やり合ってられるか……‼」

「……無駄だ。背を見せれば死ぬ。目を離しても殺される。我々の前に立っているのは、そういう存在だ」

即刻撤退を打ち出したのはライラ。

そして観念するのは、輝夜《カグヤ》の方が早かった。

状況を悟り、刀を構え、腹を括る。

「戦場の作法を知る者はいるか。私の『失望』は止められないが、慨嘆の必要はなさそうだ」

ゆらりと。

静か過ぎる声音《こわね》と所作に反し、その肢体に満ちる『魔力』はあまりにも凶悪だった。

足を止め、距離を残してたたずむだけで、ライラ達の鼓動の衝撃が倍するほどに。

「生憎、葬歌《そうか》の楽譜は手もとにない。肉を挽き潰《つぶ》す喇叭《らっぱ》しか吹けんが、お前達もどうか嘆いてくれるな」

Lv.7の超越者は憂いさえ滲ませながら、淡々と『死刑宣告《それ》』を告げた。

「小娘の断末魔の声《かなきりごえ》ほど、耳障りなものはないのだから」

空間が軋む。

錯覚ではない。

人智を超えた魔力が渦を巻き、大気に悲鳴を上げさせ、『開砲《かいほう》』を予告する。

開かれた竜の顎を目の前にするがごとく、取り乱すライラは叫び散らした。

「クソッタレがぁ！　逃げるぞ？　逃げるからなっ⁉　アタシは意地でもズラかるからな、輝夜《カグヤ》ぁ‼」

「戦闘の中で隙を掠め取るしかあるまい……！　生き延びたくば手を貸せ、ライラ！」

死地に踏む込む胆力をもって、輝夜《カグヤ》は震え上がる四肢を必死に律し、駆け出す。

「消え失せろ、雑音ども」

だが。

ことごとくが無駄だった。

静寂の調べが告げたのは、一言《ワン・ワード》。

「【福音《ゴスペル》】」

その一言とともに、全てが終わった。

「────があぁぁぁぁぁぁぁぁぁぁぁぁぁぁぁああああああああああ⁉」

吹き飛んだ。

まるで巨人の大拳で殴られたがごとく、腹や肩をへこませ、口から血をぶちまけながら、輝夜《カグヤ》が決河の勢いで建物の残骸に叩きつけられる。

その『不可視の一撃』に対し、弱者《ネズミ》の本能か、必殺が放たれる前より真横に跳躍していたライラは――目をあらん限りに見開いた。

射線上から退避したにもかかわらず、衝撃の余波が彼女の小さな体を薙ぎ払う。

衝撃の圧に屈して舞い上がる無数の瓦礫、亀裂が走り抜ける地面。輝夜《カグヤ》が手にしていた刀は折れるどころか、銀の飛沫となって砕け散る。

祝福の鐘の音《ね》にとても聞こえない轟音が鳴り響いた後、その場に残るのは音《おと》が消失した世界だった。

立っている者は、アルフィアただ一人。

「一撃……!!」

その光景を目の当《ま》たりにしたヴィトーの顔から、道化の仮面が剝《は》がれ落ちる。

耳鳴りのごとく静寂が鼓膜を貫く中、絶句する彼の頰《ほお》に、冷や汗とともに戦慄《せんりつ》が伝う。

「強すぎぃー。……女神《ヘラ》が恐れられるわけだ」

瞠目するエレボスは、間延びした声を出す。

口もとにうっすらと浮かぶ笑みが意味するのは、小さな高揚と、掛け値なしの賞賛である。

「がっっ、ぁ…………!?」

埃《ほこり》まみれの体を地面から引き剝がそうとしたライラは、息を呑んだ。

ぽたぽたと垂れる血の雫。

顔から落ちる赤い粒が、いくつもの斑点を地面に作る。

それだけではない。

己の視界が、見る見るうちに赤く染まっていく。

「ふざけんなっ、アタシはッ、直撃を避けただろうが……⁉」

耳と鼻、そして目。

まるで死神の病魔に侵されたように、顔中の穴という穴から血を垂れ流す。

（視界がグワングワン鳴ってやがるっ……！　気持ち悪《わり》ぃ、平衡《へいこう》感覚がブッ壊れやがった！）

震える手をついた地面が、まるで混ざり合った絵具のように捻じ曲がる。

吐き気を堪えながら、ライラはなけなしの力を込めて、顔を上げた。

「今の衝撃波、風でも閃光《ひかり》でもねえ…………てめえの魔法、『音』か⁉」

強大過ぎる暴力を前に、心が折れてなお状況の理解から逃げなかったライラの思考が弾き出《だ》した答えは、『音の爆圧』。

小人族《パルゥム》の戦慄を浴びるアルフィアは、悠然とたたずんだまま答えた。

「ロキとフレイヤの眷族から何も聞いていないのか？　私の魔法はただ、『音』の塊で殴りつけるのみ」

灰の長髪を揺らしながら、無感動に告げる。

「一思いに燃やしてやることも、凍てつかせてやることもできん。醜悪な肉塊《にくかい》に変えてしまうだけのモノだ」

不可視かつ無色の砲撃。

純然たる轟音は衝撃の壁となって敵を圧し潰し、射線から逃れた者も熾烈《しれつ》な残響をもって昏倒させる。

何よりも恐ろしいのが、それらの理不尽が全て『一言《ワン・ワード》』で執行されるということだ。

(余波だけで上級冒険者を屠《ほふ》る威力、しかも超短文詠唱！　初動は速《はえ》えし、射程《レンジ》も長《なげ》え！　魔法の撃ち合いじゃまず勝てねえ化物……！)

Ｌｖ.７の多大なる『魔力』から放たれるその一撃は、ただの射撃を通り越した——まさに真の『蹂躪』である。

都市最強魔導士と名高いリヴェリア・リヨス・アールヴをも上回る【ヘラ・ファミリア】の『才禍の怪物』に、ライラは絶望とともに目を眇めた。

「その上、近接戦もこなすだと……!?　無敵じゃねえか、ちくしょう……！」

輝夜《カグヤ》の一太刀も軽く往なした事実に最後まで震え、ライラは力つきた。

砂利の上についていた震える腕が折れ、今度こそ倒れる。

「圧倒的、凄絶、無慈悲。どの言葉を贈ればいいか迷うな。だがこれでは『蹂躪』ではなく、

『瞬殺』の方が正しい」

エレボスは笑みを残し、いっそ見応えなどなかった一瞬の『侵略』だと評する。

隔絶した力の差とは、これ以上なく虚しいものだと神でさえ認めた。

「蹂躙が見たければ、相応の輩を用意しろ。……それにまだ、終わっていない」

目も向けず返答するアルフィアは、瞼を閉じたまま、声を投げかける先を移した。

「死体の真似事が上手《うま》いな、小人族《パルゥム》。薄汚い場所を生き抜く鼠《ねずみ》の知恵か？」

「っ……！」

投げ出されていたライラの片手が、僅かに震える。

呼吸も完全に止めていた小人族《パルゥム》の少女は、昏倒の偽装さえ通じない怪物に舌を弾く。

「能力《ステイタス》はLv．2といったところか。加減したとはいえ、よくも死を遠ざけた。姑息で臆病……『勇者』を名乗る小僧とは正反対だな」

静かな靴の音を鳴らし、アルフィアはゆっくりとライラのもとに歩み寄る。

痙攣《けいれん》しながら、血だらけの相貌で見上げてくる少女を、己の影で覆う。

「ザルドはお前のような者が好きそうだ。が、私は面倒を嫌う。眠れ──」

女の片手に『魔力』が収束する。

断頭台と呼ぶには強大過ぎる音の鉄槌《てっつい》が、慈悲なく炸裂する──

「──アタシは、よぉ……。チビで、弱っちいから……何でもするように、しててよぉ……」

その直前。

ライラの唇が、ほんの僅かに、つり上がった。

「なに？」

「死んだ振りもするし、爆弾なんかも作る……。仲間《ファミリア》の足を引っ張らねえように、これでも苦労してんだわ……」

アルフィアは、細い眉を怪訝の形に曲げた。

ライラはその時、確かにほくそ笑んでいたのだ。

「だから……ホントは、やりたくねぇんだが……『囮』なんかも、務めることがあってなぁ」

「――」

灰髪の魔女から表情が消える。

自分を見下ろすＬｖ．７の怪物に、Ｌｖ．２の小人族《パルゥム》は高らかに吠えた。

「つまりだなぁ――くたばった振りが上手ぇのは、アタシだけじゃねえ!!」

アルフィアの対応は迅速だった。

しかし、それでも。

限界までライラが注意を引いた上で、背後より迫る『影』の方が、僅かに速かった。

「居合の太刀――『双葉《ふたば》』」

血塗《ちまみ》れの鬼のごとき形相で、輝夜《カグヤ》が紅の着物、そして双刃を翻す。

振るわれるは技の名《な》と同じ銘《めい》《小太刀・双葉》。

二刀の小太刀からなる無数の銀閃が走り抜けたかと思うと、アルフィアはたった一歩で、斬撃の結界外へと退避した。

「全身の骨ごと刀《かたな》も砕いてやったが……まだ武器があったか」

「はぁ、はぁ……!!　当然のように躱すな、化物めっ！」

必殺を誓った奇襲を、涼しげな顔であっさり往なしたアルフィアに、満身創痍の輝夜《カグヤ》は血の粒と一緒に悪態をぶちまける。

「しかし──」

それでも少女は、血化粧した真《ま》っ赤《か》な唇を『笑み』の形に引き裂いた。

「斬ったぞ、Lv.7……！」

猛々しい笑みが向けられるのは、女の左腕。

アルフィアが緩慢な動きで腕を上げると、そこにはドレスの袖《そで》を断ち、白い肌にも届いた切り傷が存在した。

「掠り傷に過ぎずとも、確かに斬った！　私の一刀は貴様に血を強いた!!」

アルフィアが黙って眺める傷は、輝夜《カグヤ》の言う通り血がうっすらと滲む程度のものだった。

だが、その『傷』こそが勝ち鬨に値するかのように、少女は思う存分喚《わめ》いてやった。

「貴様は強い、いっそ人智が及ばぬほど強い！　まさに最強だ！　だが、無敵ではない！」

「…………」

「なにせ貴様の言う小娘のごとき存在が、傷をつけたのだからなぁ！　はははははははっ！　ざまぁないなァ！」

少女の高笑いは止まらない。

それは精一杯の虚勢であった。

そしてそれは、輝夜《カグヤ》達が示した唯一の『勝ち筋』であった。

敵は決して不死の魔物ではなく、打倒可能の存在だという『証明』である。

「──雑音は終わりか？　ならば消えろ」

それに対し、アルフィアは顔色一つ変えなかった。

立つのがやっとの輝夜《カグヤ》に向けて、容赦なく片腕を突き出す。

「いや、させねぇわ。──そらよッ！」

しかしそれを阻むように、アルフィアの死角へ移動していたライラがばらばらと、いくつもの球体を放り投げる。

たちまち連鎖するのは『爆炎』の連鎖だった。

瓦礫を吹き飛ばしては砂塵を巻き上げる爆風に、アルフィアは素早く身を翻す。

輝夜《カグヤ》、そしてライラを呑み込んだ砂煙が次第に晴れていくと……そこに二人の姿は影も形も存在せず、冷たい風だけが舞っていた。

「魔道具《マジックアイテム》……いえ、手製の『炸裂弾』」

「片方が囮になり、片方もまた撤退のための時間を稼ぐ。いい連携《コンビ》だ。まんまと逃げられた」

ヴィトーが軽い驚きを宿す一方、エレボスは素直に称える。

示し合わすこともなく互いの動きを補完し合い、少女達はLｖ.7のアルフィアの前からまんまと逃走したのである。

「とはいえ、手負いも手負い。追えばすぐに見つかる。私が行きましょうか？」

先程まで少女達が立っていた場所に足を運ぶヴィトーは、隠蔽しきれていない『血痕』を目敏く発見していた。紅の斑点は足跡となって、労なく彼女達の居場所を教えてくれるだろう。

振り向いたヴィトーが問いかけると、アルフィアは瞑《つむ》ったままの瞳《ひとみ》で、自分の片腕をしばし眺めていた。

「……いや。見逃してやる」

「よろしいので？『雑音』が貴方の耳を煩わせるやもしれませんよ？」

魔女の気まぐれに、男は宮廷に住まう占い師のように、愉快げな笑みを投げる。

「自身の『傷』など久しく見ていなかった。知れず女神《ヘラ》のように、傲慢な女王を気取っていたようだ」

女はこんな時でさえ、静かだった。

心に荒波一つ立てず、事実を淡々と受け入れ、腕を伝う赤い雫の『代償』を下賜《かし》する。

「慢心の愚かさを思い出させてくれた褒美《ほうび》……くれてやる。小娘ども」


「……ライ、ラ……」

今にもかき消えそうな、声の破片がこぼれ落ちる。

輝夜《カグヤ》はライラの耳もとで、その言葉を怒りの炎で包んだ。

「あの女を、殺すぞっ……！」

「アタシはゴメンだぜ……Lv．7だぞ、相手は」

もう一人では立てないほど満身創痍でありながら、少女は煮えたぎる怒気と殺意に満ちていた。眦をつり上げ、今はいない相手に対して凄む輝夜《カグヤ》に、同じくボロボロのライラが、息も絶え絶えになって言い返す。

「そもそもチビなアタシに、てめえを背負わせるんじゃねぇよ……！」

輝夜《カグヤ》はライラに運ばれていた。

他種族の子供ほどしか背丈がない小人族《パルゥム》が、ヒューマンの少女を背負う絵は、滑稽を通り越して哀れであった。ずるずると音を立てて、見事に両足が引きずられている。膝《ひざ》でさえ何度も地面を擦過していた。

【ステイタス】にかまけて無理矢理輝夜《カグヤ》を運ぶライラは、血が混ざった大粒の汗を伝わせる。

「だいたい、どうやって勝つつもりだ……！」

「徒党を組んで、ボコす……！」

「それ、お前が大っ嫌いな悪党の発想だからな……？」

血だらけの顔で極東の般若《はんにゃ》のような形相を浮かべる少女に、うんざりとした声で指摘する。

輝夜《カグヤ》はだらりと垂れ下がっていた手に、力を込めた。

「ならば、お前が考えを巡らせろっ……敵を嵌《は》める狡い策は、お前の専門だろう……！」

自分の小さな脇腹に食い込んでくる輝夜《カグヤ》の震える指に、ライラは顔をしかめ、諦《あきら》めた。

もう火が点いてしまっている。

説得はもう無理だ。

何より、誰《だれ》かがあの『怪物』を何とかしなくてはならないのは、どうしようもないほどの事実なのだから。

「あの大馬鹿のエルフも必要だっ……！　団長も合わせ、全員が揃わなければ、勝機の欠片《かけら》もない……！」

「言ってることに間違いはねえけどよ……！　だが、敵もリオンを狙ってやがるっ。早くアリーゼ達のところに戻って、報せねえと……！」

まるで峻険《しゅんけん》な山岳に挑むように、過呼吸一歩手前に陥《おちい》っているライラが、歯を食い縛りながら輝夜《カグヤ》を抱え直す。

ちっとも現れない追手に『見逃されている』と正《ただ》しく理解し、輝夜《カグヤ》ともども屈辱に焼かれるライラは、力を振り絞って歩を重ねた。

野放しにされた汗が、再び少女の顎を伝って、落ちる。

「妙な正義感を働かすんじゃねえぞ、リオン……！　音を聞きつけて、こっちへ来るな……！」

妖精《エルフ》に思いを馳せた小人族《パルゥム》の祈りが、届くことはなかった。

「今の爆発《ばくはつ》は……？」

都市北西区。

奇しくもそこにいたリューは一人、立ち止まる。

うっすらと砂塵が立ち上る方角へ、まるで引き寄せられるように、足を向けた。

七章
正義問答

ASTREA RECORDS
evil fetal movement
Author by Fujino Omori Illustration Kakage
Character draft Suzuhito Yasuda

雲が厚みを失おうとしている。

風によって千々に切り裂かれ、薄く広がり、東へと移ろおうとしている。

空は相変わらず暗い灰色のまま。しかし今日は久しぶりに、雲の合間に黄昏の色が見えるかもしれない。あの美しくも儚い光が。

顔を上げていたリューは、そんなことを思った。

「……爆発音《ばくはつ》が聞こえてきたのは、この辺り。誰《だれ》もいないようだが……」

瓦礫の海の真ん中で立ち止まり、ぐるりと見回す。

恐らくは交戦があったのだろう。爆音を聞きつけたリューは都市の『第七区画』、その中でも市壁が近い北西部に足を運んでいた。

視界に広がる光景は、どこを切り取っても崩れた建物が広がるばかり。

人の気配はなく、屍もない。ざっと眺めても本当に戦闘があったのか定かではなかった。

だが、

「……火薬の臭いが残っている。まさか、ライラの？　……付近を調べてみるか」

覆面を下ろすと、鼻をくすぐるのは、リューも知っている臭いだった。

用心深いライラは自分の手札、もとい手製の道具《アイテム》はここぞという時にしか使わない。リュー達と比べて戦闘能力が劣る彼女は、常に策を巡らせては工夫を施し、『駆け引き』を用いるからだ。そんな彼女が手札を切らざるをえなかった状況、あるいは『相手』――。

双眸《そうぼう》を細めるリューは、警戒心を高めながら周囲の探索を始めた。万が一にも仲間に危険が迫っていないか、確かめるために。

火薬の臭いの他にも感じ取るのは、うっすらと残る『魔力』の残滓《ざんし》。

風に飛ばされたのか、いまいち出どころが判然としない。

「周辺の痕跡から、戦闘があったのは間違いない筈だが……」

細心の注意を払いながら移動するリューは、やがてソレを見つける。

「……あれは」

激しい戦火に晒《さら》されながら、その建物は奇跡的にも原型を保っていた。

屋根の一部を失い、破損の痕を残す壁面を眺めた後、足を運ぶ。

押し開けられる古びた樫の木の扉。

両開きのそれは、ギィィ、と低く大きな音を立てて、リューを建物の奥へ招き入れた。

「教会……？　廃墟の海の中に、こんな建物がまだ残っていたとは……」

木張りの床と、石造りの壁。

屋内は変わった階段状の作りで、奥に向かうほど下に下がっていく。それはリューにどこか小さな劇場《シアター》を連想させた。今、たたずんでいる一番高い段差からは、ちょうどステンドグラスが目線の位置に存在する。

砕けたステンドグラスからは肌寒い風が流れ込んでおり、夕刻前の外の景色がよく見えた。

周囲の長椅子《チャーチベンチ》は倒れている。こちらを見つめているのは、柱と一体化している女神の彫像だ。うらぶれながらも、どこか厳粛とした空気をリューが肌で感じていると、

「己《おの》が信仰を築く場所で再会するとは……神ながら運命を感じずにはいられない」

響いてきた声に、息を止めた。

驚愕《きょうがく》を顔に貼《は》り付け、弾かれたように振り向く。

何本もの柱が並ぶ側廊の暗がりから、ゆっくりと姿を現すのは、闇《やみ》の化身そのものだ。

「邪神、エレボス……!? 何故《なぜ》ここに!」

「お前を探していたからだ、リオン。お前に会いに来てやったからだ、『正義の卵』」

動じる自分とは対照的に、苛立ちさえ覚えるほど鷹揚《おうよう》に答えるエレボスを、リューは仇《かたき》のごとく睨《にら》みつけた。

「ふざけるな！　エレンなどと名を偽り、私達を騙《だま》しておきながら！」

「その件《くだり》は既に、お仲間のヒューマンと小人族《パルゥム》の間で済ませた。省略させてもらう」

「っ……？　ヒューマンに、小人族《パルゥム》……？」

少し飽きたように片手を払うエレボスに、勢いを削がれたリューは一瞬訝しんだ後、すぐにはっとする。

「まさか、輝夜《カグヤ》とライラ⁉　二人に何をした！」

「少しつついただけだ。安心しろ、見逃してやった。──そしてお前も、妙な気は起こすな」

エレボスの神意と呼応するように、逆側の側廊から、一人の『魔女』が歩み出る。

「仲間と同じように、痛い目に遭うぞ？」

「ッ……⁉　【ヘラ・ファミリア】……」

揺れる灰の長髪。

絶対のＬｖ.７。

背後にたたずむ【静寂】のアルフィアは、二つ名の通り何も発さない。だが前に立つ神《エレボス》と合わせて挟まれた今の状況が、首に致死の鎌を添えられていると同義であると、リューは正確に理解した。

一筋の汗が細長い耳の付け根を通り、首筋へと吸い込まれていく。

「戦いに来たわけじゃない。また神の酔狂に付き合ってくれ」

「……何が目的だっ」

抜け抜けとそんなことを言ってくる神に、リューは吐き捨てる。

エレボスは小さな笑みを浮かべながら、答えた。

「いつかの問いの答えを、もう一度聞きに来た」

──ドクンッ、と。

その時、リューの心臓が、全身を轟かすほど打ち震えた。

目眩がした。

耳鳴りがした。

一瞬で喉《のど》が干からびた。

無意識のうちに、リューの足は、目の前の神から遠ざかろうとしていた。


「リオン、お前の『正義』とは？」


悪夢が蘇《よみがえ》る。

無様が苛む。

葛藤が絶叫する。

友を喪い、『悪』に屈して、頑《かたく》なに信じていた『正義』が揺らいだリューにとって、今贈《おく》られるその問いは、迷宮のいかなる怪物《モンスター》よりも理不尽で、恐ろしかった。

「…………な、ぜ…………わたしに、問う……？」

「俺《おれ》がお前を見初めたからだ」

「どうしてっ……『悪』が、『正義』を問い詰める⁉」

「神聖な儀式だからだ。公平な問答でもある。何より、俺が下界の行く末を占っておきたい」

声から冷静さを失うリューに対し、エレボスの答えは淀みなかった。

聖なる響きすら宿して、神意が紡《つむ》がれる。

「今のオラリオは世界の『縮図』だ。男神《ゼウス》と女神《ヘラ》が『黒竜』に敗れ、下界そのものに混沌が渦巻いている。絶望による自暴自棄、快楽のための暴力、欲望による略奪……これらのことが今も、どこかで、必ず起こっている」

真理を説く。

待ち望まれた『英雄』が生まれなかった世界は、恐ろしい『終末』に怯《おび》え、秩序と混沌はせめぎ合っている。

正邪の天秤は今、限りなく不安定な状態にあると、邪神は断言した。

「光に照らされるか、闇に染まるか。世界こそが二者択一に問われている」

「……！」

「そして俺は断然、闇に染まる方を支持しているわけだが……そうなると気になるのは、『正義』の動向だ」

十の指の腹を重ね合わせるエレボスは、両の目を細めた。

誰をも蠱惑する眼差《まなざ》しで、立ちつくす妖精《ようせい》を穿つ。

「この暗黒の時代でなお、『正義』は真《しん》なる答えを持ち、反逆の剣《つるぎ》を掲げてくるのか、否か——それを確かめておきたい」

教会から音が途絶えた。

背後に女《アルフィア》がいることも忘れ、リューは静寂の永遠を願った。

今から行われる問答が正義《じぶん》を殺すと、震える手足が訴えている。

だが唇に笑みを刻む邪神は、そんな願いに耳を傾けなどしない。

「リオン、俺はこう考えている。『正義』も『悪』も、己のみで成立はする――」

一転して優しげな語調は、この場にそぐう神官のごときであった。

「――が、対立する番《つがい》があった方が、より映える、と」

そうでありながら、そのお告げはリューの細い首を、見えない指で圧迫する。

「な、なにを、言って……」

「お前も以前口《くち》にした『巨正《きょせい》』と『巨悪』の理《ことわり》と同じだ。『正義』と『悪』は衝突するからこそ肥大化し、強大になる」

それはまるで教典の一節のように。

「やがて育まれた暁に、その時代にとっての『絶対の正義』と『絶対の悪』が生まれ、正邪の決戦が始まる。そして勝ち残った方が、世界を統べる――」

あるいは邪教の教理が妖精の無垢《むく》なる羽根を犯すように。

「――あるいは、滅ぼす」

神の笑みは愉悦を孕む。

「エルフの聖書の一節にも綴られていそうな、単純な話だろう？」

背筋に怖気《おぞけ》が走り抜ける中、リューは震える手を、握った。

なけなしの意志を集め、小さな拳《こぶし》を作り出した。

「……っ！　ならば貴方が謳《うた》う『悪』とは！　『正義』を嘲笑う『邪悪』の正体とは、いったい何だ⁉」

精一杯の反抗で問い返す。

だが神はまさに子供をあやすように、あっさりと答えた。

「『気持ちのいいもの』」

「なっ……⁉」

「『悪』を追求するのは簡単だぞ？　極論、『気持ちいい』を突き詰めればいい」

絶句する『正義』に、『悪』はせせら笑う。

「それは利己的で、他者にとっては不利益《ふりえき》であり、同時に憎まれるものだ。そして行き過《い》ぎれば、決して許されざるものとなる。人は、それを『悪』と呼ぶようになる。言い方を変えると、そういうものが『悪』と呼ばれやすい」

『正義』と『悪』は、あらゆる場面で、必ずと言っていいほど対比させられる。

その点で語るならば、『悪』とは、いかなる『正義』の束縛も受けない。

『悪』とは究極、『自由』なのだ。

そして『自由』こそが『気持ちいい』を突き詰めるということ。

そこに決まり《ルール》はない。無論、秩序もない。あらゆる『正義』の拘束を『悪』はせせら笑う。

暴走した『正義』によって、一方的に『悪』と糾弾される分には釈明の余地がある。

しかし自ら『悪』を名乗ったならば、『正義』の冠《かんむり》など決して許されない。

『悪』はそんなもの、目を見開き、口を開けて、腹を抱えながら、ゲラゲラと愉《たの》しそうに笑い、踏み潰すのだ。

「そして弁明のしようもなく醜悪なものが──『絶対悪』と化す。つまり、俺だ」

背後で、灰の髪が揺れた。

もとからわかりきっている事実に対して、退屈そうに。

至極明快な答えは既に真理を得ている。

邪神は結論をもって『正義』にそれを突きつけた。

それでもリューは、必死に延命を図るように、負けじと声を張り上げる。

「っっ……では、何故っ、貴方は『絶対悪』を掲げる？　オラリオを崩壊させて、何を望む⁉」

「俺の権能は『原初の幽冥』。名の意味は『地下世界の神』。オラリオが崩壊することと、下界が冥府と化すことは同義《イコール》」

エレボスは公正かつ、律儀に答えるのみ。

「そして、それが全《すべ》て。俺は『絶対悪』になるべくしてなっている。お前達にとっては滅びであっても――俺にとっては楽園《パラダイス》」

「なっ……!?」

「こればかりは人智の及ぶところではない。邪神《おれたち》とは、そういうものだ」

「狂っている……！　理解できる筈がない！」

首を左右に振り乱し、糾弾もかくやという勢いでリューが声を荒らげるも、邪神とて神。放たれる威光は揺らぎもしない。

「理解されないこともまた、『悪』の側面だ。さて、俺は答えた。そろそろ『正義《おまえ》』の答えを聞こう」

無駄な時間《タイムアップ》の終わり。

呼吸を止めるリューは、今度こそ逃げ道を封じられる。

「『無償に基づく善行』、『いついかなる時も、揺るがない唯一無二の価値』、『そして悪を斬り、悪を討つ』。……以前、お前が告げた答えだ。俺は一言一句覚えている」

「…………やめろ」

「その答えは未《いま》だ変わらないか？　お前は今も、同じ答えを言えるか？」

「……やめろっ」

「お前は、今日まで感謝されたか？　『悪』が猛威を振るう日々の中で、見返りはあったか？」

神の声が、現実が、世界の全てが。

蒼白となるリューの『正義』を追い詰める。

「裏切られる『理不尽』を嘆かず、理解されない『孤独』を恐れず――少しでも『正義』を疑わなかったと、神《オレ》に誓って言えるか？」

「――やめてっ‼」

気が付けば、リューは悲鳴を上げていた。

両の耳を塞《ふさ》ぎ、目をぎゅっと閉じるその姿に、誇り高きエルフの戦士の面影はない。

そこにいるのは、現実に打ちのめされた、ただの年相応の少女だった。

「耳を塞ぐな、娘《むすめ》。俺が酷い奴《やつ》に見えるじゃないか。お前の『正しき選択』とやらを提示してみせろ」

神はその少女の逃避を許さない。

暴慢なまでにリューを見下ろし、問いの刃を突き付けた。


「今一度、問おう。お前達の『正義』とは、一体なんだ？」


刃を突き付けられ、顔を上げるリューは、答えようとした。

「私はっ……わたしはっ……！」

けれど、できなかった。

震える喉から、『正義』が絞り出されることは、なかった。

「どうした、言ってみろ？」

「…………っ」

「答えられないのか？」

「………………………」

時間が巻き戻るように、リューの顔が項垂れる。

惨《むご》たらしく首を折った少女の瞳《ひとみ》からは、光が完全に途絶えた。

「──ははははははははははははははははっ！　これが『正義』！　絶望の淵《ふち》では叫ぶこともできないか！」

ぶちまけられるのは盛大な笑い声。

心底おかしそうに、エレボスは前髪をかき上げた。

「がっかりだ、星乙女《アストレア》の眷族！　そして痛快だ！　お前が『正義』を信じられないなら、このオラリオも『正義』の夢から目を覚ますだろう！　この地には『悪』が『混沌』をもたらす‼」

両腕を広げ、神は宣言を下す。

その時、確かに正邪の天秤は一方に傾いた。

「……そんなお前に、再びこの言葉を贈ろう」

やがて。

哄笑《こうしょう》の衝動が収まったエレボスは、慈悲さえ宿しながら、告げた。

「脆き者よ、汝の名は『正義』なり」

少女の胸が、儚《はかな》く軋《きし》んだ。

「そして、愚かなる者の名もまた、『正義』」

妖精の心に空虚な穴が空く。
『正しき選択』とは何なのか。
『正義』の所在すらわからず、『悪』の悪意に押し潰される。
『正義』を抱く心が、脆く崩れ去ってしまう──。
「…………」

糸の切れた人形のように、リューの膝《ひざ》が床に崩れる。

己に絶望する妖精の末路は、自壊の二文字だった。

「『正義の卵』、あるいは雛鳥《ひなどり》は答えを出せず……期待外れだったな」

言葉に反して失望の欠片《かけら》もないエレボスは、リューから視線を断ち、視線をステンドグラスの方へと向ける。

割れた硝子の先に見えるのは灰の雲の割れ間と、薄っすらと赤らむ黄昏の予兆だった。

「こうなると、もう一人の娘《むすめ》の答えを聞いてみたくなったな……アリーゼ」

血のように滲みつつある空の下、この都市のどこかにいる少女に向けて、神は微笑みとともに思いを馳せた。


「アリーゼ、ようやく休憩だ！」

都市北東の『第一区画』。

獣人のネーゼの声に、アリーゼは振り向いた。

「【ガネーシャ・ファミリア】が見張りを代わるから、短いけど本拠《ホーム》で休んで良しだとさ！

アストレア様もこっちに来るらしい！」

「よし、なら存分に休みましょう！　戦士の休息ってやつね！」

伝令を持って帰ってきたネーゼに、アリーゼは明るく笑い返す。

彼女が剣を収めると、【アストレア・ファミリア】の空気も弛緩《しかん》した。

散見する闇派閥《イヴィルス》の小隊と戦い通しだった少女達は、久方ぶりにほっと一息つく。

「手が空いた子から先に戻ってて！」

アリーゼが指示を出すと、間を置かず他の団員達は顔を見合わせ、異を唱えた。

「いや……アリーゼ、お前から先に休んでくれ。引継ぎなんかは私達がやっとくから」

「ええ、アリーゼちゃんには負担をかけっ放しだったし……」

「あんたが一番働き過ぎだよ、団長。さっさと寝台《ベッド》へ行った行った！」

ネーゼが苦笑を浮かべれば、ヒューマンの年長者であるマリューが頰《ほお》に片手を添え、憂いの声を落とす。邪魔者を追い払うように手を振るのはアマゾネスのイスカだ。

他の団員達の反応も似たりよったり。「団長だからって遠慮しないで、とっとと休め！」と言われてしまう。

「……そう？　じゃあ、お言葉に甘えさせてもらおうかしら！　先に本拠《ホーム》へ戻っているわね！」

きょとんとしていたアリーゼが、明るい笑みとともに厚意に甘える。

仲間に背を向け、路地を進んだ。

笑みを浮かべたまま、何の言葉も発さず、足だけを動かす。

勇者《フィン》が築き上げた防衛線、その内側にある本拠《ホーム》『星屑の庭』に損傷の跡はなかった。

不審な人影も気配もない。

だからアリーゼはあっさりと玄関を開けた。

各団員に与えられている鍵《かぎ》を使って解錠し、後ろ手で扉を閉める。

重々しい扉の音が響いた後、館にたった一人、他者が介在しない沈黙に包まれると……アリーゼは息を吸って、吐いた。

「………………」

まるで仮面が溶け落ちたように、笑みの下から疲れ果てた少女の顔が現れる。

頬を拭えば、酷いものだ。

汚れと一緒に自分のものとも知れない紅の滴が、べっとりと腕に付着する。

彷徨う亡者のようにふらふらと歩き、広間まで足を運ぶと、座ることも忘れ、ただ立ちつくした。

「……ちょっと、疲れちゃった……」

――ちょっとじゃないわ。

そんな風に、胸の内側から声が響いた。

疲労困憊、満身創痍。

体も心もやられてしまっている。

リューが目の前から去った後も、みんなの前でどれだけ『正義』と口にしただろう？

私《アリーゼ》自身、『正義』についてずっと考えているくせに、どれほど『正義』という言葉を鼓舞の道具として利用しただろう？

その事実が一番つらい。

その矛盾が最も苦しい。

【今は、『正義』は見えなくなっているだけだと思います】

【暗い雲が空を覆《おお》って、星が見つけられなくなるように……『悪』が『正義』の光を隠してしまっている】

街娘《シル》はそう言っていた。

その通りだと、その時は確かに思った。

けれど、たとえそうだとしても、今の私《アリーゼ》に『正義《ほし》』を仰《あお》ぐ資格はあるのだろうか——

「——アリーゼ」

扉の開く音が鳴る。

振り返ると、そこには女神がいた。

「アストレア様……」

広間に入ってきたのが彼女だとわかると、アリーゼは今の姿を隠そうとはしなかった。

ネーゼ達の前では纏《まと》っていた鎧を脱いだまま、アストレアだけには、ありのままの自分を晒す。

「先に帰ったと、ネーゼ達から聞いたから」

「……」

「何か、してほしいことはある？」

「……お胸を借りても、よろしいでしょうか？」

アリーゼの小さな声に、女神は微笑み、腕を伸ばした。

「ええ、来なさい」

導かれるように近付き、その柔らかな胸に顔を埋める。

アリーゼは小さな子供のように、アストレアの腰に手を回した。

アストレアは母親のように、アリーゼの頭に手を置いた。

子をあやすように優しく背が叩《たた》かれる。少しくすぐったいそれに、アリーゼは身を委《ゆだ》ねた。

強張っていた体から力が抜け、抱きしめ合う二人の間から隙間《すきま》がなくなる。

ややあって、アストレアはアリーゼを抱きとめたまま、ゆっくりと長椅子《ソファー》に腰を下ろした。

アリーゼは真横に座る形で、女神の胸を借り続けた。

「アストレア様……私は、間違っていますか……？」

アリーゼは目を閉じたまま、口を開いた。

「何に対して、間違っていると思うの？」

「たくさんのものに対して……」

同じく瞑目《めいもく》し、問い返すアストレアに、これまでの『アリーゼ・ローヴェル』を語る。

「私は、リオン達の前では、虚勢でも間抜けでも、笑ってなきゃいけない。みんなに、迷いを抱かせてはいけない」

「……」

「だから、私は迷わないようにしています。思ったことをその場で言って、感じたらすぐに行動を移すようにしています」

アリーゼを抱きしめるアストレアは、星の揺り籠のようだった。

潔白である必要はなく、純粋を気取る意味もない。

ただ疲れ果てた旅人のように、背負っていた荷物を下ろし、素直になって、いま抱いている思いを――葛藤と懊悩《おうのう》を空に打ち明ける。

「でも、独りになると……馬鹿《ばか》じゃない私が出てきてしまう」

ぎゅっと。

回されている手がアストレアの衣《ころも》を、弱々しく掴《つか》んだ。

女神はゆっくりと、囁《ささや》いた。

「私は、どちらのアリーゼも尊敬している。真《ま》っ直《す》ぐな貴方も、悩むことに対して真摯な貴方も」

「……」

「貴方の輝きは星ではなく、太陽にも似ているわ。貴方の周りで多くの笑みが咲いていること
が、何よりの証拠」

アストレアの声は、穏やかだった。

その細い指で、アリーゼの髪を梳く。

結わえていた髪留めが外されると、アリーゼの鮮やかな赤い髪が、アストレアの胡桃色の長
髪と交わるように重なり合う。

「それでも……馬鹿じゃない私は、今も『正義』について迷っています」

女神の優しさに溺れることを拒むように、あるいは恐れるように、アリーゼは懺悔のごとく
言葉を絞り出した。

「『正義』の答えを、出せずにいる……。私は、アストレア様の眷族なのに……」

部屋に置かれた大型時計《ホールクロック》から、秒針の音が奏でられる。

答えも出せず、身動きも取れないアリーゼを苛むように。

それでも。

時を刻む音が十一度、鳴り響いた時。

「アリーゼ」

アストレアは、瞼を開けた。

「私の幸福は、輝夜《カグヤ》が力を貸してくれたこと」

「ライラがこの手を取ってくれたこと」

「ネーゼが、マリューが、イスカが、信じてくれたこと」

「リャーナが、ノインが、アスタが、セルティが、集ってくれたこと」

「最後に、リューと出会えたこと」

優しく、朗々と紡がれる言葉が今日までの軌跡を振り返る。

「そして最初に、貴方が私の眷族になってくれたこと」

「──っ」

アストレアは、真心を口にした。

アリーゼの瞳は、静かに潤んだ。

「大丈夫、貴方は間違っていない。間違っていたとしても、それは『正しき間違い』であり、過ち」

少女の迷いを肯定する女神のお告げ。

それは雄大で、果てしなく澄んでいる星空そのものだった。

「進みなさい、アリーゼ。己の正しきも、間違いも、信じなさい」


──たとえ空が暗雲《くも》に覆われたとしても。

——貴方が空を仰げなかったとしても。

——星はいつも、貴方を見守っている。

星空の在処《ありか》を説くその言葉は、アリーゼの胸を打った。

瞼の裏側に瞬く流星の光を、アリーゼは確かに見た。

「私は貴方の答えになってあげることはできない。私自身もまた、無窮《むきゅう》の夜天に鏤《ちりば》む数多の星の一つに過ぎないのだから」

最後に、アストレアはもう一度、アリーゼの頭を撫でた。

「だから貴方の——貴方達の『正義』を、怖がらず、臆せず、その指で見つけなさい」

再度の沈黙が訪れる。

鳴り響く秒針の音は、しかし今度は少女を急き立て、苛むことはなかった。

アリーゼは、ゆっくりと女神の胸から顔を上げる。

「……はい、アストレア様」

憑きものが落ちた顔で、唇を僅かに緩める。

「私、うんと悩んでみます。今からたくさん考えて、今度こそリオンを受け止めたい。……今の私の答えを、あの子に届けたい」

きっかけの時間は終わった。

まだ星の見えない空の下、足を止めていた旅人は、また歩き出すだろう。

物語を綴るのも、何を答えとするのかも、全て彼女達が決めなければならないことだ。

少なくとも、女神はそう信じている。

アストレアは、藍色の目を細めた。

「ええ、見守っているわ、アリーゼ」


「アストレアは甘い」

都市北西、そこに建つ教会。

膝を床に落としたエルフを前に、エレボスはそう断じた。

「いや、いっそ残酷ですらある。お前達に答えを示さず、煙《けむ》に巻く。奴は正義の女神で、確たる解答を持っている筈なのに。……美しく聞こえる言葉を並べ、こうしてお前達を惑わしている」

嘲笑と、愉悦が混ざった非難。

主神を侮辱する『悪』の神に、リューは失意の中にあって歯を嚙《か》み、弱々しく顔を上げた。

「ちがうっ……そんなことはない！　アストレア様はっ……！」

その頼りない反論に、エレボスはつかつかと歩み寄る。

腰を折り、ぐっと顔を近付け、見開かれる空色を覗《のぞ》き込んだ。

その脆い心に、甘くつけこむように、囁いた。

「本当にそうか？　お前がこうも苦しんでいるのは、あの女の怠慢じゃないのか？　女神の『娯楽』に巻き込まれてはいないか？」

「っ……！」

「傷付くことが『正義』か？　迷った末に、こうして『悪』に嗤われるのが、『正義』の本懐なのか？」

それはまさに悪魔の囁きであり、リューにとっての魔性そのものだった。

神の声音は子供の信念など容易く切り崩す。

敬愛している筈の女神の顔に靄《もや》がかかり、脳裏に響く数々の教えが今は遠い。

正義の問答によって打ちのめされている今のリューは、何を寄る辺にしていいかもわからなくなっていた。

「それ、はっ……」

叫び返す言葉が出てこない。

端整な妖精の相貌を苦渋で刻むリューに、エレボスは堪らずといった風に笑い出す。

「ふふふっ、はははは…………お前は本当に苛めがいがあるなぁ、リオン」

愛おしそうに瞳を細め、嗜虐的に唇をつり上げる。

上体を戻し、額に手を当て、天井《てんじょう》に向かって嗤笑《ししょう》を漏《も》らす神に、リューは真実辱《はずかし》められた。

そして、唇も、肩も、心も恥辱に震わせていると――『衝撃』が轟いた。

「「！」」

音と震動の出どころは、教会の外。

驚きをあらわにするリューと、エレボスがそちらへ顔を向ける。離れた場所に立つアルフィアのみは平然としており、一瞥すら投げなかった。

「……今のは……爆発？」

呆然《ぼうぜん》とするリューの視線の先。

割れたステンドグラスの奥で、空に伸びる煙が上がっていた。


「リオン……！　一体どこへ……！」

アスフィは走っていた。

闇派閥《イヴィルス》との戦闘の中で見失ってしまったリューを探し続けていた。

自棄《じき》となって自分の前から去った妖精の横顔は、酷く危うかった。

故人《アーディ》ほどの間柄ではないとはいえ、仮にも友だ。普段は凛然としている彼女のあんな顔、今まで一度だって見たことがない。

リューの痕跡や目撃情報を追うアスフィは、危機感に突き動かされていた。

(彼女を絶望の淵《ふち》に落としてはいけない。今の彼女に、気付かせてあげなくてはいけない)

そんな危機感と並んで心に灯るのは、使命にも似た想《おも》いだった。

「『今、自分が何をしなければいけないのか』……私にそれがわかるというのなら！　私が今、すべきことは──!!」

想いに駆られるアスフィの言葉はしかし、最後まで続きはしなかった。

奇しくもリュー達が察知したものと同じ『衝撃』が、視界の奥を揺るがしたからである。

「なっ……!?」

耳を聾《ろう》する轟音。

次いで押し寄せる人々の悲鳴。

舞い上がる無数の火の粉を目にして、アスフィの顔が焦燥に染まる。

「──弱り果てた獲物を前に、何を臆することがある？」

砂塵の中から現れるのは、白髪をなびかせる『悪』の男。

邪神の言いつけを破り、兵隊を引き連れて現れたオリヴァスは、高らかに宣言した。

「好機を逸するくらいなら、私が破壊をもたらしてやろう！　貴様等の戦意を折ってやるぞ、オラリオ！」

八章
悪劇

ASTREA RECORDS
evil fetal movement
Author by Fujino Omori Illustration Kakage
Character draft Suzuhito Yasuda

「あー、あかん……うち、冒険者でもないのに働きっ放しや……うち神なのに～」

無人の廊下に間延びした嘆き声が響く。

べったりと疲労の影を顔に貼《は》り付けているのは、朱色の髪を揺らすロキだった。

書類の山を抱えて、蛇行《だこう》しながら「眠い～、酒浴《さけ》びるほど飲みたい～～」と愚痴を漏《も》らしてはギルド本部を移動していく。

「フィン～。頼まれてた『五つの砦』、用意できそうやで～」

隙間《すきま》につま先をねじ込み、行儀悪く足でドアを開けたロキは、目当ての部屋に入室した。

壁、あるいはテーブルの上に無数の地図や報告書が広げられた作戦室である。

「まだとっ散らかっとるけど、民間人を収容して、作戦通り――」

書類の山をどさっと卓の上に置き、肩をぐるぐると回すロキは、言葉を中途半端《ちゅうとはんぱ》に切った。

一枚の羊皮紙を凝視する小人族《パルゥム》の顔色が、嫌な予感がするほど、あまりにも深刻であったからである。

「……どないしたんや。フィン？　何かあったんか？」

「……これを見てくれ」

フィンは手にしていた羊皮紙を、卓の上に広げた。

「ギルド、そして神ヘルメスから届いた資料……『大抗争』の中で送還された神の一覧だ」

「『神の一斉送還』か。ったく、闇派閥《イヴィルス》の連中とんでもない無茶をしおって……」

ベレヌス、ゼーロスなど、オラリオの最前線で戦っていた【ファミリア】の主神達が、その名を連ねている。

しかめっ面を浮かべながら一覧《リスト》を眺めていたロキは、そこで、不意に動きを止める。

「………ちょい待て。コレ、おかしくないか？」

「ああ。あの夜、送還された神の数は『九』。だが、この資料に載っている消滅した味方の【ファミリア】の数は『六』――――送還された神が、『三柱《みっつ》』、足りない」

フィンの言う通りであった。

あの『大抗争』の夜、全滅、あるいは壊滅的な被害を被った【ファミリア】は数知れない。しかし『神の恩恵《ファルナ》』の生命線である主神を直接狙《ねら》われたのは『六』にとどまっている――それでも甚大な被害ではあるが――。数え間違いはありえない。盤面上で動かせる冒険者を仔細に把握するため、フィン自身『大抗争』後の残存勢力は確認している。

「どういうことや？　ギルドとあの優男の資料が、間違っとるってことか？」

「あるいは……闇派閥側から複数の神が、送還されたか」

その発言に、ロキは驚きのあまり声をひっくり返した。

「はぁ⁉　どういうことや、送還された味方が刺し違えたっちゅうんか⁉　それとも敵の仲間割れ⁉」

「わからない。わからないが……」

目を鋭く細めるフィンは、右手の親指の腹を、舐《な》めた。

「これが敵の『計画通り』だとしたら……あの『神の一斉送還』はオラリオの戦意を挫《くじ》く演出以外にも、『別の意味』を持つことになる」

そして、最大の危惧《きぐ》に等しい『核心』に触れる。

「たとえば、『陽動』——あるいは、『隠れ蓑《みの》』」

二人きりの作戦室に、沈黙が訪れた。

想像の翼が推測の鍵《かぎ》へと変貌し、『冥府《めいふ》』の門を目の前にする。

「…………おい、まさか、そういうことか？」

フィンの隣で立ちつくしていたロキは、あらゆる可能性を精査した上で、言った。

「あのクソッタレどもの本当の狙いは、地上やなくて——」

敵の真の狙いに、ロキ達が手を伸ばしかけた、その時。

「で、伝令!!」

大きな音を立てて扉を開け放ち、ラウルが駆け込んできた。

「都市北西で、闇派閥《イヴィルス》の大部隊が展開してるっす！」

もたらされた情報に、ロキとフィンは瞠目した。

「蹴《け》散らせぇ！　破壊しろぉ！　民衆を殺戮《さつりく》し、このまま『ギルド本部』を攻め落としてくれる！」

オリヴァスの号令が、いくつもの爆炎の華を咲かせる。

末端の兵士達は命じられるまま『魔法』と『魔剣』を駆使し、あっという間に周囲を火の海に変えた。

「オ、オリヴァス様っ、本当によろしかったのですかっ？　エレボス様やヴァレッタ様には、行動を自重するようにと……！」

「構うものか！　どうせ早いか遅いかの違いだけなのだから！」

部隊長の男が恐る恐る尋ねるも、オリヴァスの戦意はとどまることを知らない。

双眼を炯々《けいけい》と光らせながら、闇派閥《イヴィルス》の大軍に向かって言い放つ。

「オラリオはもはや虫の息！　弱り果てるのを待つ必要などない！　ここで戦局を決定付けてくれる！　凶気を解き放て、同志達よ‼」

『ウオオオオオオオオオオオオオオオオオオオオオオ！』

荒れ狂う獣になることを許された兵士達は、その命令に忠実に従った。

手始めとばかりに暴《あば》れ回り、市民の野営地《キャンプ》を襲っては火を放っていく。

戦う力のない一般人は悲鳴を上げ、逃げ惑った。

「襲撃……⁉　しかも、あの数は……！」

割れたステンドグラスの先に見える大部隊に、リューは驚愕《きょうがく》する。

教会内にも届いてくる鯨波《げいは》は、これまでの散発的な『嫌がらせ』とは異なる闇派閥《イヴィルス》の大侵攻を如実に物語っていた。

「やれやれ、オリヴァスの仕業か。控えろと言った筈だが……しかも、よりにもよって俺《おれ》達の目と鼻の先とはな」

溜息《ためいき》にすらならないのはエレボスだ。

オリヴァスはリューやエレボス達が間近にいるとは思ってもいないだろう。

幹部が率いる大軍の暴走に神は嘆く素振りを見せていたが、

「――だが、『余興』を思いついたぞ」

一転して、唇を愉快げに吊り上げた。

「アルフィア、『周囲一帯』を守れ。ザルドも呼んで、この戦場に『増援』を許すな」

「私に雑音の増長を手助けしろと？　ふざけているのか、エレボス？　眷族は愚か、私はお前の犬に成り下がった覚えはないぞ」

リューを挟んだ向こう側で静観していた魔女は、はっきりと不快の感情をあらわにした。

常人ならば震え上がるＬｖ．７の静かな威圧に、エレボスは臆することなく言葉を続ける。

「そう言うな。一種の『見世物』だ。これが終われば、俺はもう余計なことは一切《いっさい》しないと誓おう」

「………………」

「お前達の望み通り、『計画』を一気に進めてやる。今度こそ『絶対悪』を執行してやろう」

アルフィアは神の真意を推し量ろうとするかのように、閉じられている瞼《まぶた》を僅かに向けた。

エレボスは碌に見えない女の眼《まなこ》に、気障《きざ》な笑みを投げかける。

「ああ、それとも俺を心配してくれているのか？　何かあれば外で見張りをしているヴィトーが駆け付ける。そうでなくても今や周りは闇派閥《みかた》だらけだ、小娘《エルフ》一人にどうにもすることはできない」

「……茶番だな。時間の無駄だ」

おどけるエレボスに、アルフィアはくだらなそうに呟いた。

「いいだろう。最初に結んだ『契約』に従って、騙《だま》されてやる」

灰の髪を揺らし、魔女は教会を後にする。

それまで呆然《ぼうぜん》としていたリューは、アルフィアが外へ消えたところではっと肩を揺らした。

「無辜《むこ》の民が……！　助けにいかなくては！」

Ｌｖ．７がいなくなり、無意識の外から身を襲っていた静寂の圧力が消失する。

リューは四肢に力を込め、何とか立ち上がった。

今も悲鳴が聞こえてくる教会の外へ、一も二もなく飛び出そうとするが、

「原初の幽冥《エレボス》の名において命じる。動くな、リオン」

神がそれを制した。

「俺の神意に逆らったなら、すぐにアルフィア達を呼び戻し、周囲を最悪の地獄絵図に変えてやる」

「っ……⁉」

これ以上ない脅し文句に、体が鎖で縛られたかのように停止する。

発散される『神威』が肉体も魂も脅かす。

その威光は、神の宣言に偽りがないことをリューに理解させた。

エレボスは厳かに、そして愉快げに言った。

「お前は、ここで見ていろ」


「ま、また闇派閥《イヴィルス》が攻めてきてっ……！」

「うわあああああああああああああああああ⁉」

「助けてえええええ！」

阿鼻叫喚《あびきょうかん》の悲鳴が錯綜する。

申し訳程度に設けられていた野営地《キャンプ》が吹き飛び、燃え、力を持たない民衆は散り散りに逃げた。

闇派閥《イヴィルス》の大部隊は、巨大市壁を目の間にした都市北西『第七区画』の端から、ギルド本部へ向かって東進していく。その進路上に存在するあらゆるものに容赦のない爆撃をそそぎ、破壊しては、一般人の絶叫を連ねていく。

「こんな中途半端な時機《タイミング》で、部隊を動かした⁉」

視界に広がる光景にアスフィは声を上げていた。

敵の襲撃は『嫌がらせ』の範疇を出ない――総指揮を務めるフィンは各部隊にそう伝えていた。間違っても大軍が仕掛けてくることはないと。では、【勇者《ブレイバー》】の読みが外れた？

「……いやっ、一部の敵の暴走⁉」

無闇《むやみ》やたらに破壊を振りまき、民衆を虐げる敵の進軍には、およそ作戦性の欠片《かけら》もない。

これは闇派閥《イヴィルス》の中で起こった一種の『造反』だと、アスフィは直ちに見抜いた。

「アスフィ！」

「……！　ファルガー、それにみんなも！　貴方達もいたのですか！」

アスフィが立ちつくしていると、虎人《ワータイガー》のファルガーと【ヘルメス・ファミリア】の面々がこちらへと駆け寄ってくるところだった。

「ああ、運が良いのか悪いのか……！　まずいぞ、今この区画にいる冒険者だけじゃあ、連中を押さえきれない！」

アスフィのもとへ駆け付けるなり、ファルガーは顔を苦渋に染める。

「敵も、民衆の数も多過ぎる！　要請に応じないで、中央へ向かわなかった避難民がまだ大勢、この辺りに……！」

「っ……！　すぐに援軍が来ます！　それまで私達が敵を食い止める！」

眦《まなじり》を歪《ゆが》めたのも一瞬、アスフィは腰の鞘から抜剣した。

既にその顔は『団長』のそれだった。そしてファルガー達にかける言葉は決して希望的観測ではない。ここまで派手に進軍しているのだ、フィン達を始め周囲の冒険者達が直ちに異変に気付き、行動を起こすだろう。

「続きなさい！」

白の外套《マント》をなびかせ、アスフィは先頭を走った。

ファルガー達【ヘルメス・ファミリア】が後に続く。

接敵はすぐだった。

虚《きょ》を衝《つ》かれた闇派閥《イヴィルス》の兵士が察知するより早く、アスフィの斬撃が閃《ひらめ》き、ファルガーの突撃《ラッシュ》が炸裂《さくれつ》する。

「うおおおおっ!!」

「ぐあぁ⁉」

横っ腹に突撃された闇派閥《イヴィルス》の部隊が、現れた冒険者達に直ちに対応する。

戦場は間もなく乱戦の様相を呈した。

アスフィが魔道具《マジックアイテム》を駆使して爆撃、更に攪乱《かくらん》目的の煙幕をばらまけば、力自慢《アタッカー》のファルガーが散り散りになった敵兵を豪快に薙《な》ぎ払う。両手に持つ大剣が唸《うな》りをあげ、仮借《かしゃく》なく蹴散らされる敵の前衛。かと思えば、その間隙を縫ってアスフィが再度切り込み、率先して後衛――『魔法』をばらまく厄介な魔導士達を再起不能に陥《おとしい》れていった。これまで何度も肩を並べて戦ってきた、勝手知ったる二人の連携である。他の【ヘルメス・ファミリア】も各々の戦術で敵兵の足並みを乱しては、民衆に向けられた矛先を自分達へと集めた。

やがて、三々五々と新たな冒険者達が現れる。

アスフィ達の他にも『第七区画』近辺にいた他派閥の者だ。

急行した彼等は奮闘する【ヘルメス・ファミリア】に加勢していく。

だが、

「くそっ……！　キリがない！」

汗を散らすファルガーの悪態が、四方八方より押し寄せる敵の波に呑《の》まれて消える。

斬り払っても斬り倒しても、数で勝る大軍が次々と冒険者達に飛びかかっていった。

そして、そんな彼等《ら》彼女等《ら》に『己《おのれ》の命の勘定』は存在しない。

「死ねぇ！」

「うわぁああ⁉」

「民を……！　貴様等ぁ！」

闇派閥《イヴィルス》の男が民衆を刺殺する。

それを見て激昂したドワーフの冒険者が直ちに相手を屠《ほふ》った後、別の敵兵の女が、その背後に取りついた。

すかさず起動するのは『自決装置』。

巻き起こる自爆が周辺にいた者さえ巻き添えにする。激しく吹き付ける爆風に髪をあおられるアスフィは、愕然としたかと思うと、すぐに怒りとおぞましさを発露した。

「逃げ惑う市民をあえて狙い、冒険者を誘《おび》き寄せて……民衆を『餌《えさ》』と『枷《かせ》』に！　なんて最低な戦術！」

有象無象の自分達では、この場にいる冒険者に敵《かな》わない。

そう判断した闇派閥《イヴィルス》の末端構成員は『道連れ』の戦術に切り替えたのだ。

アスフィの言葉通り、民衆をあえて狙うことで冒険者の動きを誘導までして。

辺りで同じ光景がいくつも広がっていく。

敵の狙いがわかっていても、民衆を見捨てることのできない冒険者達には打開策がない。特攻紛いの戦術によって確実に数を減らしていった。

傷を負った獣人の鮮血が、服に火が燃え移り転げ回るヒューマンの叫び声が、アスフィの理性を焼き焦《こ》がす。

「このままでは敵の侵攻に呑み込《こ》まれる……！　援軍はまだ来ない⁉」

都市中央の本陣も、既にこの交戦に気付いている筈。にもかかわらず音沙汰もない。

焦燥だけが募るアスフィは思わず周囲を見回した。

――まさか、『障害《なにか》』が現れて――。

「余所見をしている場合か、【万能者《ペルセウス》】？」

その時。

乱れる思考に割って入る、低い男の声。

その声の出どころは、後方。

「ここはお前達の『墓場』だぞ？」

双眼を見張るアスフィが弾かれたように振り向いた先、オリヴァスは鈍く輝く長剣を提《さ》げ、嘲笑っていた。

「っっ⁉」

オリヴァスとアスフィが動いたのは同時だった。

突き出された男の長剣を、斜に構えられた少女の短剣が弾く。

散る火花。凄《すさ》まじい衝撃。揺らぐアスフィの体。

たった一撃が彼我の力量を——残酷な能力《ステイタス》の差を明示する。

一瞬で窮地に追いやられたアスフィを、甚だしい力《アビリティ》を有するオリヴァスの猛攻は逃さない。

「ぐぅう……⁉　まだっ……まだ、こんなところでっ！」

必死に防戦し、その瑞々しい四肢を躍動させるアスフィを、オリヴァスの瞳《ひとみ》は舐めるように見つめた。

「いいや、終わりだとも」

それは『獲物』を追い詰めた、蛇の眼《まなこ》である。

「——⁉　アスフィ、逃げろぉ‼」

ファルガーの叫喚が、アスフィの鼓膜に叩《たた》きつけられる。

えっ？　と時を止める少女の真後ろ。

視界の死角から忍び寄るのは、凶刃を携えた一人の暗殺者《アサシン》だった。

「シャアアアアアアアアア‼」

閃く凶刃を、アスフィは驚異的な反射速度で、捌いた。

直感と運にも助けられた一瞬の交差をもって、切り返す短剣でそのまま暗殺者《アサシン》を返り討ちにする。ファルガーの叫びが、少女の窮地を救ったのだ。

しかし、それまでだった。

「我が同志、ザルドにも言われていたなぁ」

全《すべ》てを見越していたように。

決定的な隙を晒《さら》したアスフィに、オリヴァスが肉薄する。

「有象無象の『蛆』は、私が片付けておかなくては」

走り抜ける長剣。

外套《マント》の上から斬りつけられる少女の背中。

美しい鮮血の粒が、花びらのように舞い散る。

「がっっ――――」

華奢《きゃしゃ》な体が、前によろける。

崩れ落ちそうになる少女を前に、オリヴァスは一笑した。

新たな武器を剣帯から抜き放ち、その切っ先を向ける。

「『魔剣《とどめ》』だ。くれてやる」

膨れ上がる凄まじい熱量。

咄嗟《とっさ》に振り返ったアスフィが見たものは、火炎の顎《あぎと》と、紅の光の奥に浮かぶ男の嗜虐的な笑みだった。

直後、焰《ほむら》の砲撃が炸裂する。

「アスフィーーーーーーーーーーーーッ!!」

ファルガーの絶叫をかき消すほどの轟音。

視界が赤一色に塗《ぬ》り潰《つぶ》されるとともに、爆炎が噺いた。

民衆の悲鳴が増す。

冒険者達が蒼白となる。

闇派閥《イヴィルス》から歓声が上がる。

唸るように地面が震動し、火の粉を引き連れる黒煙が上空へと昇った。

空が紅《あか》い。

いつの間にか雲は散り、日は沈みかけ、儚い黄昏が戦場と化した『第七区画』を覆《おお》う。

自分達の悪劇を祝福するかのような茜色の空に、オリヴァスが唇をつり上げていると、瓦礫の海へと吹き飛ばされていた影が、地面の上で溺れるように動いた。

「がはっ、げほっ……！　う、ぁ……っ‼」

体を起こしたアスフィが、呻吟とともに吐血する。

至近距離から爆撃を受けて一命を取りとめたのは、奇跡などではない。

猛火に呑み込まれる寸前、アスフィは装備していた魔道具《マジックアイテム》――その純白の強化布《マント》で全身を覆ったのだ。

魔道具作製者《アイテムメイカー》たる彼女謹製の強化布《マント》は『魔法』や衝撃に耐性を発揮する。

が、直前のオリヴァスの斬撃によって一部が裂け、防ぎきれなかったのも事実。

頬《ほお》が焦げた。火傷を負った手足の震えが止まらない。斬りつけられた背中が燃えるように熱を放つ中、アスフィは眉間に痛苦の皺を集めた。

「はははははっ！　体を斬られてなお、ぎりぎりで致命傷は避けたか！　往生際が悪いな、【万能者《ペルセウス》】！」

オリヴァスの笑い声が響き渡り、愉悦交じりの賞賛を血濡《ぬ》れの少女へと贈る。

「だが――」

再び向けられる『魔剣』。

火の属性を宿す剣身が容赦なく赤熱する。

「うあああああっ⁉」

「アスフィィイ‼　くそ、どけぇぇぇぇぇ！」

放たれた爆炎がアスフィを吹き飛ばす。怒声をぶちまけるファルガーが大剣を幾閃と振るうも、闇派閥《イヴィルス》の兵士は途切れない。悪の壁が冒険者達の前に立ちはだかる。

オリヴァスの『魔剣』は何度も火を噴いた。

片腕を押さえるアスフィは何とか逃《のが》れようとするも、炎弾に捕まる。

強化布《マント》をいくら使っても焼け石に水だった。

大量の火の粉を浴び、戦闘衣《バトル・クロス》も焼け落ち、無様に吹き飛ばされ。

耳を聾《ろう》する絶え間ない轟音に、竦《すく》み上がる民衆は思わず口を手で塞いだ。

「そんなっ、酷い……！」

「お、俺達が逃げ遅れたせいでっ……?」

女も男も、冒険者の指示を聞かず、中央に戻らなかった者達だった。

【アストレア・ファミリア】に石を投げた、民衆もその中にいた。

「そぉぉぉだ！　貴様等のせいで、いや貴様等のおかげで、ここにいる冒険者どもは死ぬ！」

その様子にオリヴァスは口端を引き裂き、暗い昂揚に身を預ける。

「いつの時代も勇敢なる者から死ぬ！　何故《なぜ》か？　それは勇者の背後には常に、愚か者どもがいるからだ！」

語られるのは繰り返されてきた歴史の一端である。

あるいはそれは、英雄譚にも通ずる虚しき真理だった。

「無力！　無知！　暗愚！　剣《けん》も杖《つえ》も持てぬ者達！　戦う者はいつも足枷を嵌《は》められ、背中に刃を突き立てられてきた！」

対岸から離れず、声のみを荒らげる者。

身の保身に躍起になる者。

権利を主張し、決して当事者になろうとしない者。

それは何らおかしいことではない。それが人だ。誰《だれ》もが御伽噺の住人のように強くはなれない。そしてそんな不特定多数に寄り添い、大義を得られなければ歓迎されないのもまた、『正義』の側面にして性質である。

「そして、それこそが正しき『正義』の末路！　私が最も絶頂を覚える瞬間だ……！」

無様な『正義』の実態を蔑み、『悪』を誇示する。

満ちる下衆な歓喜と、打ち上げられる高笑いの何と醜いことか。

だが、そんな『悪』の象徴に、立ちつくしていた民衆は青ざめ、何も言い返せない。

自分達の行いの結果をむざむざと見せつけられ、当事者となってしまった彼等と彼女達を襲うのは、言いようのない後悔である。

「いいぞぉ～、実にいい！　その顔！　その絶望！　これぞ我が主神《あるじ》が望む負の連鎖！　オラリオ崩壊の序曲！」

そしてそれはオリヴァスの恍惚を益々助長させた。

敬虔《けいけん》な『悪』の使徒はぞくぞくと背筋を震わせ、その凶笑を、紅い西日で血の化粧のように彩《いろど》った。

「思い付いたぞ！　この場にいる者を皆殺しにし、『ギルド本部』に攻め入る前に――【万能者《ペルセウス》】！」

「っっ……！」

「貴様の亡骸を百舌鳥《モズ》の早贄のごとく、磔《はりつけ》にしてやろう！」

天啓とばかりに歓呼するオリヴァスの視線の先で、地面に手をつく少女《アスフィ》が必死に立ち上がろうとする。その姿はもはや哀れだ。痙攣《けいれん》を引き起こす血濡れの肢体は加虐心しか煽らない。

舌で唇を嘗《な》め、暴力という最も単純《シンプル》な『悪』のもと、【白髪鬼《ヴェンデッタ》】は両腕を広げて宣言する。

「貴様を、オラリオ絶望の象徴に変えてやる‼」

撃ち出される火球。再開される暴虐。

少女の体が紅蓮の風にさらわれ、壊れた人形のように瓦礫の上を跳ねる。

無残に叩きつけられるアスフィと、絶望に囚われる民衆に、男は腹の底から打ち震えた。

「ふははははッ……ハハハハハハハハハハハハハ‼」


「アンドロメダ⁉」

教会内。

繰り広げられる闇派閥《イヴィルス》の所業を、まざまざと見せつけられるリューは声を上げた。

彼女の目の前では、エレボスがある種の感嘆と皮肉を漏らす。

「極まっているなぁ、オリヴァス。醜いほど『悪』を実践しているようで、何より」

それはまさに劇場《シアター》のようだった。

割れた巨大なステンドグラスは白幕《スクリーン》、リュー達は観客。二人以外誰もいない広間から眺め、息を呑んでは叫び、笑みを浮かべては催しを愉《たの》しむ。切り取られた光景は別世界の出来事のようだ。

だが、響いてくる悲鳴も、伝わってくる衝撃も、何もかも現実だ。

夢想や虚構などではない。

「さて——リオン。遊戯《ゲーム》だ」

おもむろに。

エレボスは外の光景から視線を切り、立ちつくすリューを見つめる。

「お前は、『貨車《トロッコ》の問題』を知っているか？」

「貨車《トロッコ》……？」

尋ね返すリューに「ああ」とエレボスは頷《うなず》き、丁寧な説明を始める。

「線路を走っていた貨車《トロッコ》が、突如制御不能となった。このままでは前方で作業している五人の男が轢き殺される。彼等を救うには、分岐器《ぶんきき》を操《あやつ》り貨車《トロッコ》の進路を変えるしかない。が、切り替えられる先の線路には……そうだな、『女』にしよう」

外の光景を一瞥したエレボスは、薄い笑みを浮かべた。

「男達とは別の一人の『女』が、もう一方の線路で作業をしていた。この場合、分岐器を切り替えるか、否か、どちらが『正しい』か？」

「っ……？」

「思考実験の一つだ。下界の住人はいつも面白《おもしろ》いことを考える」

何を言いたいのか理解できないリューは、しかし嫌な予感を覚えた。

今も唇に浮かぶあの笑みが、獲物を狙う狩人より酷薄で、軽薄な、理外の怪物に見えた。

「単純だが、今の状況を表すにはこれ以上の例えはない」

そして。

神は遊戯《ゲーム》の『趣旨』を明示する。

「分岐器を切り替えず、『男達』を見殺しにするか。あるいは切り替えて、『女』を自分の手で殺すか」

視界が明滅した。

脳裏が紅く燃えた。

鼓動の音が、全身に轟いた。

「…………まさ、か」

「そのまさかだ。選べ、リオン」

顔から色という色を失うリューに、エレボスは瞳を細める。

「多を殺し、個を救うか。民衆を守るため、『女』を犠牲にするか」

『悪』とは、目の前の存在のようなことを言うのだと。

凍てつく体を恐怖に抱き竦められながら、リューは、確信した――。

「お前がここから飛び出し、今にも死にそうなあの『女』を救おうとするのなら――民衆は全て殺す」

神は高圧的に、一方的に告げる。

「絶対だ。我が真名《まな》に誓い、ありとあらゆる手段、軍勢、殺意をもって鏖殺《おうさつ》を遂げる」

唇が描くのは残忍な捕食者の笑み。

「そしてお前が教会《ここ》に残り、『女』を自分の意志で見殺しにしたのなら、民衆は全て救い出そう」

一転して、その声音は慈悲の化身のように穏やかになる。

「嘘《うそ》はない。我が魂を賭《と》して、あらゆる暴力と蹂躙を終わらせる」

それは邪悪を極めた聖なる約定だった。

「『女』の命を代価に、神の宣言をもって兵を退かせよう。誰にも邪魔はさせない」

邪神は欺瞞を用いている。

本来の『貨車《トロッコ》の問題』が示すのは功利主義と道徳の対立。

放置とは多数の死であり、行動とは一人の死。だが今は放置と行動の結果は入れ替わっている。女《アスフィ》を見殺しにする放置こそが優位であり、義務の道徳には抵触せず、本来ならば命題たりえない。

今、邪神が問うているのは、単純な『命の価値の重さ』。そして『正義の行方』。

妖精《リュー》を追い詰め、少女《リュー》の『正義』を決断させる、絶対不可避の天秤。

誓いの言葉を朗々と読み上げたエレボスは、少女の答えを待つ。

無限の時を生きる神にとって、塵《ちり》にも満たない僅かな静寂。

刹那しか生きられない子供にとって、永劫にも等しい沈黙。

残されている最後の『正義』の心が、指先を痙攣させる妖精《ようせい》の唇を、こじ開けさせた。

「…………ふざけるな…………ふざけるなっ⁉」

蒼白な顔で立ちつくしていたリューにできたことは、今にもかき消えそうな感情に火をつけることだった。

小火《しょうか》に過ぎないそれを烈火のように装い、怒声を引きずり出す。

「貴方はっ、神《おまえ》はッ‼　命を何だと思っている‼」

「俺はそんな常套句を聞きたいんじゃない。『選べ』と言っているんだ」

だが、にべもない。

烈火の虚勢など切って捨て、神は『答え』だけを求める。

「お前の『選択』を示せ。拒否権はない。俺がそれを絶対に許さないからだ」

リューの息は止まった。

不自然に肺が強張り、あっという間に火が鎮まっていく。

訪れるのは手足が色を失っていくほどの寒さ。

防ぐことも、逃れることもできない、二者択一が突き付けられる。

「………選べない。選べる筈がない！　私に、そんなこと――!!」

口から漏れ出る声は上擦り、震えていた。

縫い付けられたように微動だにしない踵を暴れ狂う血流が蹴りつける。

結果はたった一歩、目の前の存在から遠ざかっただけ。

全く動いてくれない首を必死に揺らす。

ほんの僅かに顔を左右に振り、唇を何度だって痙攣させる。

その無様を嘲《あざけ》ることはせず、神はただ、断言する。

「選べない、選ばない、の答えは『悪』だ」

「――――ッッ!?」

絶句する。

そして追い詰められる。

「この俺が保証しよう。救える手段がありながら、誰をも見捨てるという選択肢は紛れもない『悪』。倫理、哲学がその選択を是《ぜ》としても、世界は決してお前を許さない。何も選ばず、誰も救わないお前は、最悪の『殺戮者』に成り果てる」

どうしようもないほど、奈落が広がる断崖へと、リューの精神が追い詰められる。

「あ、ぁぁ……！　あぁぁぁぁ……!?」

崩壊間近の氷河のごとき音が、脳裏からギリギリと、ギシギシと鳴る。

軋みを上げる精神の均衡によって、少女の目尻に、大粒の涙が浮かんだ。

「ほら、選べ。とっとと選べ。『女』が死ぬぞ？　そうなればお前は『悪』。そんなの嫌だろう、正義の眷族？」

エレボスは笑う。

目を細め、悪辣に嗤《わら》う。

これまで何度も繰り返してきた問いを、これ以上ない『最悪』の昇華を経て、囁《ささや》いた。

「だから、そら──選べよぉ、お前の『正義』を」

空色の瞳が、一瞬をもって収縮する。

「うあああああああああああああああああああああああ!!」

揺れ動く天秤の狭間で、リューの喉《のど》から絶叫が迸《ほとばし》った。

幕間

揺れ動く天秤の狭間で

ASTREA RECORDS
evil fetal movement

Author by Fujino Omori Illustration Kakage
Character draft Suzuhito Yasuda

時は遡《さかのぼ》る。


「急げ、シャクティ！　手遅れになるぞ！」

『妖精の絶望』より一時間前。

大戦斧を担《かつ》ぐガレスは、半壊の様相を呈する北西のメインストリートをひた走っていた。

都市北西部に闇派閥《イヴィルス》の兵隊――オリヴァス率いる大部隊――が出現したと一報が入ってから間もなく。本陣にいるフィンの指示により、ガレスは【ロキ・ファミリア】の遊撃隊から離れる形で急行しているところだった。

「わかっている！　くそ、限られた者しか向かえないとは……！」

ガレスのすぐ後ろを追うのは、【ガネーシャ・ファミリア】のシャクティ。

悪態交じりに叫び返す彼女の走行速度はそれでも、常人のそれを優に超えていた。

「北西に部隊を集めれば、それこそ敵に都市中を食い破られる！　少数精鋭で叩くしかないわ！」

既に争乱の音がはっきりと届いてくる。

今まさに暴れているだろう闇派閥《イヴィルス》を幻視し、ガレスは北西方向を睨《にら》みつけた。

「襲撃地点はすぐそこじゃ！　敵を一気に片付けて――」

だが、目的地である第七区画に足を踏み入れることは、叶《かな》わなかった。

地面に影が走り、凄まじい一撃がガレスの進路を阻んだのだ。

「ぐぅうううううう⁉」

「ガレス⁉」

凄まじい鈍重音が辺りへと轟き渡る。

振り下ろされた黒塊《こっかい》を咄嗟《とっさ》に斧で防いだガレスは、後退を強制された。

両の足で石畳を深く削りながら、シャクティの真横を一過する。

「つまらない戦《いくさ》に駆り出されたものだ」

ぱらぱらと細かな石片が散る中、落とされるのは温度の感じない呟きだった。

「いや、既に俺はくだらぬモノに堕ちていたか。ならば、くだらぬ使役に振り回されるのも道理だな」

漆黒の全身型鎧《フルプレート》が、顔を覆いつくす黒兜《くろかぶと》が、茜色の光をはね返す。

目を疑うような黒塊《こっかい》の大剣を片手に提げる『覇者』は、冒険者達の前に立ちふさがった。

「お前は……ザルド⁉　アルフィアと同じく、本当に儂等の敵に回ったか……！」

ガレスの目が見張られる。

『大抗争』の夜、リヴェリアとともに対面したのは『覇者』のうちの一人、アルフィアのみ。

伝文でしか聞いていなかったザルドの存在を実際に前にして、被っている兜の下で苦渋を滲《にじ》ませた。

「久々だな、老け顔のドワーフ。お前との記憶、不思議と酒場での光景しか思い出せん」

「はッ、懐かしいな……また儂と酒の飲み合いでもするか？　最近できた『豊穣の酒場』が、美味いドワーフの火酒《ひざけ》を出すぞ？」

「お前の主神ごと、ことごとく俺に酔い潰されたのを忘れたか？　今度は『額に牛肉《ミノ》』程度では済まさんぞ？」

　およそ八年振りの再会に、ガレスは挑発ともしれない軽口を叩いてみせるが、その頬に伝うのは歴とした汗だった。対するザルドは平坦な声音で淡々と告げ返す。

（なんだ……なんの話をしている……？　というかガレスが飲み負けた……？　現実なのか、ソレは）

　一方で混乱の極致に陥ったのはシャクティである。

語られた冗談とも知れない過去の出来事に、【ガネーシャ・ファミリア】のツッコミ兼《けん》苦労人兼《けん》真面目《シリアス》担当もこれには見事に頭脳が短絡《ショート》した。

飲《の》み潰した相手の額に『牛肉《ミノ》』と書く最強《ゼウス》って何だ。

「って違うっ、そんなくだらない話をしている場合ではない！　そこをどけ、我々は先に——」

ドンッ!!　と。

　地面に突き立てられた黒塊《こっかい》の大剣に、シャクティの言葉はあっけなく遮《さえぎ》られる。

「ここより進むのなら、俺が飲むのはドワーフの火酒ではなく、『血の酒』となる」

「「っっ⁉」」

シャクティとガレス、同時に息を呑む。

放たれる威圧と闘気は尋常ならざるもの。身構える冒険者達の体に戦慄《せんりつ》の鎖が伸びる中、覇者の鎧の上に装着された深紅の外套が、風を受けて揺れる。

「それでもいいのなら、一献《いっこん》付き合おう。杯《さかずき》と言わず樽《たる》になみなみと注《そそ》いで、お前等の血を飲み干してやる」

『覇者』は軽々と大剣を構え、冒険者達を睥睨《へいげい》した。


「う、うおおおおおおおおおお‼」

特攻の咆哮が、一人たたずむ女のもとへ押し寄せる。

「五月蠅《ゴスペル》い」

告げられるのは一言《ワン・ワード》。

瞑目する魔女のもとから放たれた音の衝撃波が、飛びかかった冒険者達を一蹴した。

「がはぁ⁉」

「ぐっっ……⁉　アルフィア、貴様！」

大地に叩きつけられる、あるいは壁を砕いて埋もれる救援隊を横目に、何とか回避行動を取ったリヴェリアは顔から汗を散らす。

場所は西のメインストリート。

ガレス達がザルドと対峙《たいじ》している同時刻、リヴェリアもまた『覇者』の一人と相対していた。

「また私の前に現れたか、エルフ。八年前までを合わせれば、何度私に捻り潰されれば気が済む？」

アルフィアは大した関心もなさそうに、閉じた瞳を向ける。

長杖を構えるリヴェリアは静寂の重圧をはね返すように、叫び返した。

「貴様が私達の前に立ちはだかる限りだ！　門番のような真似をして、何を企《たくら》んでいる！」

リヴェリアの進路に立《た》ち塞《ふさ》がるアルフィアの目的は明らかだった。

『第七区画』へ侵入しようとする者を妨げては、圧倒的な暴力で蹴散らしている。

その役割はまさに『門番』だ。

今も奥の区画から響いてくる悲鳴と爆撃の音にリヴェリアが歯噛みしていると、灰髪の魔女は淡々と告げた。

「何人たりとも立ち入らせるなと神の達しだ。退屈に毒された神の『娯楽』だと言えば、理解できるだろう？」

リヴェリアの苛立ちの声が投じられることは、なかった。

通りの真ん中で一人たたずんでいるアルフィアの視界外、完全な死角。

音もなく廃墟の屋上より飛び降りた影が、身の丈とほぼ同等の銀剣を振り下ろす。

「──ふッッ！」

少女《アイズ》の奇襲。

躊躇《ちゅうちょ》など一切ない、脅威を排除するための渾身の一撃。

「不意打ちをするなら殺気を消せ、童《わらべ》」

アルフィアはそれを、難なく往なした。

斜め頭上からの一閃に、高速の手刀を合わせる。

剣の腹を叩かれ、芸術的なまでに軌道を逸らされたアイズが目を剝き、秒を待たず女の逆の手が閃く。

扇《おうぎ》を払うかのごとく繰り出された手刀を、咄嗟に手甲で防御《ガード》した幼い少女は、容赦なく地面に叩きつけられた。

「うっっ⁉」

「アイズ！」

アイズの痛苦とリヴェリアの焦り。

それらに構わず、アルフィアは少女の目前へ肉薄した。

「幼子だろうと容赦はせん──」

掌が突き出され、『魔法』という名の砲口が向けられる。

近距離砲撃を覚悟したアイズの体が強張った。

だが──破壊の福音はいつまで経《た》ってももたらされなかった。

交差した両腕《ぼうぎょ》を解き、戸惑うアイズの顔を、アルフィアはまじまじと見つめていた。

「…………お前」

うっすらと瞼が開けられ、その顔に初めて、僅かな驚きが宿る。

息を呑みながらも訝しむアイズを前に、【ヘラ・ファミリア】の生き残りは『それ』を告げた。

「まさか、例のダンジョンの娘か？」

「!!」

アイズ、そしてリヴェリアの瞳が、同時に見開かれる。

「なるほど、そういうことか……」

二人の反応を前に、アルフィアの相貌は再び静寂を纏《まと》った。

「いかなる『方法』を講じたかは知らんが、私達ではなく、【ロキ・ファミリア】、お前達が手に入れたか。創設神《ウラノス》が救界《マキア》を諦《あきら》めぬわけだ」

全てを見透かす魔女の千里眼のごとく、淀みなく核心に迫る。

否定も拒絶もできないハイエルフは立ちつくし、杖を握る手を震わせる。

「それで？　この『宝』を、お前達はどうするつもりだ？」

そんな彼女に向かって、アルフィアは問うた。

「『生贄』にでも使うのか？」

「ッッ────黙れッッ!!」

エルフの眉《まゆ》が逆立ち、激昂を呼ぶ。

怒りに従い、杖を両手に持つリヴェリアは飛びかかっていた。

『魔法』を無力化する規格外相手に、今だけは魔導士であることを忘れ、白兵戦を挑む。

「くッッ────!!」

そこにアイズも加わった。

母子を彷彿とさせる魔導士と剣士が行う抜群の連携。杖が足を狙い、剣が腕へと振り抜かれる同時攻撃。しかし、前後からなるリヴェリア達の挟撃も、その女にとってはそよ風にも等しかった。

足を半歩ずらし、あるいは首を傾けるだけで、杖と剣を躱す。

身に纏うドレスにすら掠らせない。

そのまま互いの位置を入れ替えては交差すること七度、全ての攻撃がことごとく空を切る中、アルフィアは左手で杖を摑《つか》み、右手で剣を白刃取りした。

「「っっっ────!?」」

「雑音にも耳を貸してみるものだ。確かな発見が稀《まれ》にある。……が、それすらも希望にはなりえまい」

その細腕からは想像できないほどの力をもって、リヴェリアとアイズを投げ飛ばす。

「定めは変わらず。目的に変更はなく。神時代《しんじだい》は終わりを迎える」

突き出された右腕が放つのは、福音の終焉。

凄まじい衝撃が炸裂《さくれつ》し、周囲から音が消失させた後、魔女の灰の髪だけがふわりと躍る。

「化物めッ……！」

アイズを咄嗟に抱え、何とか回避したリヴェリアのエルフの耳から、一筋の血が漏れた。

音叉の純音にも似た鋭い耳鳴りが脳髄まで達し、砂塵まみれの美貌が歪む。

「強い……！　フィン達よりも、ずっと……！」

抱えられた腕から下りたアイズもまた、寒慄《かんりつ》を宿していた。

罅だらけになった防具から破片が落ちる中、唇を震わす。

「お父さん達と、同じ……！」

その圧倒的な力を前に、少女は魔女を通して、遥か昔日の『英雄』を見た。


「団長！　北西の襲撃に呼応するように、全方位から闇派閥《イヴィルス》が……!?」

動揺と焦りを孕んだラウルの報告が、夕刻に差しかかる空の下に響く。

場所は『ギルド本部』屋上。

万神殿《パンテオン》を彷彿させる巨大な建物の上から戦場を見渡すフィンは、ラウルの声を聞くが早いか、一筋の汗を垂らした、

「……迎撃する！　民衆の守りを最優先だ！」

もたらされた最初の一報から、状況は悪化の一途を辿《たど》っていた。

『ギルド本部』が建つ都市北西、オリヴァス達が攻め込んだ主戦場である『第七区画』はもとより、オラリオの至るところから狼煙とも知れない黒煙が上がっている。耳を澄まさずとも聞こえてくるのは幾重もの雄叫び、そして剣戟と魔法の音だ。

都市を取り囲む市壁に近いところほど戦闘が勃発《ぼっぱつ》し、冒険者達は闇派閥《イヴィルス》の対応を余儀なくされていた。

「ノアール達を工業区へ向かわせろ！　戦闘娼婦《バーベラ》達は南下っ、南西から敵の第二陣が来る！」

「「りょ、了解！」」

襲撃自体は単調なものだ。おそらく敵指揮官《ヴァレッタ》は関《かか》わっていない。

屋上から見える視界情報と、ラウル達伝令が運んでくる報告だけでも、フィンならば的確な指示を飛ばせる。

しかし、

「一部の兵の暴走……その筈が、明確な意志が介入したことで敵勢力の参戦が止まらない！

神エレボスの指示か！」

　現状の盤面からは『そこを動くな』と言わんばかりの神意が、ありありと伝わってくる。

（この動き、敵が北西の戦域を守っているのは確実！　精鋭《ガレス》を救援に向かわせたが、ザルド達を抜くことができない！）

　都市の各区画で巻き起こる襲撃が『陽動』であることは明白だった。

　冒険者達を縫い留め、『第七区画』への援軍を阻んでいる。

　ガレスやリヴェリア達の投入も『覇者』の介入によって遮られた。

　今日までの動向から、姿は現すまいと踏んでいたフィンの思惑を裏切ってまで。

（僕が指揮を捨てれば全部隊の迎撃に支障が出る！　駄目だ、動けない……！）

　突発的な襲撃とはいえ、不用意に部隊を動かせば手薄になったところから突き崩そうとしてくるだろう。民衆の護衛、戦線維持のためにも、これ以上の戦力を『第七区画』へ割くことはできない。

（ガレス達以外の援軍は既にやられた……！　オッタル達を訓練に集中させたのが仇《あだ》になったか……！　不正《アパテー》、不止《アレクト》の対応に備えるよう依頼した予備戦力《ミア》も配置換えはできない！）

　あらゆる手を精査し、思考に没頭していると、背後に控えていたラウルが堪えきれないように声を上げた。

「だ、団長っ！　このままじゃあ、増援を送れないっす！　北西区画に取り残された人達を、見殺しに……！」

ラウルの悲観は、フィンの危惧《きぐ》そのものだ。

巨大な漆黒の神意が『第七区画』を箱庭に変え、正邪の天秤がどちらに傾くか待っている。

そしてその結果次第では、オラリオは絶望に呑み込まれる。

戦局が覆せなくなるほどに。

「──いや」

故に、フィンは己の危惧とラウルの悲観を拒んだ。

鋭い眼差《まなざ》しで北西方向を見据えながら、手を伸ばす。

今にも消えそうな、けれど確かに残されている、『正義』の篝火《かがりび》に。

「まだ『彼女達』がいる。ラウル、至急伝令に向かえ」

「『彼女達』って……ま、まさか……」

はっとするラウルを他所に、フィンは最後の希望たる『星明り』を口にした。

「動けるか、【アストレア・ファミリア】……！　アリーゼ・ローヴェル！」

九章

何の変哲もない女の子の話

～ Alise Lovell ～

ASTREA RECORDS

evil fetal movement

Author by Fujino Omori Illustration Kakage

Character draft Suzuhito Yasuda

幼い私は、曲がったことが大っ嫌いだった。

アリーゼ・ローヴェルにとって、『正しさ』とは一つの指標で、絶対の価値観。

正答と正論こそが自分の身の周りを豊かにすると信じていた。

幼い子供の共同体《コミュニティ》で私はいつだって中心にいて、間違いに対しては猛然と戦った。男だろうと女だろうと関係なく。

私は自分がみんなより少しだけ優れていることがわかっていた。

別にそれを自慢しようとも、誇ろうとも思わなかった。

ただ、その『優れた力』を当然の権利のように使った。


対立する子を力づくで黙らせた。

曲がったことを正すよう心掛けた。

私は、『正義』を標榜《ひょうぼう》していた。


けれどある日、一人の子に怪我《けが》をさせた。

私の一番の友人をよく苛《いじ》める、意地悪な男の子だった。

初めて咲かせた鮮やかな血は、とてもじゃないけど『正義』には、ほど遠い気がした。

大人達に私は誰《だれ》よりも怒られた。

助けた友人も、私を怯《おび》えた目で見て、離れていった。
私はその時になって、ようやく『異変』に気が付いた。
正答と正論を言えば言うほど、周りにいた人達は去っていくと。
『正しさ』を求めれば求めるほど、私は『孤独』になっていくと。

『正しい』ってなに？

『正義』ってなに？

私は当然のように信じていた事柄に、初めて疑問を抱いた。
親や大人は、口ごもるばかりで答えられなかった。
だから子供ながら安易な考えで、私は神様に教えてもらおうとした。
『正義ぃ？　さぁ、なんだろうな～』
けれど、神様達はニヤニヤ笑うだけで教えてくれない。
今も昔も、迷い続ける私を面白《おもしろ》そうに見ているだけ。
私は怒った。
だから町を飛び出した。

怒って、旅に出て。

怒って、探して。

怒って、見つけられなくて。

怒って、怒って、怒って……いつの間にか泣いていた。

そして、戻ることもできない旅路の中で、涙もわからなくなってしまうくらいの雨に打たれながら——私は出会った。


『貴方、どうしたの?』


『正義』を司《つかさど》る神様に。

アストレア様に。


「ライラ、輝夜《カグヤ》!」

玄関の扉を開け放ち、アストレアが前庭へと駆け込む。

本拠《ホーム》『星屑の庭』の前には、眷族達の手当を受ける二人の少女がいた。

オラリオの防衛線まで自力で帰還し、この場へ運び込まれたばかりのライラと輝夜《カグヤ》である。

「うわ、カッコ悪《わり》ぃところを見られちまった……時機《タイミング》ってやつが悪いぜ、アストレア様……」

減らず口を叩《たた》くのはライラ。

耳から出血したと思われる血の跡を残しながら、無理に浮かべる笑みはいっそ痛々しい。

芝生に腰を下ろした体はボロボロで、まるで砲撃が荒れ狂う戦場を駆け抜けてきたかのようだった。

「っ……イスカ、二人の容態は？」

「ライラも酷いけど、輝夜《カグヤ》の方が深手……。手当たり次第回復薬《ポーション》をブッかけましたけど……」

眷族の姿に胸を痛めながら窺《うかが》うと、今も治療しているアマゾネスのイスカは、汗が滲《にじ》む顔を腕で拭った。

彼女が一瞥した先には、力なく横たわる輝夜《カグヤ》が治療師《マリュー》達の手で治療魔法、更には回復薬《ポーション》も浴びせられている。絹のような前髪で目もとを隠した彼女は今も意識を失っていた。

「ライラ……何があったの？」

「糞ウゼェ邪神様と、【ヘラ・ファミリア】にやられた……。見逃されて、このザマ……」

アストレアが尋ねると、ライラは苛立ちと悔しさを渾然《こんぜん》とさせながら答える。

「エレボス……！　アルフィア……！」

元凶の名を口にするアストレアの周りで、ネーゼ達も息を呑《の》んだ。

敵の首魁《しゅかい》及びLv.7との遭遇は、冒険者の背筋を簡単に凍てつかせた。

「あと、もう一つ悪《わり》ぃ報せ……ていうか、こっちの方が最悪だ。あの邪神の狙《ねら》いは、リオンだ」

「!!」

ライラの報告に、アストレアは今度こそ驚愕《きょうがく》をあらわにする。

『大抗争』前、邪神が『エレン』と名乗り、度々リューに接触していたことは本人の口からも聞き及んでいた。

興味や好奇心に忠実な神々は、えてして下界の住人を試す真似をする。

それは探求心とも快楽の追求とも似て非なる、神のみぞ知る『未知』への餓えだ。

リューはよりにもよって『神の標的』にされたのである。

エレボスとの間に何があったのか、アストレアは詳しく聞こうとしたが、

「【ロキ・ファミリア】から伝令！　敵の攻撃が激化！　連中が囲ってる北西区画に向かえって！」

「北西……!?　アタシ達が戦《や》り合ってた場所だぞ！　まさか……！」

少年《ラウル》の伝令を受け、ヒューマンのノインが駆け足でフィンの指示を通達しにきた。

ライラは声を上げ、最悪の予想に危機感を募らせる。

そして彼女の焦燥に同調するように、それまで眠っていた少女が、ゆっくりと目を開けた。

「……十中八九、リオンもそこにいるのだろう……。あの神が、あいつを使って遊び倒そうと

している……！」

「輝夜《カグヤ》！」

アストレアの声に応《こた》える余裕もなく、芝に指を食いこませながら、輝夜《カグヤ》は起き上がる。

「ちょっと、半死人ちゃん！　動いちゃダメ！　いくら治療したって、急な回復の反動で肉体《からだ》が本当に壊れちゃう！　縫ったばかりのお人形みたいに、また傷口が破れちゃうわ！」

「安心しろ、マリュー……今、ここで動かずにいた方が気が狂う。つまり、行動を起こすことこそが今の私の何よりの薬だ……」

押しとどめようとする年長のマリューの手を摑《つか》み、輝夜《カグヤ》はとうとう立ち上がった。

無理矢理浮かべた不敵な笑みに、脂汗が伝っていく。

「……なに言ってるかわかんねーよ。けど、やりてぇことはわかる」

その姿に、ライラは一笑を漏《も》らした。

「リオンのもと、行くぞ。全員でだ。あの家出女を取り戻しに行く」

そして顔付きを真剣なものに変え、周囲を見回した。

ノイン達は何も言わず、ただ頷《うなず》きを返す。

「……アストレア様、頼むよ、止めないでくれ」

「……わかったわ。代わりに、貴方達の無事を祈ります」

最後にこちらを見るライラに、アストレアもまた神妙な顔で頷いた。

その場にいる者達の総意が固まる中、輝夜《カグヤ》は残っている最後の一人について尋ねる。

「ネーゼ、団長は？」

「ずっと働きっ放しだから、部屋にこもって休んでる…………いや、違うな。あれ、絶対に『瞑想』してる」

尋ねられた狼人《ウェアウルフ》のネーゼは、頭上の耳を立ち上げ、本拠《ホーム》に視線を向けた。

「『正義』について、答えを出そうとしてる」

民衆から浴びる石、その中で頭を下げていた少女。

団員達を引っ張り、明るく振舞いつつも、確かに陰りを見せていた小さな背中。

輝夜《カグヤ》やライラ、ネーゼ達の脳裏に、今日までのアリーゼの姿が蘇《よみがえ》る。

『正義』という言葉に、ただ一人、誰よりも深い場所で、少女は今も向き合っている。

「……そうか。だが、連れていくぞ。団長がいなければ我々など烏合の衆だ！」

本拠《ホーム》に駆け込み、アリーゼの部屋へと向かう輝夜《カグヤ》とライラの後に、【アストレア・ファミリア】は続いた。


アストレア様に出会った私は、『正義』の『性質』を知った。

『答え』じゃない。アストレア様もそれは教えてくれなかった。

正確には、『答えがないことが答え』のように私は感じた。

——子供達が求める『正義』を示すのは、簡単なの。

——私達が『神の力《アルカナム》』を使えばいい。

とある日々の中で、アストレア様は独り言のように、そう言った。


——神々が指先一つ振るだけで、全《すべ》ての子供が幸福に満たされる。

——誰もが笑顔に溢《あふ》れ、『正義』と『悪』の概念は消える。

——けれど、違うの。

——それは下界の『正義』ではない。


不完全たる下界で全てが満たされるということは、それ以上先《さき》に進めなくなるということ。

享受は安寧を生み、堕落を運んで人々の歩みを止める。

世界を殺す毒が決して『正義』であってはならない。

『正義』の『性質』とは――進み続けることだ。
美しい星の欠片《かけら》を見つけても、『正義』とは何か問い続けること。
そしてそれが、今の延長。
リオンの、都市《オラリオ》の、『悪』の問いかけに答えなければならない。

いっそ『正義』の重みに押し潰《つぶ》されそうになる。
逆に、『悪』の響きを初めて羨《うらや》ましく感じてしまう。
快楽、享楽、衝動、全ての虜《とりこ》になっても『悪』は決して矛盾しない。
『悪』とはより本能的で、動物的なものでさえ肯定される。
ならば正義はその逆、理性的なもの？
秩序の番人はいつだって希望と現実の乖離《かいり》に苦しめられる。

わからない。
わからない。
わからない。
けれど答えを、答えを、答えを。
私の答えは――――。

「アリーゼ！　敵が出た！　そんでリオンがやべえ！　だから開けろ！　早く出ろ‼　いいから出《で》ーーろーーっ‼」

どんどんどんっ！　と派手な打撃音《ノック》が響く。

アリーゼの自室の前で、ライラは拳《こぶし》を握り、両手で扉を連打していた。

小さな子供のように喚き立てる彼女のすぐ後ろでは、アストレア達が揃《そろ》って見守っている。

「団長、悪いが時間切れだ！　強引《ごういん》にこじ開けさせて――」

苦渋の表情を浮かべ、輝夜《カグヤ》もまた訴えた。

実力行使に出ようと、腰に差している刀に手をかけた、その時。

「‼」

ギィ、と。

輝夜《カグヤ》とライラの目の前で、小さな軋音《きしみ》を鳴らし、木製の扉が開いた。

「アリーゼ……」

アストレアの呟きの先で、赤髪の少女がゆっくりと歩み出る。

その身に纏《まと》う、どこか超然とした雰囲気――悟りを開いたような神聖な空気に――ネーゼ達は声を発せず、思わず息を呑んでいた。

「出てきたってことは……」

「団長……答えは、出たんだな？」

ライラと輝夜《カグヤ》が、口を開く。

固唾を呑んで見守る仲間に囲まれながら、アリーゼは、ゆっくりと、目を開けた。

うつむいていた顔を上げ、告げる。


「──うん、無理」


「「「「「「「はっ？」」」」」」」

真剣な空間《シリアス》が粉微塵に砕け散った。

「いや、頑張って考えたのよ。すっごい悩んだの。お腹《なか》の奥から唸《うな》り声が延々と出るくらい。

──でも、やっぱり無理だったわ！」

アリーゼは自意識だけ高い自称仙人《せんにん》のようにのたまった。

【アストレア・ファミリア】の面々は鳩が豆鉄砲で狙撃《そげき》された挙句、地面に墜落したような顔を一様に浮かべた。

「…………、…………、…………」

（ライラが史上最大のお馬鹿《ばか》を見る目を向けている……）

両の目をかっ開き、頬《ほお》を痙攣《けいれん》させ、言葉も出ない小人族《パルゥム》に、アストレアも思わず首筋に汗を滲ませる。

その横で時間を停止させていた輝夜《カグヤ》は、はっと肩を揺らし、身を乗り出した。

「だ、団長っ！　ふざけてる場合では……!!」

「ふざけてなんかいないわ！」

アリーゼはそこではっきりと、叫び返した。

「だってこれは、悩んで、迷って、間違ってばかりの私達が、『一生』をかけて出さなきゃいけない答え《モノ》だもの!!」

「「！」」

今の自分が至った『結論』を、誰よりも真剣な表情で告げた。

ライラと輝夜《カグヤ》、そしてネーゼ達は瞠目する。

「だから今《いま》出すなんて無理無理無理無理！　絶対に無理！　不可能よ!!」

アリーゼの答えはそれだ。

愚かな自分では、未《いま》だ答えには辿《たど》り着けない。

だから探す。

旅人のように空を仰《あお》ぎ、いくつも存在する光の中から、真に輝く星明りを。

勢いよくまくし立てていたアリーゼは、左手を添えた胸を張る。

「だからみんな！　これからもずっと一緒に『正義とはなんぞや』を考えていきましょう！

バチコーン☆」

「「「「「「「「イラッ☆」」」」」」」」

そして会心のウィンクをかますアリーゼに、九名の【アストレア・ファミリア】は額に青筋を走らせた。一周回った笑顔で。

その光景に、アストレアだけが苦笑を浮かべていた。

「よーし、リオンのもとへ行くわよ！　完璧《かんぺき》じゃない私の完璧な答えを聞かせてあげるわ！

うおおおー!!」

言うが早いか、アリーゼは勢いよく駆け出した。

唖然とする【アストレア・ファミリア】の面々を置いて。

その場に取り残された団員達の中で、例外なく立ちつくしていたライラは今の状況も忘れて、どっと脱力した。

「なんでアイツが、団長なんだ……なんでアタシ等、あいつに付いていってるんだ……」

心底呆《あき》れ果て、疲れ果てた彼女の呟きに。

隣に立つ輝夜《カグヤ》が、ふっと笑みをこぼす。

「……アリーゼ・ローヴェルだから、だろう」

「……そっか、そうだなチクショウ。違いない！」

ライラの顔にも、笑みが浮かぶ。

次には憂いも何もかも消えた双眸《そうぼう》をつり上げ、声を張り上げた。

「行くぞ！　お前等！」

「「「「「「おおー!!」」」」」」

「行って参ります、アストレア様！」

無茶苦茶な団長の後をライラが追い、ネーゼ達が続いて、最後尾の輝夜《カグヤ》が主神へと、きっと短くも長い門出を告げる。

「ええ……行きなさい、どこまでも。自分達を信じて」

眷族達を見送り、アストレアは笑みを落とした。

やがて。

静けさに包まれた館の中で、一柱《ひとり》、意志を新たにする。

「──そして、私も」

十章
私が教えてもらったもの
～ Twilight Answer ～

ASTREA RECORDS
evil fetal movement
Author by Fujino Omori Illustration Kakage
Character draft Suzuhito Yasuda

ステンドグラスが黄昏《たそがれ》の光を受け、血と混ざった涙のように紅く滲《にじ》む。

教会の中で立ちつくすリューは一人、絶望の中にいた。

『だから、そら──選べよぉ、お前の『正義』を』

投げかけられたばかりの邪神の問いが、今も頭の中に残響する。

視界は罅《ひび》割れた鏡の迷宮に突き落とされたように歪曲《わいきょく》していた。

息が吸えない。

呼吸の仕方がわからない。

瞳《ひとみ》を突き刺す黄昏が何を意味しているのかも。

どこに立っているのかさえも不確かで、絶え間なく弾《はじ》ける心臓が、今にも胸を突き破ってしまいそう──。

「安心しろ。これが最後だ。お前に『正義』を問うのは」

顔という顔を真っ白に染め、胸を必死に押さえ、過呼吸に陥《おちい》りかけているリューに、対峙《たいじ》している邪神は目を細めた。

「だから、早くしろ。どうか俺《おれ》を萎えさせてくれるな。でなければ──そら、本当に『女』が死ぬぞ?」

「っ……!?」

エレボスの笑みと、リューの動揺に呼応するように、割れたステンドグラスの奥で爆炎が華を咲かせた。

体から嘘のように煙が立ち上っている。

焼き焦《こ》げた異臭が自分の肉と肌から発せられているものだとは到底信じられず、アスフィは卒倒しようとして、既に地面に倒れていたことを思い出した。

主《あるじ》を護り続けていた強化布《マント》は炭化し、灰燼《かいじん》となって、もはやごっそりと消失している。もう次はない。

だからアスフィは、断線しかけている意識を無理矢理繋《つな》いで、震える四肢に鞭を入れた。

「はぁ、はっ……はぁっ……！」

乱れる呼吸の中に赤い滴を交ぜながら、生まれたての小鹿のように何度も崩れかけては、立ち上がる。

そんな少女の姿に、夕焼けの戦場にたたずむオリヴァスは、小憎らしそうに口端を上げた。

「しぶとい。全くもってしぶとい。だが、その生き汚さこそ冒険者たる所以か」

虫の息のアスフィに向かって、容赦なく『魔剣』を振るう。

「うぁ……!?」

「アスフィ……！　くそぉ!?」

わざと外された火球が、翅《はね》を失った蝶《ちょう》のように少女を吹き飛ばす。

雄叫びを上げるファルガーの奮戦虚しく、【ヘルメス・ファミリア】は途切れることのない闇派閥《イヴィルス》の雑兵を相手取っており、身動きが取れない。瓦礫《がれき》に叩《たた》きつけられるアスフィに、誰《だれ》も助けの手は差し伸べられない。

「いいザマだ。血を流し、肌を焼かれ、声も上げられない。その凄絶な姿を絵画に閉じ込めておきたいほどだぞ、生贄《アンドロメダ》の聖女！」

オリヴァスは法悦じみた感情に身を震わせた。

顔を振り上げたかと思えば、周囲に大声で呼びかける。

「目を背《そむ》けるなよ、愚かな民衆！　今より用意する贄《にえ》を見て存分に泣き喚け！　お前達が都市に絶望を轟《とどろ》かせろ！」

広がる惨状に、民衆は逃げることもやめていた。

オリヴァスの言葉通り、誰もが絶望に取り憑《つ》かれ、自責の念に圧し潰《つぶ》され、哀れなまでに木偶と化している。

「や、やめてぇ……やめてぇ！」

「嗚呼、誰かっ、誰かぁ！」

その中には娘《リア》を失った父母の姿があった。

「っっ……!?」

その奥には少女《アーディ》に見逃された暴漢が立ち竦んでいた。

「くはははははっ、ひひひひひひっ……！　馬鹿《ばか》め、同志に阻まれる冒険者どもの悲鳴が聞こえないか！」

助けを求めることしかできない悲嘆の声に、オリヴァスは抱腹の衝動を必死に堪えなければならなかった。愚かで民衆の声が、彼の『悪』を煽り立てる。

「希望など降ってこない！　終わりだ、冒険者！　そしてオラリオ!!」

割れたステンドグラスの先に見える、死にかけた友の姿。

黄昏の光に沈むその光景が、なけなしの意志さえ奪っていく。

抗えない絶望が胸を満たしていく。

友《アーディ》を失った時と、同じように──。

「さぁ、決めろ。ここが岐路だ。なぁに、誰も見ていないさ」

神はそんな私《リュー》に、甘く囁《ささや》く。

「一か、百か」

「友か、不特定多数か」

「お前がどちらを切り捨てたかなんて、誰も知りやしない」

──だから選べ、と。

唇に三日月を刻みながら、破滅の花束《はなたば》を押し付ける。
鼓動が加速する。
視界が白と黒、閃光と暗転を繰り返す。
迫られる二者択一。
おぞましい『岐路』。
揺れ動く『天秤』の行方《ゆくえ》。
「リオン、お前の『正義』は？」
私は……。
私は……！
私はっ——!!

「——来る」

その時。
揺れ動く天秤の間で響き渡ったのは、妖精《ようせい》の選択ではなく。

一人の少女の声だった。

「!!」

リューは顔を振り上げた。

エレボスは瞳を引き寄せられた。

二人の視線が向かうのは、ステンドグラスの奥、音が消えた黄昏の戦場。

「…………やって、来る」

夕焼けの光を浴びながら、アスフィは、再び立ち上がる。

「……なに？」

「希望は…………彼女は…………来る」

眉《まゆ》をひそめるオリヴァスに、アスフィは譫言《うわごと》のように呟いた。

既に体は満身創痍。

傷付いていない箇所を探す方が困難なほど、裂傷と火傷に埋めつくされている。

今も震える細い脚は、流れ出る血と一緒に力を失い、少し突いただけでも倒れそうだった。

けれど、その瞳だけは、輝いていた。

苦しみも痛みも振り払う双眸《そうぼう》は、意志と信頼の光で溢《あふ》れていた。

「彼女《リオン》は……ここに現れる」

風が運んだ少女の言葉に、リューは、声を失った。

「リオン……？　【アストレア・ファミリア】だと？　はッ、馬鹿め！　正義の使者が都合よく現れるとでも⁉　いったい何を根拠に！　妄信の類だ、正気の沙汰ではない‼」

『悪』は嘲笑《ちょうしょう》する。

オリヴァスだけでなく、闇派閥《イヴィルス》の兵士達までもがあざ笑う。

黄昏の光に濡《ぬ》れる瓦礫の海に、影はすっかり長く伸びていた。

今も踊る闇の眷族どものそれを見下ろし、アスフィは一度、目を閉じる。

「だって……彼女を信じなければ……」

そして、己《おのれ》の胸を片手で握りしめる。

「彼女《リオン》を信じられないなら、私は何を信じればいいかわからない！」

次には、高らかな声を響かせる。

「誰よりも正義に殉じ、誰よりも献身を尽くし、誰よりも傷付いてきた！　誰よりも平和を願ってきた！」

アスフィは見てきた。

【アストレア・ファミリア】が秩序を守り、人々の笑みを守り続けていたことを。

『悪』に敗れた後も、どれだけ傷付こうとも身を挺し、戦い続けていた一人の妖精を、彼女はずっと目にしていた。

どんなに邪悪が哄笑《こうしょう》に満ちようとも、正義の軌跡は決して消えるものではない。

「そんな彼女達を信じられないなんて、嘘《うそ》だ！　その嘘を肯定してしまえば、私はもう何も信じられなくなる！」

その言葉に、リューの手が震える。

「愚かな願望だ！　『正義』などという幻想に縋《すが》りおって！」

一方でオリヴァスは戯言《ざれごと》だと切って捨てる。

「周りを見ろ！　お前に賛同する民はどこにもいない！　顔を見ればわかる！　奴等《やつら》こそが『正義』を信じられなくなった張本人だろうに！」

水平に振り払われた片腕の先、確たる証拠とばかりに、周囲に立ちつくしている民衆の顔が思い思いに歪《ゆが》んだ。

【アストレア・ファミリア】に石を投げた青年が、糾弾した女性が、娘《リア》の両親が、己が犯した所業そのものに裁かれ、項垂れる。

彼等《ら》彼女等《ら》は一度、『正義』を拒んだのだ。

「拒絶された『正義』が、そんな愚民を救うとでも？　はははっ、ありえぬ！　今頃《いまごろ》、失望と絶望に打ちひしがれているだろう！」

オリヴァスの言う通りだった。

リューは今も懊悩と絶望の狭間に立ちつくしている。

『正義』とは何なのかわからず、答えに辿《たど》り着けない。未《いま》だ星は見えないのだ。

けれど。

「現実に失望し、絶望して……それでも最後には、彼女達は赦《ゆる》すでしょう」

「……なに？」

アスフィは笑った。

訝《いぶか》しむオリヴァスの前で。

リューの視線の先で。

過去の情景へと思いを馳せ、それを言葉に変える。

「かけがえのない友に、赦すこともまた『正義』だと、教えてもらったから」

――リオン、赦すことは『正義』にならないかな？

それはアスフィが少女《アーディ》自身から聞いていた顚末。

偽りの名《エレン》と名乗った神と出会った時、少女は、過ちを犯した男を確かに赦そうとしていた。

「!!」

記憶を喚起された暴漢の男が、はっと肩を揺らし、手を握りしめる。

「あぁ……嗚呼っ……！」

当時その場に居合わせた娘《リア》の母親が、涙を流す。

「正義に傷付き、正義を自問し、今も迷い続けているなら……それこそが『正義の証明』だ」

動きを止める『悪』の眷族達、そして目を剥くオリヴァスを見据えながら、アスフィは叫んだ。

「『正義』で在り続けようとする、正しき者の在り方だ！」

正しきを説く彼女の声が、全《すべ》ての者の胸を打った。

冒険者も。

闇派閥《イヴィルス》も。

『絶対悪』を掲げる邪神でさえも。

双眸を見開くエレボスの前で、リューの頰《ほお》に、滴が伝う。

「だから、来る」

「彼女は、来る」

「希望《リオン》は、やって来る！」

星の雨のように放たれる真心の言葉に、気が付けば……空色の瞳は涙を流していた。

「世迷《よま》い言を……！　もういい、時間の無駄だ！」

折れることのない少女の意志にオリヴァスは牙を鳴らした。

余興は終わりとばかりに手を振り上げ、号令を下す。

「この女を殺せ、同志達よ!!」

凶刃を腰だめに構えた闇派閥兵《イヴィルス》が、アスフィを串刺しにせんと四方から迫る。

そんな惨劇に至ろうとする光景に、気が付けば――妖精の体は走り出していた。

「ぐあぁぁぁ⁉」

一思いに吹きさらしのステンドクラスを飛び越え、教会を後にし、兵士の一人を斬り伏せていた。

「なにっ⁉」

「……！　リオン！」

オリヴァスとアスフィの驚倒を呼ぶ。

それすら遠い出来事のように感じながら、独りでに動く体に意識を委《ゆだ》ねた。

剣を握り、剣を振るう。

ひしめく闇の者共に切り込み、疾風のごとく駆け抜ける。

「たった一人で、バカめ！　死にに来たか！」

奴《やつ》の言う通り。

打開の術はなく、問題は何も解決していない。

私《リュー》は『岐路』から飛び出した。

すぐに邪神の号令が下り、多くの者が襲われるだろう。

こんなもの、衝動の言いなりになっているだけ。

心だって叫んでいる。

迷いを抱える体で、いったい何ができるのかと。

「──そこだ、死ねぇ！」

『魔剣』が構えられた音。

「──リオン！」

友の悲鳴。

「──」

ほら、見ろ。

死は間近《もうすぐそこ》。

無慈悲な爆炎が、私《リュー》を焼きつくして──

「うぉおおおおおおおおおおおおおおおおおお‼」

地を蹴《け》る太い足。

恐怖に震えた雄叫び。

それでも、翻《ひるがえ》る影。

私《リュー》を焼きつくす筈の爆炎が、目の前で阻まれた。

「……えっ？」

唇から、呟きがこぼれ落ちる。

放心する体は、守られていた。

彼に——両手を広げて爆炎を受け止めた、暴漢の男に。

「ぐううう……！」

肉が焼けた臭いと一緒に黒い煙が薄れ、傷付いた体が地面に両膝《ひざ》をつく。

男は冒険者ではない。

神の眷族《ファミリア》ですらない。

私達《リュー》の前で神から金品を盗んだ、ただの不届きもの。そして、知己《アーディ》が赦したヒューマン。

戦いの心得も知らない、小悪党だった筈の男のその行為に、時を止める。

「貴方は……どうして……」

そんな声を震わせるのがやっとだった。

瀕死も瀕死の男は、なけなしの力で、口を開く。

「…………死んじまった、あのガキに…………なにが、返せるんだろう、って…………」

四肢から煙を上げる男は振り返らない。

合わす顔などないように、ぼろぼろになった背中が、ただ言葉を繋げる。

「…………ずっと、そう考えてたら……体が、かってに……動いちまった………」

「――――――」

瞳が揺れたのがわかった。
呼吸が詰まり、得体の知れない想い《なにか》が、全身を埋めつくす。
男は最後に、空を見上げた。
誰かに向かって、尋ねていた。
「なぁ……？　俺は……『正義』を、返せたか？」
大きな図体が横に傾き、音を立てて倒れ込む。
あらゆる音が消えていた。
全ての時が止まっていた。
何もかもが、私《リュー》の中で混ざり合い、溶け合って、真っ白に染まっていく。
そのたった一つの『正義』が、駆け抜けては、巡っていく。

気が付けば、立ったまま、幻想《ゆめ》を見た。

黄金に揺れる稲穂を。
黄昏の色に染まる空を。
光の奥にたたずむ、彼女の姿を。

『リオン』

彼女はあの時と同じように、微笑んだ。

『正義は巡るよ――』

彼女が、いつか教えてくれた言葉。
彼女がいなくなって、忘れてしまっていた、一つの『答え』。
真の答えじゃなかったとしても。
間違っていたとしても。
姿形を変えて、私達の『正義』は巡る。
アーディが赦《ゆる》した彼が、私を救ったように。
私達の『正義』は、次の誰かに、巡っていく。
――アーディ、と。
震える唇を開き、幻想《ゆめ》に過ぎない彼女に向かって。
悲しむばかりで、ずっと言えていなかった言葉を、囁いた。

ありがとう――。

黄昏の光景が遠ざかっていく。

その時、彼女は確かに、微笑んでくれた。


「民衆が、庇《かば》っただと……!? 守られることしかできない存在が、身を挺して!?」

オリヴァスは強い焦燥をあらわにした。

彼にとって無知蒙昧《むちもうまい》な民衆とは、悲劇を生み、惨劇を呼び込む道具に過ぎなかった。

彼の嗜虐心《しぎゃくしん》を満たす柔《やわ》い果実でしかなかった。

そんな被虐者である筈の、ただの民の一人が、決意をもって戦う者を救ったのだ。

「『正義』を、信じたというのか……!?」

その事実は『悪』の摂理を覆す炎だ。

闇さえ呑《の》む『巨悪』の中にあって輝く、一粒の『正義』の証左だ。

絶望から反転した希望の兆しに、オリヴァスは正《ただ》しく動揺した。

「リオン……アーディ……」

友の遺志から巡った『正義』の軌跡に、アスフィは人知れず涙を流す。

そして、もう一人。

静かに涙を拭い、倒れた男を庇いながら、前に歩み出る者がいた。

リューは曇りなき瞳で、口を開いた。

「……神エレボス。私の『答え』を聞かせてやる」

顔を上げ、遥か後方の教会へ、その想いを吐露する。

「『正義』は巡る！　数多の星の輝きとなって、違う誰かに受け継がれていく！」

凛然と澄んだ妖精の声音に、冒険者達は聞《き》き惚《ほ》れ、衝動のまま武器を握りしめた。

「たとえ私達が力つきたとしても！　『正義』は決して終わらない！」

とどまることを知らない復活の意志に、民衆も目を奪われた。

「だから――私は今を尽《つ》くす」

最後に、邪神は己以外誰《だれ》もいない教会で、人知れず笑みを宿した。

「お前がどんな理不尽を叩きつけたとしても、最後まで絶望に抗い、この身が燃えつきるまで戦ってやる！」

友の声に、アスフィは静かに喉《のど》を震わせ、涙の微笑を漏《も》らした。

「一人でも多くの者を救い、『正義』を託す！」

妖精が全ての者の耳朶《じだ》を打つ、雄叫びを放る。

「『正義』を途絶えさせないこと！　それが私の『答え』だ！」


それは遥かなる旅路だ。

失われた星の欠片《かけら》さえ受け継がれてゆく光の軌跡にして、『継承』だ。

今はいない友の意志を魂に刻むリューの迷いは晴れた。

戦場にエルフの決意が鳴り響く。今も動じる『悪』の者共を、リューはその空色の双眼で真《ま》っ直《す》ぐと見据えた。

「綺麗事《きれいごと》を抜け抜けと……！　貴様の夢物語など叶《かな》えさせるものか！」

そんな正《せい》なる誓いに屈さず、侵されず、憤激の声をまき散らすのはオリヴァスだ。

動揺から立ち直った彼は、怒りの相貌をすぐに醜悪な笑みへと変えた。

「そもそも状況を見て言え！　事態は好転などしていない！」

『悪』の言う通り。

重傷のアスフィはもうまともに戦えず、抗戦するファルガー達【ヘルメス・ファミリア】も消耗の色が激しい。四面楚歌《しめんそか》と言っていいこの『第七区画』の戦況は、リュー一人で覆すにはあまりにも絶望的。

『絶対悪』の名のもとに、邪神《エレボス》もいずれ新たなる敵を召喚するだろう。

武器を持ち、身構えるリューに対し、オリヴァスは飛びきりの嘲笑を贈ろうとする。

「貴様等の亡骸《なきがら》を辱《はずかし》め、民衆を殺戮《さつりく》する定めは依然変わってなど──」

だが。

「状況？　変わってるわよ」

リューの決意に続く者達が、この都《みやこ》にはいる。

「だって──私達が全員揃《そろ》ったんだもの！」

リューが目を見開く。

オリヴァスが呼吸を止める。

アスフィが訪れた『その時』に拳《こぶし》を作る。

誰もが弾かれたように振り向いた。

場所は頭上。

都市の北西端にそびえる巨大市壁。

西日に横顔を焼かれる少女達の姿を認め、闇派閥《イヴィルス》も、冒険者達も、驚倒をあらわにした。

「ば、馬鹿なっ……貴様等は、まさか⁉」

よろめくオリヴァスに、赤い髪を風になびかせ、少女は宣言する。

「『正義』、参上‼」

「――戦場の音色が変わった。抜かれたか」

アルフィアは呟いた。

夕暮れの戦場と化した西のメインストリートで、傷一つ負っていない圧倒的強者は、しかしその細い眉をひそめる。

「【アストレア・ファミリア】……！　敵が都市内に戦力を割いたとはいえ、手薄になった市壁を強硬突破するとは！」

彼女と対峙するリヴェリアは逆に、ボロボロに消耗した体でなお、笑みを浮かべた。

『森の射手』と名高いエルフである彼女の瞳は、都市を取り囲む巨大市壁の一角を奇襲し、闇派閥《イヴィルス》兵を蹴散らしながら北西方向へ向かう【アストレア・ファミリア】をつぶさに捉《とら》えていた。

「アリーゼ・ローヴェル、いや【狡鼠《スライル》】の策か！　即断と、多少の無茶など押し通すやり方、やはりフィンに似てるな……！」

「うん……突破、すごい速かった……」

自派閥の小人族《パルゥム》と同じ匂《にお》いを感じ取り、とある小人族《パルゥム》の少女の二つ名を呟くハイエルフは驚嘆とも知れない息をつき、その隣では同じく体を擦《す》り傷《きず》だらけにしたアイズが頻りに頷《うなず》く。

「我々がいなければ冒険者の進攻を阻むこともできないか……呆《あき》れるを通り越して嘆かわしい」

長嘆するアルフィアは、エレボス達が残っている『第七区画』へ足を向けようとする。

しかし、リヴェリア達がそれを許さない。

「いいのか、我々に背を向けて？　何をしでかすか、わかったものではないぞ？」

「人をたくさん助けながら……たくさん、斬り込めばいいの？　それなら私、できるよ」

引き止めるハイエルフは、交渉を持ちかける商人のように声をかけ、金髪金眼の少女は剣士の本能を剥き出しにする。

「私の広域魔法《まほう》ならば、ここからでも襲撃場所を射程範囲内に収められる。街は燃えるが、既に一度焼かれた都《みやこ》だ。構うまい」

それは挑発だった。

そして歴とした事実でもある。

エレボスの神意に従うアルフィアは、リヴェリア達を放置することはできない。

「……小癪《こしゃく》」

立ち止まったアルフィアは小憎らしげに呟いて、杖《つえ》と剣を構える冒険者達に向き直った。

「瞬きの間に貴様等を屠ってもいいが……それでも間に合わんな、あれは」

北西のメインストリート。

装備を半壊させたガレス達の前で、ザルドは北西を一瞥し、言葉を落とす。

「自派閥《ゼウス》が消えて八年……俺達が知らない小娘共も育つ、か」

「あの娘《むすめ》達は中でも特別だがな……！」

Ｌｖ．７の嘘のない評価に、肩で息をしているシャクティが不敵に笑ってみせる。

突破口を開いた【アストレア・ファミリア】に静かな喝采を送る彼女の隣で、ガレスも口角を上げげた。

「諦《あきら》めるついでに、儂等《わしら》に道を譲るのはどうだ？　ここまでくれば一人二人通しても変わるまい！」

「駄目だな。他者の責任など知りはしないが、『冒険者は通すな』とエレボスに言われている。奴の神意には従う、そういう『契約』だ」

ドワーフの呼びかけに対し、ザルドの答えは簡潔。

大の大人を優に超すほどの黒塊が冒険者達に向かって構えられる。

未だ立ち塞《ふさ》がる壁に、損傷《ダメージ》の色濃いガレス達が思わず目を眇めていると、

「――では、冒険者以外ならば、通してもらえますか？」

声が響いた。

澄み渡り、淀みのない、凛とした一声が。

自分達の背後に立つ存在に、振り返ったガレスとシャクティは目を見張る。

「お前は……」

それはザルドも同じだった。

表情が窺《うかが》い知れない兜の奥から僅かな一驚が漏れる。

やがて。

「……いいだろう。あの糞爺《ゼウス》もお前には敬意を表していた。行け」

数瞬の沈黙を挟んだ後、『彼女』に答えた。

目庇《バイザー》の下に浮かぶのは確かな笑みである。

「図らずとも——『悪』もこの邂逅を喜ぶだろう」


「アリーゼ、みんな！」

エルフの声が夕焼けの空を飛んだ。

壁を蹴りつけ、あるいは巨大市壁の上から直接着地した【アストレア・ファミリア】は、真っ直ぐリューのもとへ向かってくる。

「リオン、迎えに来たわよ！」

いの一番にアリーゼが駆け付けると、背後に続く少女達が次々に好き放題言ってくる。

「よぉー、家出エルフ。散々迷惑をかけやがって、アタシ達に何か言うことはあるか？」

ライラは頭の後ろで両手を組み、からかうように笑った。

「わたくしは謝罪ではなく、誠意を示して頂きたいですねぇ……………しばらくお前の仕事は我々の下僕《げぼく》だ。ぶぁーかめ」

輝夜《カグヤ》は大和撫子のようにたおやかに微笑んだかと思うと、猫のように目を細め、ニヤリと唇をひん曲げた。

「ライラ、輝夜《カグヤ》……ええ、いくらでも借りを返しましょう！」

二人の笑みを前に、リューは深い反省と、それ以上の喜びをもって受け入れる。

「心配したんだから！」「いい顔になったじゃん」というノイン達の声も含め、あれだけ冷たかった四肢に熱が行き渡っていく。

「【アストレア・ファミリア】……！　いやっ、まだだ！　たかが一つの派閥が現れただけ！」

集結したアリーゼ達に、オリヴァスは一瞬たじろぐが、踏みとどまって威勢を纏《まと》い直す。

「第一級冒険者でもない小娘どもなど恐れるに足らん！　この軍勢をもって押し潰してくれる！」

ウオオオオオオオオオオオ、と兵士達の吠声が続く。【アストレア・ファミリア】を脅威と見なした彼等は獣のように群れ、四方八方より殺到してくる。

「うん、ちょっとうるさいわね！　リオンとちゃんと話さないといけないし、周りの人達も助けないといけないし――」

自分達を圧し潰さんとするその光景に、アリーゼは臆《おく》しもせず、左手を腰に置き、防具《ブレストアーマー》に包まれる胸を張った。

「――みんな、やるわ！」

そして、右手に持つ片手剣《クリムゾン・オーダー》を振り鳴らす。

「もう誰かが傷付くのは終わり！　誰かを泣かせる貴方達を、しっかり倒してあげるわ！」

その号令に、リューが、輝夜《カグヤ》が、ライラが、ネーゼ達がそれぞれの得物を携え、勢いよく駆け出した。

それは番《つが》えられた矢が、限界まで引き絞られた弦によって放たれるように。

あるいは抑圧され、溜《た》め込《こ》まれた想いが爆発《ばくはつ》するように。

少女達は迸《ほとばし》った。

「はぁああああああああああああ!!」

衝突はすぐ。

エルフの木刀が敵をいっぺんに薙ぎ払い、極東の刀が音もなく数多の凶刃を斬り伏せる。投じられた番の飛去来刃《ブーメラン》が敵の自爆を防ぎ、仮借ない『魔法』の砲撃が辺りごと吹き飛ばす。

迷いはない。澱《おり》は消えた。その瞳は力を取り戻している。

少女達は思い上がるのを止めた。気付くことができた。

未だ『正義』の真たる答えに至ることはできない自分達は、星の光に導かれ、歩みを重ねる旅人であることを。

巡っていく『正義』とともに、彼女達は進むのだ。

リュー達の攻勢は怒涛だった。

まさに決河の勢いで闇派閥《イヴィルス》の突撃を蹴散らし、驚愕《きょうがく》する兵士達を押し返す。

幾つもの剣閃が瞬き、魔力のしぶく音がかき鳴らされていく。

「……戦ってる」

ぽつり、と。

視界に広がる勇ましい光景に、民衆の一人が声を落とす。

「あんなに速く……あんなに強く……」

「私達を、守るために……？」

彼等は無力で、彼女達は守られることしかできなかった。

少女達の気高い背中に胸を動かされ、喉元《のどもと》までせり上がる衝動に耐えることしかできない。

「でも、俺達は……」

悲しみと喪失に目が眩み、あの少女達に石を投げた。

呟きを発する青年の脳裏に、薄鈍色の髪の娘《むすめ》の言葉が蘇《よみがえ》る。

手から零れ落ちた犠牲は消えない。悲しみはすぐに風化してくれない。それでも悲しみを乗り越えて『正しく』在ろうとする【アストレア・ファミリア】に対し、青年は視線を足もとに向け、忸怩《じくじ》たる思いをこぼすことしかできなかった。

「なぁ、応援してやってくれないか？」

「えっ……？」

そこへ、一人の虎人《ワータイガー》が歩み寄る。

「俺は、あんた達が何をしたかは知らない。でも【アストレア・ファミリア】は、あんた達のために戦ってる」

アリーゼ達の参戦により、ようやく包囲網を突破したファルガーは、自身も傷だらけとなりながら、冒険者の一人として訴えた。

「だから、どうか力を貸してやってくれ」

彼が投げかける笑みに、青年の目尻に涙が溜まる。

「…………がんばれっ」

次には、詰まる喉をあらん限りの力で震わせ、ずっと言えなかった言葉を叫んだ。

「頑張れぇええええええええええ!!」

青年の声を皮切りに、周囲から大きな声援が生まれる。

「頑張れっ、頑張れぇえ！」

「ごめんなさいっ、ごめんなさい……！　酷いことをして、ごめんなさい！」

「もっとっ、ちゃんと謝りたいからっ……だから、負けないで！」

男も、女も、老人も子供も声を張り上げた。

戦う者へ放たれる民衆の歌に、娘《リア》の母親は一人、立ちつくしていた。

「……なぁ、お前。もう、いいだろう？」

「あなた……」

「娘《リア》は死んでしまったけど……もう、彼女達に責任をなすり付けるのは、止《よ》そう」

歩み寄る夫のヒューマンは、涙を堪《こら》え、声を震わせる。

「私達があの娘《こ》を守ってやれなかった責任は、私達が受け止めよう。だから……娘《リア》と彼女達に、償いをしよう」

「ううっ……あぁぁぁぁぁぁぁ！」

娘《リア》の母親は泣き崩れた。

泣き崩れて、足も膝も汚しながら、叫んだ。

「……がんばってっ。がんばってえぇぇぇぇぇ！」

ようやく、『正義』を応援することができた。

「――覆《くつがえ》った」

エレボスは偽りなき驚きをあらわにする。

嘲笑も冷笑も忘れ、教会の外から届いてくる聖戦と声援の重奏に、瞳を見張りながら。

「完璧《かんぺき》に、決定的に、言い訳のしようもなく……あれほどの『絶望』が、『希望』へと。たかが十と一人の眷族によって、完全に息を吹き返した」

それは感嘆である。『絶対悪』を掲げる邪神の目から見ても、覆された盤面は『未知』の光景としか言いようがない。

「リオン……それが、お前の『答え』か」

ステンドグラスの奥に見える、疾風のごとく駆けるエルフの姿。

力強く、何者よりも疾《はや》い妖精の飛翔に、エレボスは笑みを滲ませる。

「ならば、俺も『契約』を遵守《じゅんしゅ》しよう。ありとあらゆる手段、軍勢、殺意をもって民衆を殺戮する」

しかし、それも一瞬。

酷薄な凶笑へと変貌した口端を、真っ赤な舌《か》が小さく舐《な》め上げる。

放置された分岐器《ぶんきき》を手に取り、凶悪な量の爆弾を貨車《トロッコ》に積み、制御不能の破滅を走らせようと神意を定める。

「やれるものなら『正義』を遺《のこ》してみろ。今より殺戮の号令を――」

妖精が出した答えの『代償』を支払わせようとした、その時。

「それを下す前に、私と話をしましょう」

教会の奥から響いた声を聞き、再びエレボスの顔が驚きに染まった。

側廊の奥から靴音を鳴らし、闇を裂いて現れるのは、一柱の女神だった。

「……アストレア？」

「ええ、私よ。エレボス。先日会ったばかりだけど、あえて言うわ。……久しぶりね」

天の川のように滑らかな胡桃色の長髪に、星のごとき美しい藍色の双眸。

エレボスは驚きが抜け切らない瞳に反して、その唇をつり上げていた。

「おいおい。まさか、本当に？　一人でやって来たのか？　大人しい顔をして『お転婆』だとは前から思っていたが、まさかここまでとは。ははははっ……恐れ入るぞ、正義の女神」

何故《なぜ》ここにいる、とはエレボスは問わなかった。

恐らくはザルドの仕業だろう。『第七区画』を守るよう命じた『覇者』の中でも、神経質なアルフィアはともかくあの武人ならこのような粋なことをする。

彼の愉快げな眼差《まなざ》しに晒《さら》されるアストレアは、毅然《きぜん》とした態度で答えた。

「不思議でも何でもないわ。私の娘達《こども》が世話になったそうだから、貴方に会いにきたの」

「そうか、嬉《うれ》しいな、光栄だ。だが俺に押し倒され、その悩ましい胸に黒銀の刃《ナイフ》を突き立てられるとは考えなかったか?」

邪神の目が弓なりに細まる。

その手には魔法のように、複数の神を天に還した黒銀の刃《ナイフ》が握られていた。

「あの夜、君を『生贄』に選ばなかったのは、ただの気紛れだぞ?」

『大抗争』で行われた『神の一斉送還』。

当時と同じ混じりけなしの殺気に、しかし『正義』の女神は表情を小揺ぎもさせない。

「言葉をもって戦いに臨む者に、凶刃で応《こた》えるのが貴方の『悪』?」

「……いいや、違うな。『悪』かどうかはさておき、少なくとも俺の『美学』じゃない」

そのアストレアの指摘に、エレボスは肩を竦めた。

「いいだろうアストレア、乗せられてやる。それに俺も君に聞いてみたいことがあった」

「『正義』について?」

「その通り。『本筋』とは異なるが、正義を司る存在にもぜひ教えてもらいたい」

邪神の笑みが深まる。

対峙する正邪の神を包む込むのは、激しい剣戟の音。

「子供達の争いの歌に抱かれながら、神々の語らいをしようじゃないか」

戦いの喚声が遠雷のごとく教会を震わせる。

荒々しくも気高い演奏に耳を愉《たの》しませながら、まずエレボスから問いを放った。

「問おう、アストレア。答えてくれ、女神よ。下界における『正義』とは？」

リューや輝夜《カグヤ》達が答えに窮し、苦しめられた問いに対し、アストレアが返すのは一言。

「『星々』」

「へぇ？」

エレボスの片方の眉が、興味深そうに上がる。

「あるいは、それに類するもの。空に浮かぶ数多の輝きと同じように、この地上にも数々の『正義』が存在する」

「随分と詩的じゃないか。だが俺の聞きたいことは、そういうことじゃない。真実、あるいは『絶対の正義』とは何だ？」

エレボスが核心を促すと、アストレアは瞑目し、軽く頭《かぶり》を振った。

「断言しましょう。『絶対の正義』は存在しない」

妖精の眷族が放った星屑の魔法が、罅割れたステンドグラスを通じ、女神と男神の横顔を幾つもの光で照らす。

「『正義』が一つに確立された時、下界は破綻を起こし、子供達は朽ちていく。支配、圧政、従属……自由は消失します」

「それは統一と同じだろう？　いいことじゃないか。少なくとも争いはなくなるかもしれない」

「たとえそうだとしても、確立した『正義』の中で序列が生まれ、序列の数字は残酷な『絶対』となって下の者に恭順を強いる」

　薄笑いを浮かべるエレボスの反論に、アストレアは真っ向から断ずる。

「やがて恭順は停滞となり、停滞は退廃となる。世界は腐り果てる」

「それは『正義』が一つじゃなくても同じだろう？　今の下界の姿が全てを物語っている」

「いいえ。異なる正義は『共存』できる。反発し合う『正義』が絶対的に多かったとしても、手を取り合える」

　そこで、エレボスの前に現れてから、アストレアは初めて微笑を作った。

「今のオラリオのように……あの子達のように。私達はそれを『光』と呼び、『希望』と呼ぶ」

　エレボスもまた、そこで初めて沈黙した。

　左手に肘を置き、右手を顎に添え、まるで子供のように思考に耽る。

「なるほど……『星々』、そして『希望』か。つまり不完全な下界の住人に向けた、群体の『正義』というわけだ」

　咀嚼するように頷きを繰り返し、一人呟きを重ねるその姿は、どこか愛嬌があった。

　かつて男が演じた優男《エレン》のように。

　邪神には似つかわしくない様子に、しかしアストレアは何も言わない。

　その唇に次に浮かぶものが何であるか、わかっていたからだ。

「だが、群体の『正義』を語る時点で、やはり俺の望む答えは聞けそうにない。残念だよ、アストレア」

　エレボスはやはり嘲笑を纏い直す。

　道化のように細められた瞳を、アストレアは見つめ返した。

「……エレボス。なぜ『正義』を問うの？　『絶対悪』を掲げておきながら、どうして貴方は、下界の『行く末』を知りたがるの？」

　両の眉尾を下げ、疑問を投げかける。

　それは正義の女神が邪神に問う、初めての『何故《なぜ》』であった。

「一人でここまで来たのは、それを問いただしたかったためか？」

「ええ。貴方の神意を知りたい」

「そうか。だが残念。それはもう君の眷族に散々答えた。知りたいのなら娘《むすめ》達に聞け。納得できるかは知らないがな」

「………………」

　冷笑的《シニカル》な表情で、ほとほとうんざりしたようにするエレボスに、アストレアは口を閉ざす。

『正義』と『悪』が見つめ合うことしばらく。

　ややあって、教会の外から届く戦場の歌に変化が訪れる。

「剣戟の音が減った……『正義』の勝ち鬨《どき》が迫っている。どうやら長話をし過ぎたようだ」

　割れたステンドグラスの奥に広がる光景を一瞥《いちべつ》し、エレボスは背を見せた。

「いいだろう。ここへ単身で赴いた君の勇気に敬意を表して殺戮はなしだ。――行くぞ、ヴィトー」

あっさりと身を引く主神に、陰にひそんでいた眷族が歩み出てくる。

アルフィアがいる間も、護衛としてずっと教会に待機していたヴィトーは、気まぐれな神に嘆息交じりの笑みを投げかけた。

「もうよろしいので？」

「ああ、概ね満足できた。予期せぬ再会もあったからな。アルフィア達や兵も退かせろ」

リューとの契約を自ら翻意するエレボスは、機嫌の良ささえ滲《にじ》ませながら、最後に顔だけ振り向かせる。

「それじゃあな、アストレア。次に俺がお前達の前に現れる時――終焉をもたらしてやる」

そう言い残し、今度こそ邪神とその眷族は去っていった。

取り残された教会の中で、アストレアは返ってくることのない呟きを落とした。

「……エレボス。貴方は何を望んでいるというの？」

「はぁああああああああああ！」

壮烈な一閃が駆け抜ける。

裂帛《れっぱく》の咆哮《ほうこう》とともに放たれたリューの斬撃は、怯《ひる》んだオリヴァスの体を捉えた。

「がぁぁぁ!?」

「オリヴァス様ぁ！」

咄嗟《とっさ》に構えられた『魔剣』ごと砕き、木刀が胸部に炸裂する。

【精神装塡《スキル》】の力も乗算された疾風の一撃は骨を砕き、オリヴァスに吐血《とけつ》を強《し》いた。

吹き飛ばされ、瓦礫の海を転がる彼のもとに、闇派閥《イヴィルス》の上位兵が駆け寄る。

「オリヴァス様、どうか撤退を！　このままでは……！」

「馬鹿なっ、馬鹿なぁ……！　あれだけの戦力差がありながら、何故っ……！」

兵に支えられながら口もとを荒々しく拭うオリヴァスは、双眼を血走らせながら前を睨《にら》みつけた。

折れることのない武器を持ち、意志を秘めて相対する【アストレア・ファミリア】の中で、リューがそれを言い渡す。

「私達の『正義』を信ずる意志が、お前達に勝った。それだけだ」

「おのれっ、おのれぇ……!!　くそぉぉぉぉぉぉ!!」

オリヴァスの相貌が悪鬼のごとく歪む。

砕けんばかりに歯を嚙《か》み締《し》めていた闇派閥《イヴィルス》の幹部は「――撤退だ！」と吠えた。

怒りと屈辱に染まった叫喚は直ちに広まり、兵士達が速やかに離脱していく。

「深追いは……なしだな」

「ああ。こっちもボロボロだ……。特に、連戦続きのアタシとお前」

刀を持つ手をだらりと下げた輝夜《カグヤ》の隣で、やせ我慢をしているライラが小さな膝を震わせる。

「でも──みんなを守れたわ」

鞘に剣を収めたアリーゼは、太陽のように笑った。

『おおおおおおおおおおおおおおおおおおおおおおおおおおお！』

振り返れば、そこには歓声を上げる民衆がいる。

誰もが泣きながら叫んでいる。そしてその中には、笑みを咲かせる者もいた。

生き残った冒険者達も腕を振り上げ、『でかした！』とばかりに戦い抜いた少女達と勝利の余韻を分かち合う。

自分達を包み込む声々に目を細めるアリーゼは、ややあって、リューのもとへ足を向ける。

「リオン」

「アリーゼ……」

最後に別れてから五日と経《た》っていない筈なのに、もう何年も会っていない気がした。

それくらい二人の顔付きは変わっていた。

それほどまでに、二人は『正しき』を問いかけ、『正義』を探す旅を続けていた。

「私達が追い求める『正義』って何か、って聞いたわよね。私、あれからずっと考えてたの」

輝夜《カグヤ》達に見守られる中、アリーゼが告げる。

「でも、無理だった。今の私じゃあ、答えは出せなかった」

言葉とは裏腹にすっきりとした笑みを浮かべる赤髪の少女に、リューもまた微笑む。

「……私も、『正義』の在り方に気付くことはできても、私達の『正義』は一体何なのか、わからなかった」

同じ場所に辿り着いていたリューに、アリーゼは破顔する。

「そう、私と同じね！　なら、探し続けましょう！」

「えっ？」

「私達の『正義』を！」

空に昇った少女の声を聞いて。

離れた場所から見守るアスフィは一人、微笑みを浮かべていた。

「アスフィ、大丈夫か！　……アスフィ？」

「ファルガー。私は、確かに……『今、何をしなければいけないのか』、わかる……」

怪我《けが》を心配し駆けつけてきたファルガーは、彼女の微笑を見て動きを止める。

虎人《ワータイガー》の青年が言ってくれた言葉を引き合いに出しながら少女は、胸に宿る、ありのままの思いを口にする。

「今、ここで、誰が叫び声を上げなくてはならないのか……オラリオの絶望を払うことができるのは、誰なのか」

それは【勇者《ブレイバー》】でも、【猛者《おうじゃ》】でもない。

他の第一級冒険者でもない。

「敵が『悪』を名乗るというのなら――『希望』の雄叫びを上げるのは、『正義』を抱く彼女達しかいない」

ファルガーの顔が驚きに染まる中で、アスフィはその夕焼けの光景に想いを溶かした。

彼女の願いに応えるように、アリーゼは声を上げる。

「『正義』に答えは出ない。いいえ、進んだ分だけ複雑化する。人々が、時代が、世界が、唯一の『正義』なんて許しはしない。――それでも！」

傷だらけの拳が、ぎゅっと、胸の高さで握られる。

「それでも、追い続けましょう！　いくら笑われようとも、神様に馬鹿にされたって！」

不敵な笑みさえ浮かべ、次には、確かな真実を口にした。

「だって、変わり続ける『正義』を追い求めることは、不変じゃない私達にしかできないことだから！」

少女の声を聞く教会の奥で、一柱の女神が微笑みを送る。

「私達が灰になって天に還った時、神様に叩きつけてやりましょう！　これが私達の『正義』

だって！　悩んで、間違って、ボロボロになって、それでも辿り着いた『答え』はこれだって、私達の生涯《すべて》をもって証明するの！」

「アリーゼ……」

ライラが目を見張る。

「安心しなさい！　もし私が先に死んじゃったら、うじうじしてる貴方達の背中を天界から戻ってきて、どついてあげる！」

「ふっ……」

輝夜《カグヤ》は目を瞑り、笑みをこぼす。

「だから、前へ！　恐れずして、前へ！」

意志は気高く。

瞳の輝きは衰えず。

その誓う声は強い。

【アストレア・ファミリア】の面々に向けられるアリーゼの号令を前に、リューはこの時、心の澱が完全に消えるのを感じた。

「アリーゼ――」

思い違いを正そう。

私達《リュー》が選ばなければならないのは、『正答』ではない。

恐れず、挫けず――『進み続ける』ことだ。

(きっとこれからも私は迷い続ける)

傷付き、絶望し、何度も立ち止まるだろう。

それでも、旅を続けよう。

『正義』を知る、この遥かなる旅路を。

「さぁ、産声を上げましょう！」

高らかな歌声が黄昏の空を貫き、オラリオの隅々にまで響く。

「今、ここで！　都市のみんなにも聞かせてあげるの！」

西のメインストリートで、空を仰《あお》ぐアイズは耳を澄まし、リヴェリアは笑みを宿す。

「絶望を切り裂く光の歌を！」

北西のメインストリートで、ガレスが髭《ひげ》をしごき、シャクティが目を細める。

「希望をもたらす、『正義』の雄叫びを！」

ギルド本部の屋上で、啞然とするラウルを隣に、フィンは敬意の眼差しをもって称える。

「使命を果たせ！　天秤を正《ただ》せ！　いつか星となるその日まで！」

始まるのは『正義』の讃歌。

正しきを胸に秘めては追い続ける誓いの歌。

赤い髪を揺らし、紅の秩序たる剣《つるぎ》を構え、少女は謳う。

「秩序の砦《とりで》、清廉《せいれん》の王冠、破邪の灯火《ともしび》！　友を守り、希望を繋げ、願いを託せ！　正義は巡る！」

その歌は民衆に、都市そのものに焼き付いた。

その歌は妖精の奥深く、決して忘れることのない魂の底に刻まれた。

「たとえ闇が空を塞ごうとも、忘れるな！　星光《ひかり》は常に天上《そこ》に在ることを！」

『悪』がもたらす闇に一度は敗れ、失墜し、それでも立ち上がった『正義』の光が、星明りとなって『英雄の都《みやこ》』を照らし出す。

「女神の名のもとに！　天空を駆けるが如《ごと》く、この大地に星の足跡《あしあと》を綴《つづ》る！」

冒険者は胸に迫る高揚を叫んだ。

民衆は気付けば涙を流した。
そしてリュー達は、正義を誓う宣言に自らも参列した。
『正義の剣と翼に誓って!!』
重なる少女達の声が都市を震わす。
人々が上げる希望への歓声は、どこまでも鳴り響いていった。

誰かは嘆いた。
『黒く、厚い雲に覆われて星など見えない』と。
誰かは嗤《わら》った。
『まるで正義が邪悪に呑み込まれたようだ』と。
そして、少女達は笑い返した。
『闇を切り裂き、天と地を繋ぐ星の架け橋となる』と。

絶望は払われ、混沌は呻《うめ》き、光は輝きを取り戻す。
この日、『正義』は蘇った――。

十一章
戦士晩餐
～ FINAL WAR EVE ～

ASTREA RECORDS
evil fetal movement
Author by Fujino Omori Illustration Kakage
Character draft Suzuhito Yasuda

夜の帳《とばり》が落ち、オラリオの頭上が蒼然《そうぜん》と染まる。

空は晴れていた。

厚く灰色の雲は姿を消し、今や星々を覆《おお》うものは何もない。

美しい星の輝きに照らされる都市もまたいくつもの魔石灯を灯し、暖かな光を宿している。

耳に届いてくるのは、昨日までにはない喜びの喧噪《けんそう》だった。

「少し前までは、葬儀めいた空気だったくせによ……都市が息を吹き返しやがった」

そんなオラリオの様相を、ヴァレッタは巨大市壁から眺めていた。

『第七区画』の侵攻から既に数時間。戦いに動員されていた闇派閥《イヴィルス》の全兵士は撤収し、都市を取り囲むこの巨大市壁まで戦線を下げていた。守りを固める冒険者達も追撃や深追いは行わず、停戦めいた静けさが漂っている。

「オリヴァスの野郎、だから余計なことをするなと言ったじゃねえか。せっかく死にかけてた連中が、また調子に乗り始めちまった」

未《いま》だ余裕を窺《うかが》わせながらヴァレッタが悪態をついていると――トッ、トッ、と。

彼女の背後で、軽《かろ》やかで弾むような靴音《タップ》が二人分、奏でられる。

「今夜のオラリオはとても賑やかね、ヴェナ!」

「ええ、ディナお姉様！　とても楽しそうで私、今にもブッ壊《しゅくふくして》してあげたいわ！」

【アレクト・ファミリア】首領、エルフのディース姉妹は両の指を絡《から》め合い、子供のように踊っていた。

無垢《むく》な笑みに相反する殺意を言葉の端々に滲《にじ》ませながら、ヴァレッタに微笑みかける。

「「ねぇヴァレッタ、あそこに真っ赤な花束《まほう》を投げ込んでもいい？」」

「話を聞いてなかったのか、糞エルフども。余計な刺激を与えちまえば冒険者はアホみてえな力を発揮する。そういう人種だろうが、あの気狂いどもは」

ディナとヴェナの邪悪たる無邪気《イノセント》の笑い声に、ヴァレッタは相手にするのもほとほと面倒そうに告げる。

「それに迂闊《うかつ》に幹部《わたしたち》の場所を知らせると、フィンの『槍』が飛んでくるぞ？」

ヴァレッタがそう告げると、「「それは怖いわね！」」と二人はあっさり殺意を霧散させた。

この『妖魔』達はいくら壊れていても愚かではない。ここ数日、派閥内で戦闘を繰り返している【フレイヤ・ファミリア】――ひいてはヘグニとヘディンに、『ちょっかい』を何度もかけようとしていたが、第一級冒険者達の『儀式』の邪魔だけはさせぬと目を光らせる強靭な勇士《エインヘリヤル》達の厳重な警備を前に断念している。

彼女達の今の関心は、いかに同胞《メインディッシュ》の陵辱を堪能しきれるかという一点だ。

雑兵のせいで手傷を負って、満足に剣《ナイフ》と杖《フォーク》を持てなかったでは話にならない。それはちょうど勇者《ブレイバー》に執着しているヴァレッタの心境とも似ている。

このような壊れた姉妹と間違っても同じ人種であるなどと認めないヴァレッタは、煩《わずら》わしそうに鼻を鳴らしたが。

「相も変わらずオラリオは規格外ですなぁ」

そこで、恰幅のいい初老の獣人が、市壁内部の階段をちょうど上ってきた。

「いかなる『不正』をもってしても、純然たる第一級冒険者には敵《かな》わないというのが口惜《くちお》しい。我が主神《あるじ》の教理にことごとく背《そむ》く」

「バスラム……『精霊兵』の仕込みは？」

「あと二日もあれば必ず。多大な戦力を約束する代わりに、度重なる『調律』を施さなければならないが難点ですな。我等が叡智《えいち》の産物ながら」

バスラムは手にする錫杖《しゃくじょう》を揺らしながら答えた。

【アパテー・ファミリア】の切り札、【フレイヤ・ファミリア】を追い込んだ『精霊兵』は、その外法の成り立ちから実戦に投入する度、魔術師《メイジ》や呪術師《ヘクサー》達が調整をしなければならないという欠点がある。でなければ素体である冒険者と無理矢理注入された『精霊』が拒絶反応を起こし、精神の錯乱及び肉体の崩壊が始まるからだ。最悪バスラムの『錫杖』による制御《コントロール》も受け付けなくなる。

どれだけ『不正』を用いようとも、そこには代償が発生し、運用には支障が出る。

『純然たる第一級冒険者には敵わない』というバスラムの言葉はここにもかかっていた。

「てめえ等の準備が整うなら構わねぇ。オラリオがどれだけ息を吹き返そうが、またあの夜のように踏み躙ってやる。……邪神様のとっておきの『計画《シナリオ》』と一緒にな」

『精霊兵』が闇派閥《イヴィルス》の中核を担う大戦力でもあるが故に、今日までヴァレッタ達が決して欲張らず、『嫌がらせ』に従事していたという側面は多分にある。

勇者《フィン》の読み通り、ヴァレッタ達は『機』が熟すのを待っていたのだ。

「しかし……【アストレア・ファミリア】を舐《な》めていましたね。ロキ、フレイヤ派《は》さえ注意していればいいと思っていましたが……」

ヴァレッタが胸壁に片足をかけ、『英雄の都《みやこ》』を見下ろしていると、最後に現れたヴィトーが、血のように赤い髪を揺らして彼女の隣に並んだ。

負傷した白髪鬼《オリヴァス》を除いた、闇派閥《イヴィルス》最高位の幹部陣が勢揃いする。

「『正義』の眷族達は、こうも都市の『希望』になりえた。ええ、ええ、彼女達もまた『選ばれし者』ということでしょう！」

まるで英雄譚に興奮する子供のように、男は喝采する。

そんな彼を横目に、ヴァレッタは足もとに唾を吐いた。

「うぜぇ笑みを浮かべてんじゃねー、『顔無し』。てめぇの主神が悪乗りしたことも無関係じゃねーぞ。私に何も言わず陣形を動かしやがって、詫びの一つでも必要なんじゃねーか？　……当の邪神様はどこに行きやがった？」

笑みはそのまま、眼差《まなざ》しに針のような殺気を乗せると、ヴィトーは欠片《かけら》も臆することなく述べる。

「残念ながら、我が主は既に発ちました」

糸のように細い片目をうっすらと開けて、唇に緩やかな弧を引きながら。

「計画通り、『絶対悪』の王として……『終焉』のもとへ」

◆

都市中央の一角に経《た》つ、二階建ての酒場。

帰る場所を失った民衆のために開放されている建物の一つは、今は光を漏《も》らし、賑やかな声に包まれていた。

「がっふ、がっふ！　んぐっ、んぐっ──美味《うめ》ぇえ～～～～～～～!!　生き返るぅ！」

大皿を持って、大飯をかき込むのはヒューマンの男性である。

オリヴァスの砲撃から身を挺してリューを守った、あの暴漢だ。

「本当に、すっかり生き返ってしまった……。庇《かば》われた身として、あらゆる手をつくしたのは事実ですが……」

その光景に、覆面を纏《まと》ったリューは思わず呆《あき》れ果てた。

血が足りていないのか食いまくっては飲みまくる男を他所に、すぐ隣にいるアリーゼは何故《なぜ》か目を瞑《つむ》ったドヤ顔を披露する。

「リオンったら必死だったものね！ 『アーディが赦《ゆる》し、私を庇ってくれた彼を死なせたくない！』って。まぁ実際、アスフィの次くらいに重傷で、危なかったけど……」

匙の動きを止めた男は腕で口もとを拭った。

見せつけるのは、今も装着している焦《こ》げた痕《あと》のある鎧《よろい》だ。

「ふっふっふっ、何のためにいつも鎧を身に着けてると思ってんだ！ 上級冒険者の防具様々《さまざま》だぜ！」

「……スリで日々を凌《しの》いでいた者が、上級冒険者の鎧など購入できる筈がない。まさか、それも盗品ですか？」

途端、リューの瞳《ひとみ》が細まる。

まさに盗人を見つけた憲兵の眼差しに、男はあっという間にたじたじになった。

「うっ……⁉ か、返すっ、返すって！ ちゃんと修理して、【ファミリア】に謝りに行く！ だからっ、その……！」

男のその言葉に。

リューは一拍を置いて、覆面の下で唇を緩めた。

「……わかりました。信じます。贖《あがな》いをするというのなら、私は貴方を裁かない」

「へぇ、リオンったら責めないの？ 悪いことには然《しか》るべき報いを、って言ってなかった？」

アリーゼから指摘され、リューはそこで初めて心境の変化を自覚した。

だが、それにもすぐ納得できた。

一つの『正義』に囚われず、時には受け入れ、耳を貸し、『正義』とは何か問い続けることこそ大切なことだと、友の姿を通して気付くことができたから。

「赦すことも必要だとアーディに教えてもらった。ただ、それだけです。……って、何ですか、アリーゼ？　そのニヤついた顔は……」

「リオンが成長してるみたいで、嬉《うれ》しいだけよ！　もぉー、すっかり凛々《りり》しくなっちゃって！　抱き着いちゃうわ！」

と、そこでアリーゼは満面の笑みで横から抱き着いた。

お互いの頬《ほお》がくっつき合い、たちまちリューの顔が薄紅色に染まる。

「アリーゼ⁉　やめてくださいっ！　こんな衆目の前で――ひぃあ⁉　み、耳に頬擦《ほおず》りしてはダメです‼」

体を揺らし合ってはじゃれ合う――片方は本気で恥ずかしがっている――正義の眷族達。

そんな年相応の少女達の姿に口を開けて笑っていた男は、おもむろに指で鼻の下をさする。

「あの、よ……その、なんだ。宣言ってわけじゃねえんだが…………もう、悪さはしねえ」

多少の照れ隠しと緊張、あとは決意。

男は憑《つ》きものが落ちた表情で笑う。

「頑張って、真人間になってみる。空の上で、あのガキを、がっかりさせねえように……」

「ええ……アーディも、きっと喜ぶわ」

アリーゼは目を細め、リューもまた唇に笑みを宿した。

「遅くなりましたが、貴方に感謝を。身を挺して守ってくれて……そしてアーディを忘れないでくれて、ありがとうございます」

三人は笑みを分かち合った。

それと同時にこの光景もアーディがもたらしたものだと思うリューは、もうここにはいない友を誇りに思った。

正義は巡る。彼女の意志は、彼と自分達に脈々と受け継がれていく。

気恥ずかしくなったのか、「じゃ、小便にでも行ってくるぜ」なんて言って、男はその場を辞した。彼の背中に巡った正義を幻視し、リューはやはり微笑を湛えるのだった。

「いい話をしているところで悪いが……いいのか、団長？　このような大盤振る舞いで？」

男と入れ替わるように、輝夜《カグヤ》がリュー達のもとへやって来る。

頬をほんのり上気させ、ちゃっかり片手に酒瓶《びん》を持っている彼女は、視線を辺りに向けた。

用意された料理や酒を楽しんでいるのは一般市民、そして冒険者だった。

まさに宴のごとく食料が振る舞われ、日々疲弊していた者達が体を潤している。

中には冒険者達に感謝の言葉を告げる者、あるいは涙ながら謝罪する者もいた。

石を投げた青年や、娘《リア》の母親達も【アストレア・ファミリア】に頭を下げては、笑みを浮かべたり怒った振りをしているネーゼ達に許しをもらっている。

小さく唇を曲げつつ、輝夜《カグヤ》は至極真っ当な意見を口にした。

「馳走に酒まで……いくら都市の空気が一変したとはいえ、ここまで振る舞っては兵糧などあっという間に尽きるぞ？　この飯《めし》と酒の出どころはどこだ？」

「実は私もよく知らないのよね!!」

「自信満々に言わないでください……。私は【ヘルメス・ファミリア】が用意したと聞きましたが」

薄い胸を張るアリーゼに溜息《ためいき》を堪えつつ、リューが斜向《はすむ》かいの卓に視線を向けると、炙った肉に食らいついていたファルガーが気付き、笑みを返す。

「ああ、安心してくれ。アスフィの指示で都市の繁華街から回収した『本命の物資』はまだ残ってる。今、振る舞ってるのは……」

虎人《ワータイガー》の青年は、窓の外に見える隣の商家を見やり、肩を竦めた。

「うちの主神が、どこからともなく運んできたものだ」

「いやぁ～、疲れたよ！　都市外《としがい》に繋《つな》がっている創設神《ウラノス》用の秘密地下通路《ぬけみち》を往復する毎日！」

眷族に噂されていることも露知らず、ヘルメスは己《おのれ》の苦労を語っていた。

件の商家の二階で、身振り手振りを交えながら。

「豊穣神《デメテル》と協力して、彼女の『隠れ家』に保管してある大量の食糧を運搬する……重要とはいえ、今までの厄介事《しごと》の中で一番地味だった」

「ご苦労様、ヘルメス。でも、都市を包囲している闇派閥《イヴィルス》には気付かれなかった？」

彼の話を聞くのはアストレア。

彼女の質問に、ヘルメスは「そこは抜かりない」と気障ったらしく胸に手を添える。

「ベオル山地の麓《ふもと》にある抜け道を出入りしたのは、俺《おれ》を含め、旅人に扮《ふん》した下級冒険者《ローリエ》達だけ。敵に察知されないよう細心の注意を払った。ま、少数だったが故に運搬を終えるのに今日まで時間がかかってしまったわけだが」

【ヘルメス・ファミリア】の情報網は迷宮都市内外を問わない。

ギルドから特例としてオラリオの自由な出入りを許可されている中立派閥《ヘルメス・ファミリア》は、ほぼ常に『都市外担当』の眷族が他国他都市で活動している。『大抗争』の夜から闇派閥《イヴィルス》によって誰《だれ》もが巨大市壁の内側に閉じ込められている現状で、【ヘルメス・ファミリア】が都市の外で秘密裏に、かつ迅速に行動できた理由はそこにあった。

「付け加えると、同じ理由で援軍の類を連れてこれなかった。そこは申し訳なく思ってる」

「いいえ、十分よ。おかげで都市の子供達、全《すべ》てに食料が行き届く。それに医療具や道具《アイテム》まで持ってきてもらったわ」

ヘルメスの謝罪にアストレアは首を横に振った。

中央の本陣で指揮を執っているフィン達もかねてから頭を悩ませていた通り、物資不足は闇派閥《イヴィルス》と戦う上での懸念《けねん》事項だった。それが解消されただけでも、オラリオ側の士気は一気に明るくなったと言っていい。

「困窮していた者達にも活力が戻る。これで私達は戦えるわ。本当にありがとう、ヘルメス」

「喜んでもらえたようで何より。——で、そこでなんだが」

女神が謝意とともに一笑を贈ると、ヘルメスは真剣な表情で、居住まいを正す。

「アストレア、どうかオレにご褒美をくれないか？」

「ご褒美？」

間は一瞬。

首を傾げる麗しの女神に、男神は飛びかかった。

「——アストレアママァ〜！　オレ、すっごく頑張ったんだよ〜！」

全力で幼児化して抱き着きにきた男神を、ひらりと。

目を丸くするアストレアは危なげなく回避した。

身のこなしで旅人の神に劣るほど、正義の女神は落ちぶれていない——剣《つるぎ》と天秤を持ち、時には裁きを下す彼女はちゃっかり武闘派の一面も持っている——。

「ご褒美にぃ、膝枕《ひざまくら》をしてぇ、頭をヨシヨシしてほしいなぁ〜！」

だが敵もさることながら、猫撫《ねこな》で声で天国《バブバブランド》を要求してきた。

これには苦笑するしかないアストレアだったが、

「ふんッッ！」

「ごぽぉぉ⁉」

横から別の鉄槌が下った。

「それ以上アストレア様に近付いたらブチのめしますよ‼」

「既にブチのめされてまーーーーすっ⁉」

顔を真っ赤にしたアスフィから繰り出された拳《こぶし》がヘルメスの横っ面に炸裂《さくれつ》する。

床を転がった挙句、壁に衝突した神目がけ、大股で近寄る眷族の追及は収まらない。

「大体なんですかっ！　全然姿を見せないで、心配をかけて！　事前に連絡しておいてください！　このっ、このぉ！」

「すいませんっ、すいませぇんアスフィさぁん！　ちょっと待ってて、顔面っ、顔面の形っ、変わっちゃう……！」

生肌の上で弾《はじ》ける打撃音がヘルメスの命を順調に削っていく中、やはり苦笑を深めるしかないアストレアが「アスフィ、そろそろ……」とやんわりと止めに入った。

「ふーーっ、ふーーーーっ……‼」

「うぅぅ…………まぁ、アレだ。上級冒険者《おまえたち》にはどうしても都市に残って、戦ってもらわないといけなかった」

怒りのあまり肩で息をするアスフィに、ヘルメスはよろよろと立ち上がった。

落ちた帽子を拾い、埃《ほこり》を払ってから、ふざけた態度を放り投げる。

「余計な情報を与えて、負担をかけたくなかったんだよ。悪かったな、大変な時期に一緒にいてやれなくて」

「あ、頭を叩《たた》かないでくださいっ……どうせ、私のことなんか何も考えてなかったくせに……」

謝罪の意も滲《にじ》ませながら笑いかけ、ぽんぽんと髪を叩いてくる主神に、アスフィは先程とは別の意味で顔を赤くさせた。

「そんなことないさ。……これが終わったら、ファルガー達と一緒に前団長《リディス》と、他の奴等《やつら》の墓《ところ》へ行こう」

「…………はい」

その言葉に、アスフィは動きを止める。

顔を伏せることで潤む瞳を隠した後、しおらしく頷《うなず》いた。

「イチャイチャしてるところ、悪りぃんだけどよぉ～」

「イ、イチャイチャ……!? そんなことしていません！」

と、そこで。

心底どうでも良さそうに割って入ってきた小人族《パルゥム》に、アスフィは赤面して声を裏返した。

どこ吹く風のライラは、軽薄な口調で要求を告げる。

「一族の勇者サマのとこへ行って、【ヘラ・ファミリア】の化物について話を聞いてきた。魔道具《マジックアイテム》、作ってくれよ。【万能者《ペルセウス》】」

唇に浮かぶのは鼠の笑みだった。

誰よりも強い『覇者』を相手に突破口を見出し、少しでも勝率を上げんとする、狡賢《ずるがしこ》くも生き汚い『策士』の笑みだった。

顔に驚きを広げたアスフィは、すぐにげんなりした表情を纏い直す。

「既に【勇者《ブレイバー》】から依頼を受けて、大量の『耳飾り《アクセサリ》』を用意している最中なのですが……」

「それじゃあまだ足りねえ。アタシの案にフィンも同意した。あの女を倒すためにも、やってくれよ～。魔道具作製者《アイテムメイカー》～」

「そうポンポンと作れませんよ……！　しかもソレ、絶対時間が足りないやつじゃないですか！　私、これでも怪我人《けがにん》なんですよ⁉」

「寝なけりゃ間に合うだろ。似たような防具の『原型』ならあるって話だ。魔術師《メイジ》の連中と一緒にアタシも手伝うからよ～」

「あ、こらっ、【狡鼠《スライル》】！　押さないでください！」

そうこうしているうちに、ニヤニヤと笑うライラにアスフィは押し切られた。

子供のように小さい小人族《パルゥム》にぐいぐいと腰を押され、悲鳴を上げるヒューマンの少女が部屋から出ていく。

「……ヘルメス。エレボスに会ったわ」

ややあって。

静まり返った室内で、女神は切り出した。

「聞いたよ。一人で直接乗り込みにいったって。その話を耳にして卒倒しそうになった」

まるで鏡のように、アストレアと同じくヘルメスも神の顔を浮かべる。

弛緩した空気は消え、張り詰めた神意が二柱《ふたはしら》の間で交わされる。

「それで？　どうだった？」

「何も変わらなかった。天界の頃のエレボスのまま。……何も変わらないまま、誰よりもオラリオを滅ぼそうとしていた」

アストレアの言葉に、ヘルメスは瞑目《めいもく》した。

その横顔は全てを悟る賢人のようにも、疲れ果てた老人のようにも見えた。

「地下世界の神、か……。ロキやオレと同じ破天荒《タイプ》ではあるが、闇派閥《イヴィルス》に加わり、邪神として活動していたなんて全く知らなかった」

あるいは、相手のことを一途に憂う、友のそれだった。

「これがお前の『真の望み』か、エレボス？　もう酒を酌み交わすことはできないのか……我が神友《とも》よ」

「――悪いな。遅れた」

暗い、暗い、闇の中。

どことも知れない『迷宮』の奥で、『悪』は笑みを落とした。

「ふざけんじゃねえぞ、エレボスぅ……危うく死にかけたじゃねえか」

邪神の前に立つのは、別の邪神だった。

褐色の肌に赤緋の短髪。冒険者と比べても遜色《そんしょく》のない体格を誇る魁偉《かいい》の男神である。

「俺の派閥も、タナトスのところもやべえ被害だ。どうしてくれる？」

「本当に悪かった。心からそう思っている。本当だぞ？　それで？　首尾は？」

悪びれもなく尋ね返すエレボスに、対峙《たいじ》する邪神は舌打ちを一つ。

しかし恨み言をいくら吐いても意味はないと悟ってか、己が目にしたものを語る。

「いけ好かねえほど順調だ。しっかり上ってきてやがる」

そう言いながら、エレボスの肩を掠めながら、通り過ぎる。

「全部てめえの計画《シナリオ》だ、後は自分でやれ。俺はもう逃げる」

「勿論だとも。ありがとう、ルドラ」

服に焼け焦げた跡を残す背中に、エレボスは上辺だけの感謝を送る。

疲労困憊《ひろうこんぱい》、あるいは『かつてない恐ろしいもの』を見たように怯《おび》える眷族達が男神《ルドラ》を追いかける中、『絶対悪』は前を向き、足音を反響させながら、闇の奥へと進み始めた。

「さぁ、最終楽章だ。終わりを始めるぞ——オラリオ」


『死の七日間』、五日目。

【アストレア・ファミリア】がオリヴァス率いる大部隊を撃退し、一夜明けた朝。

束の間の平穏は終わったように、オラリオの頭上には再び灰の雲が姿を現していた。

これまでとは違うのは、静けさ。

都市各地で断続的に起こっていた闇派閥《イヴィルス》の襲撃——『嫌がらせ』が完全に途絶えている。

敵が陣取る巨大市壁の動向を注視する各派閥の見張りも肩透かしを食らっていた。

かと言って緊張を解くこともできず、都市全体がどこか不気味な沈黙に包まれている。

「あの一戦から、鳴りをひそめておるのう。闇派閥《イヴィルス》どもめ」

視界の奥にそびえる巨大市壁を睨《にら》みつけるガレスは、首を鳴らしながら呟いた。

場所は中央広場《セントラルパーク》。難民と化した民衆の他にも、多くの冒険者が駐留している本陣の一つだ。

「敵……諦《あきら》めたの？」

「ありえん。市壁を依然《いぜん》押さえ、こちらの監視を続けている」

ガレスの言葉を額面通り受け取ったアイズが小首を傾げると、リヴェリアがすぐ否定する。

周囲の市壁を見回していたハイエルフは、そこで目を瞑り、細く尖《とが》った耳を澄ませた。

「何より、少々都市の外が騒がしい」

「うむ……これは、動いておるな。嵐《あらし》の前の、というやつか」

歴戦の第一級冒険者達の会話に、まだ経験が浅いアイズは繰り返し首を傾ける。

幼い少女に、目を開けたリヴェリアはそれを告げた。

「アイズ、準備をしておけ」

「準備……？」

「ああ、『最後の戦い』が近い」

都市に住まう全て者に向けるように、空を仰《あお》ぐ。

「やれること、やり残したこと、全て済ませておくんだ」


「すまない、リオンはいるか？」

【アストレア・ファミリア】本拠《ホーム》、『星屑《ほしくず》の庭』。

訪れた一人の女性が、館の扉を叩いた。

「シャクティ……？」

仲間《ノイン》の手で応接室に通された麗人の姿に、リューは軽い驚きを見せた。

それと同時に、後ろめたさが胸に立ち込めていく。

――この難境を乗り越えるため、実妹《アーディ》の死さえ利用する……それが、今の私の『正義』だ。

――嘘《うそ》だ……嫌だ！　認めたくない、認められるものか!!

脳裏に再生されるのは、彼女と交わした最後のやり取り。

癇癪《かんしゃく》を起こした子供のように一方的に喚き立てて、シャクティを責めてしまった当時の記憶に、リューは口の中を苦味で埋めつくしてしまう。

（気まずい……。私の迷いは晴れたとはいえ、あそこまで言い合ってしまって……）

訪ねてきた彼女の真意もわからず、リューがまともに視線を合わせられないでいると、

「リオン。これを」

シャクティは、あるものを差し出した。

「これは……まさか、『大聖樹の枝』⁉」

目を見張るリューに、シャクティは頷きを返す。

「『リュミルアの森』、お前の里のものだ。悪人共の違法市《ダーク・マーケット》から押収した。騒ぎが続いて、それどころではなかったが……ようやく渡せる」

『大抗争』が勃発する前、【ガネーシャ・ファミリア】が悪人共の違法市《ダーク・マーケット》の行方《ゆくえ》を追っていた

のはリューも知っている。

他ならない、彼女の妹《アーディ》から直接聞いていた話だ。

「お前の里には返せそうにない。だから、お前が受け取ってくれないか?」

「私に……? いや、ですが、里を捨てた私にそんな資格など……」

リューにとって、その申し出は戸惑いと、強烈な躊躇を見せざるをえないものだった。

だがシャクティはそれも見越していたように、妹から預かっていた『遺志』を伝える。

「アーディは、これをお前にずっと返そうとしていた」

「!!」

リューは瞳を見開いた。

同時に夕焼けの記憶が再生される。

友達の笑顔を見たいと健気《けなげ》に口にしていた、心優しい知己《ちき》の姿が。

「あの子の遺品、などというつもりはない。だが、どうか……妹の想《おも》いを、もらってやってくれないか?」

長い沈黙があった。

それは葛藤とは異なる、溢《あふ》れ出ようとする感情を止めるための時間だった。

「…………………わかりました」

震えそうになる声を抑えて、リューはシャクティの手から枝を受け取った。

妖精《ようせい》に加護をもたらすと言われている『大聖樹の枝』が、少女との絆《きずな》を囁《ささや》くように、淡い光粒を散らす。

「用はこれだけだ。失礼する」

そう告げ、シャクティはあっさりと背を向ける。

リューは咄嗟《とっさ》に、立ち去ろうとする彼女に向かって、叫んでいた。

「シャクティ！　あの時は、すまない！　貴方の気持ちも考えず、勝手なことを言って！　貴方が一番苦しんでいたのに！　本当にっ……すまなかった」

廊下に出て、立ち止まる麗人の後ろ姿に謝罪をぶつける。

すると、シャクティは横顔をこちらに向け、笑みを見せた。

「いいや、リオン。お前があの時、怒ってくれて……私は、嬉しかったよ」

揺れる前髪が彼女の瞳を隠す。

シャクティはやがて、廊下に並ぶ窓の先を、遠い目で眺めた。

「これで、ようやく……あの子のもとへ足を運べる」

麗人は今度こそ去っていった。

リューは、先程まで彼女が見ていたものを見る。

西に日が傾き、灰の雲が焼かれ、うっすらと赤く滲む、どこか悲しい夕暮れ前の空を。

「……アーディ。貴方が教えてくれたこと、貴方が遺してくれたもの」

受け渡された大聖樹の枝を握る。

あの廃墟より回収し、今は手もとにある少女の遺剣《つるぎ》に想いを重ねる。

リューは友が遺し、巡りゆく『正義』に、決意と誓いの言葉を捧げた。

「全てをもって、私も戦いにいく」

「すまないな。すぐに、来てやれなくて……」

『星屑の庭』を後にして、すぐ。

シャクティは墓標の海の中にいた。

罅割《ひびわ》れた剣《つるぎ》、あるいは木の棒が突き立てられた簡素な墓。

闇派閥《イヴィルス》との戦いの中で亡くなった者達に用意された、急造の墓地である。

「……来たく、なかったんだよ。お前の亡骸《ぬけがら》も、ここには眠っていないから……」

墓の多くに死者は眠っていない。

残された肉体の一部、遺品。原型を失って、あるいは回収さえ困難だった屍の代わりに、犠牲者の魂の片割れが埋葬されている。

シャクティが目の前に立つ、妹の墓もそうだった。

「……シャクティ」

「付いてくるなと言った筈だぞ、ガネーシャ」

重い足音とともに、自分の背後で立ち止まった気配に、シャクティは振り向かずに告げた。

淡々としている眷族の声に、主神も静かな声音で告げる。

「泣かないのか？」

「まだ泣くわけにはいかない」

「──では代わりに俺が!!」

「………………は？」

だが、それも僅《わず》かの間であった。

「うおおおおおおおおおおおぉぉ!!　アーディーーーーーーーーーーーーーーーーーー!!」

シャクティが思わず振り向いた瞬間、ガネーシャが号泣し始める。

「俺の可愛《かわい》い眷族よーーーーーーーーっ!!　うおおおおおおおおおおおおぉぉぉ!!」

象の面から迸《ほとばし》る涙と鼻水。

ひたすら暑苦しいギャン泣き、もとい男泣きである。

口を半分開け、呆然《ぼうぜん》と固まるシャクティは、我を取り戻すまでしばしの時間を要した。

「……お、おい、よせ、やめろっ。誰かに見られたら派閥の恥だっ」

「いいや、やめんっ!!」

手を伸ばすシャクティを華麗なステップで躱《かわ》しながら、ガネーシャは眷族との美しい記憶を思い起こす。

「アーディ！　お前の優しくて、可愛くて、割と強引《ごういん》で！　えへ、とか自然に言えちゃうあざとい感じとか！　誰に対しても素直で、優しく、みなを笑わせてくれるところ！　俺は、大好きだったぞおおおおおおおお!!」

言葉は尽きない。想いも尽きない。

今日まで我慢し、溜《た》めていた感情を、神は胸を張って晒《さら》した。

「アーーーーーーディーーーーーーっっ!!　うあああああああああああああああんっっ!!」

シャクティの代わりに、ガネーシャは吠えるほど泣いた。

それは裏表なんてない、氷河のように凍てつく理性なんてものも溶かす、熱い涙だった。

呆然と見守っていたシャクティは、ようやく、笑みを浮かべる。

「……貴方は、本当に、やかましい神だな」

呟き、無言を挟んで、空を見上げた。

「ガネーシャ。雨が降る」

「うおおおおっ……お？　雨？」

眷族の言葉に、ガネーシャも視線を頭上に向ける。

夕暮れの空には、薄っすらとした赤に滲む雲が漂っていた。

「確かに曇っているが、そんな気配は……」

ガネーシャは、口を噤《つぐ》む。

「……いや、そうだな。一雨きそうだ」

そして、背を向けた。

「濡《ぬ》れるのも、仕方あるまい」

男神の背後。

一人の姉の頬に伝う雨を、見た者はいない。


時が流れていく。

無数に抱える怪我人は癒《いや》しきれず、力尽きた者から命を手放し、葬送は決して途切れない中、不気味な静寂だけが都市を支配する。

灰の髪の魔女はこの静けさを歓迎するだろう。

それと同時に、この沈黙が永遠でないことを嘆くだろう。

黄昏が月光に染まり、そして再び夜が明ける。

『死の七日間』、六日目——。

「…………」

針の音が鳴っていた。

壁際に置かれた大時計から、重く、静かな秒針の音が。

ギルド本部、作戦室。

椅子《いす》に腰掛け、時の流れに身を任せていたフィンとロキは、目を瞑っていた。

「──来た」

やがて。

短い一言とともに瞼を開けたフィンが、鋭い光を灯した碧眼をあらわにする。

あたかも彼の声に導かれるように、作戦室へと迫る足音は大きくなり、けたたましい衝撃音とともに扉が開かれた。

「ほ、報告!! 偵察隊、帰還しました！」

焦りに駆られる女性のギルド職員が、開口一番、平静を失った大音声を上げる。

「指示通り、『目標』を発見……そして、推定以上の『脅威』と断定……」

顔から色を失い、喉《のど》を震わせながら、もたらされた情報を口にする。

「全てを破壊しいいいいいながら、こちらににににに突き進んでいいいる、とのこと……」

それは待ちわびた報告だった。

同時に、的中してほしくなかった危惧そのものだった。

『最悪』の到来に、ロキは吐き捨てる。

「……エレボスの糞ったれがぁ。こっちが『本命』か」

「ああ。もう猶予はない」

今にも机に拳を叩きつけそうな主神を尻目《しりめ》に、フィンは席から立ち上がる。

「全【ファミリア】に伝令。日付が変わるまでに、戦える者、全てを中央広場《セントラルパーク》に招集しろ」

「は、はい！」

フィンの指示にギルド職員は一も二もなく従った。

彼女が去った廊下の奥が瞬く間に慌ただしくなる中、小人族《パルゥム》の勇者もまた、作戦室を後にしようとする。

「自分はどこへ行くつもりや、フィン？」

「迎えに行ってくる」

背に投じられる神の問いに、返す答えは一つのみ。

「今のオラリオが戴《いただ》く、『最強』を」

日が沈みかけようとしている夕刻。

雲の海の先、東の空から宵の闇が迫りつつある中、激しい雄叫びは衰えを知らなかった。

「おおおおおおおおおおおおおおおおおおおおおッッ!!」

交わされる猪人《ボアズ》の剛剣と、猫人《キャットピープル》の閃槍。

互いの体を血塗れにしてなお、二匹の獣は猛り狂う。

オラリオ南西部の一角。闇派閥《イヴィルス》の襲撃が途絶えた今、そこはオラリオで唯一の戦場だった。

第一級冒険者同士の殺し合い。

瓦礫の森に囲まれた、もう一つの戦いの野《フォールクヴァング》。

『最強の勇士《エインヘリヤル》』を生み出すための『儀式』が、佳境に差しかかっている。

「……あの愚猫《ぐびょう》めっ」

たった半刻前、紙一重の差で武器を失い、今は膝《ひざ》をついて、二の腕を押さえる白妖精《ホワイト・エルフ》が、忌々しそうに血の塊を吐く。

「くそっ、くそっ……くそぉぉぉ……!!」

「「「「くそったれ!!」」」」

猛猪《もうちょ》の怪力に連携を粉砕された四人の小人達が、大地に転がり、天を仰ぎながら、隠さない怒りと無念を打ち上げる。

「また、負けた……オッタルに……アレンにも。…………でも、嗚呼………」

瓦礫に背を預けながら、襤褸《ぼろ》となった体で、震える手を伸ばし、黒妖精《ダーク・エルフ》は愛剣を抱き寄せる。

「この悔しさも………今回だけは、あいつ等を滅ぼす炎に変えられる………！」

ヘグニは剣を抱きしめながら、負け惜しみに至れない真実をもって心を奮わせた。

流す涙などない。激流と化す血のうねりが全てだ。ヘディンも、アルフリッグ達も、今も戦うオッタルとアレンでさえも。

戦いの野《フォールクヴァング》を包囲し、勇士の聖域を守護する他の団員と、最低限の治療師《ヒーラー》達が固唾を呑《の》んで見守る中、最後に残った二匹の獣人は死力を尽くした。

「――――――――――――――――――ッッッ!!」

そして。

決着は間もなく訪れた。

戦車のごときアレンの渾身の突撃を、オッタルの大剣が真正面から受け止める。

轟音が鳴り響いた。

地面が陥没し、罅割れる。

衝撃の余韻が薄れていき、耳を貫く静けさが訪れる中、折れた膝は、猫人《キャットピープル》のものだった。

「………………………が、ぁッ」

アレンの体が地面に沈み込む。

片膝をつきながら、荒い息を吐き散らす戦車の姿に、オッタルは構えを解いた。

「アレン……感謝する」

怒りも焦燥も消え去った、曇りない双眸《そうぼう》で告げる。

対するアレンは、なけなしの力で拳を握りしめた。

「うるっ、せぇっ……!!　てめぇの、ためなんかじゃ、ねえ……！」

「……」

「おれはっ……おれがっ、てめぇを倒してっ……俺こそがっ、強くっ…………!!」

ヘグニ達と同様、憤怒の炎に焼かれながら、歯を割れんばかりに噛《か》みしめる。

やがて、傷だらけの拳を、地面に叩きつけた。

「――クソがァッ!!」

自身に対する殺意と怒りの感情とともに、敗北を認める叫び声が空を舞う。

誰にも気付かれることなく、銀の髪がそれを聞いていた。

誰にも知られない場所で、銀の瞳は全てを眺めていた。

肩で息をしていたアレンは、ふらつく体で立ち上がり、時間をかけて、顔を上げた。

「勝ちやがれ、オッタル……！　負けやがったら、俺はてめえを許さねえ！　絶対にだ!!」

「……わかっている」

鋭い眼差しに見上げられ、猪人《ボアズ》はただ頷く。

「俺が、奴《やつ》を倒す」

誓いを結び、【猛者《おうじゃ》】はアレン達に背を向けた。

彼等との戦いを経て一層強固になった、鋼鉄の肉体を軋ませながら。

「……フィン」

瓦礫の森を抜けてすぐ。

一人戦場を見守っていた小柄な影に、オッタルは足を止めた。

「出迎えるのが君達の女神ではなくて、悪かったね。だが、時間切れだ」

待ち受けていた小人族《パルゥム》の姿を目にして、全てを察する。

「……始まるのか」

黄昏が終わる。

西の残光を呑《こ》み込み、宵の色が空を覆う中、フィンはそれを告げた。

「ああ、『決戦』だ」

エピローグ

All you need is "JUSTICE"

ASTREA RECORDS
evil fetal movement
Author by Fujino Omori Illustration Kakage
Character draft Suzuhito Yasuda

夜の訪れとともに、都市から光と音が消えていく。

少ない物資節約のため、魔石灯や蠟燭《ろうそく》の使用は控えられ、伴って人々も口を噤んでいった。

夜を恐れてのことではない。『それ』が目の前に迫っているという予感を誰《だれ》もが共有し、身を寄せ合い、息をひそめたのだ。

やがて最後に光が残るのは都市中心地、中央広場《セントラルパーク》。

そこに足を向け、集結するのは、全《すべ》ての【ファミリア】の眷族達。

「オラリオの全派閥、全戦力を中央広場《セントラルパーク》に招集……穏やかじゃねえなぁ～」

「ふざけているな。もうわかっているだろう」

ざわめきが途絶えない中央広場《セントラルパーク》を見回しながら、ライラが揶揄するようにこぼす。

他の派閥と同様、【アストレア・ファミリア】も勢揃いしている中、輝夜《カグヤ》は隣に立つ小人族《パルゥム》に向かって無駄口を禁じた。

彼女の言葉通り、誰もがわかっている。

硬い表情でネーゼ達が黙りこくるのを他所に、アリーゼは都市が予感する『それ』の名を口にする。

「ええ。『最後の戦い』がやって来た」

【ガネーシャ・ファミリア】のシャクティが。

【ヘルメス・ファミリア】のアスフィが、ファルガーが。

【フレイヤ・ファミリア】のオッタル以下、強靭な勇士達《エインヘリヤル》が。

【ロキ・ファミリア】のリヴェリアとガレス、アイズとラウル達が。

ある者は無言で武器の感触を確かめ、ある者は落ち着きなく体を揺らし、またある者は瞑目《めいもく》し、時に身を委《ゆだ》ねている。

恐怖と緊張、そして戦意と覚悟。

中央広場《セントラルパーク》に漂う空気が様々な感情を孕《はら》む中、覆面で顔を隠すリューは、静かに呟いた。

「日付が、変わる……」

都市中に存在する、まだ生きている時計が、一斉に鳴った。

長針と短針が重なり、長い一日の終わりと始まりを告げる。

視線が集まるのは、冒険者達が集まる『バベル』南門前。

白亜の巨塔を背にし、冒険者達に向き合う一人の小人族《パルゥム》が、静かに口を開いた。

「──聞いてくれ」

その一言に。

波が引くように、喧騒が消えていく。

まるで睨《にら》みつけるかのような冒険者達の鋭い眼差《まなざ》しを、一身に浴びるフィンは、臆することなく言葉を続ける。

「敵の『真の狙《ねら》い』が明らかになった。大抗争──最初の夜の戦いから今の今に至るまで、全ては『前準備』に過ぎなかった」

「……は？」

リューやアリーゼ達が何を言われたのかわからない表情を浮かべ、ライラは間抜けな顔で、同業者達の心の声を代弁する。

冒険者達の全指揮を預かる【勇者《ブレイバー》】の言葉に、誰もが耳を疑った。

「真の目的は、ダンジョン内における『大最悪《モンスター》』の召喚」

フィンは、ロキとともに本陣の作戦室で得た『結論』を告げる。

「闇派閥《イヴィルス》は邪神《かみ》を迷宮に送り出すという禁忌《タブー》を犯し、そして邪神《かみ》を囮にすることで、『大最悪《モンスター》』を地上へと誘導するつもりだ」

「なっ……!?」

アスフィが瞠目《どうもく》する。

彼女だけでなく、突然の情報の洪水に冒険者の多くが混乱した。

受け止めきれない言葉の羅列に、輝夜《カグヤ》は堪らず声を荒らげる。

「待てっ、『大最悪《モンスター》』の召喚とはどういうことだ？　普通の化物ではないということか!?」

「召喚の方法については省略させてもらう。だが、既に偵察部隊がダンジョン内で『目標』を発見した」

時間を惜しむかのように事実だけを伝えていく。

偵察隊が地上を発ったのは二日前。リュー達がオリヴァスの襲撃を退けた後、『大抗争』で起こった『一斉送還』の違和感に気付いたフィンの独断で、迷宮に向かわせた。

そして偵察隊の一人が持ち帰ったのが、

「本日の正午時点で『目標』の位置は24階層。全ての階層を破壊しながら、無理矢理上《うえ》へ上へと進出している」

「「「――っ⁉」」」

「偵察隊の報告によれば、『目標』は超大型。その進行速度と破壊規模を鑑《かんが》みて……ギルドは『大最悪《モンスター》』の戦闘能力《ちから》を『深層』の『迷宮の孤王《モンスター・レックス》』と同等か、それ以上と断定した」

輝夜《カグヤ》を始め、数えきれない冒険者が絶句する。

途端に膨らみ始めるのは焦《あせ》りを帯びた、どよめきだった。

「……嘘《うそ》だろう？」

「それでは闇派閥《イヴィルス》は、神自ら動き、厄災に等しい『階層主』を地上に連れて来ようとしている……⁉」

虎人《ワータイガー》のファルガーが啞然とし、アスフィは小さな悲鳴にも似た声を出す。

「つまり、敵の狙いは……！」

周囲の喧噪《けんそう》が衝撃に翻弄されている中、いち早く点と点を線で繋《つな》いだアリーゼは、その先の答えに辿《たど》り着く。

彼女の予感を、フィンは無慈悲に肯定した。

「そうだ。敵は地下から『バベル』を崩壊させるつもりだ」

「つまり、ダンジョン内で神威を開放し、例の『漆黒のモンスター』を喚《よ》んだ……」

『バベル』最上階。

フレイヤは笑みが消えた表情で、遥か眼下に集まる冒険者達を見下ろしていた。

「ああ、おまけに『深層』でな」

彼女のすぐ後ろにいるのはロキ。

豪奢な椅子《いす》のひじ掛けに腰を落とし、神の見解を語る。

「あの真っ黒クロスケどもは神をブチ殺すための『刺客』も同然。目の前に神《エサ》をぶら下げられれば、迷宮《ダンジョン》も化物《モンスター》も怒り狂って、ウラノスの『祈禱《きとう》』もはねのける……そういうことやろう」

今より二年前、【ロキ・ファミリア】は同じ系統のモンスターを確認している。

当時Lv．1だったアイズを12階層に誘いだした邪神の一柱が、神威を解放して『漆黒のワイヴァーン』を喚《よ》び出したのだ。

出現した階層に相応《ふさわ》しくない力を誇った異常事態《イレギュラー》の存在。

今回の『大最悪《モンスター》』も同じ『神の刺客』であると、ロキは断言する。

「私達はおろか、ウラノスでさえダンジョンの『異変』に気付けなかった……いいえ、気付かせなかった」

「ああ。癪《しゃく》にもほどがあるが、認めるしかない。闇派閥《イヴィルス》……いいや」

品よく眉《まゆ》をひそめるフレイヤと同様に、ロキは苛立ち交じりに顔を歪《ゆが》めた。

「エレボスの糞神《クソがみ》の方が、一枚上手やったっちゅうことや」

「『大最悪《モンスター》』が召喚されたのは、間違いなく、あの『大抗争』の夜」

『バベル』から離れた中央広場《セントラルパーク》の一角。

巨塔の前に集まる冒険者達を外から眺めながら、ヘルメスは呟く。

「『神の一斉送還』と時機《タイミング》を合わせ、ダンジョンで神威を解き放った……」

頷《うなず》くのはアストレア。

ダンジョンより迫る『大最悪《モンスター》』が知れた今、全ての神々がことの全貌を──エレボスの計画《シナリオ》を悟るに至っていた。

「送還の柱はそれ自体が『神の力《アルカナム》』の塊と言っていい。比類ない巨光《エネルギー》の発現……それが、九つも……」

「ああ。地上を揺るがす強大な波動のせいで、地下《ダンジョン》の『異変』を感知することができなかった」

神威の発動も、『漆黒のモンスター』の召喚も、それによって全て塗《ぬ》り潰《つぶ》されたのだと。

ヘルメスは双眸《そうぼう》を鋭く細め、唸《うな》るように言った。

「まさに、あの『神の一斉送還』は『大最悪《モンスター》』を生み出すための『生贄』であり、『陽動』。そして『隠れ蓑』だ」

天に立ち昇った幾つもの神の柱。

あの壮大過ぎる示威行為には、オラリオを絶望の淵に叩き落とすこと以外の意味が隠されていたのだ。

「しかも相手はこちらの神々だけではなく、味方である筈の邪神まで送還している。神々《オレたち》の目を欺くためだけに、狡猾に、冷酷に、躊躇なく、仲間を手にかけて。……恐らくは、それすらも計画《シナリオ》通りに」

「信じられない……あまりにも恐ろしい」

ヘルメスの隣で、アストレアは目を伏せた。

その横顔に悲嘆《ひたん》を滲《にじ》ませながら、慄然と呟く。

「この計画《シナリオ》を企図し、実行したのは間違いなくエレボス。全ては彼の掌の上……」

「『絶対悪』とはよく言ったものだ。今、この下界で最も残虐な神は、奴《やつ》を置いて他にはいまい」

正義の女神とは対照的に、調停の神はどこか投げやりに言った。

しかし次には虚空を睨みつける。

「今日まで闇派閥《イヴィルス》が本腰を入れないで、『嫌がらせ』ばかりする訳だぜ。放っておいても冒険者達は勝手に弱り、『その時』が来れば地下から大きな『爆弾』が炸裂する。……時間の経過こそ、敵の最大の目的だった」

そして『大最悪《モンスター》』が地上に迫りつつある今。

敵が『総攻撃』を行わない理由は、もうどこにも存在しない。

「どうすんだよ……敵にはザルドとアルフィアもいる！　連中だけでもヤベェっていうのに、ダンジョンからも化物が来るだと⁉」

フィンの説明を受け、焦燥《しょうそう》の声を散らしたのはライラだった。

「お手上げじゃねーか！　どうすんだよ、勇者様‼」

野次めいた叫び声は、たちまち周囲の冒険者に伝播《でんぱ》する。

不安と焦りを孕んだ空気が中央広場《セントラルパーク》を支配していく。

「ラ、ライラ！　事実とはいえ、不安を煽《あお》る真似は……！」

明らかな士気の乱れに、リューは慌てて諌《いさ》めるが、

「いーんだよ。これで」

「えっ？」

小人族《パルゥム》の少女は、どこ吹く風だった。

「今、冒険者の前に立ってるのは誰だと思ってんだ？」

その顔に浮かぶのは先程までの捨て鉢の怒りではなく、小生意気な笑み。

演技までして野次を飛ばしたライラは、わかりきっているように次の言葉を告げた。

「アタシ達、一族の『希望』だぞ？」

そして、その『希望』に応《こた》えるように、『勇者』は口を開く。


「迎え撃つ」


「「「──!!」」」

リューが、アリーゼが、輝夜《カグヤ》が、他の冒険者が瞠目する。

ライラだけは唇をつり上げた。

「これより戦力を地上と地下に二分。闇派閥《イヴィルス》の総攻撃に対する迎撃隊、そして『大最悪《モンスター》』を打ち倒す討伐隊とで分かれる」

驚愕《きょうがく》する冒険者達を見回しながら、フィンは淀みなく、脳裏に広げた作戦図を語る。

「前者はほぼ全ての【ファミリア】による派閥連合。後者は選り抜きの少数精鋭。闇派閥《イヴィルス》と『大最悪《モンスター》』、どちらも『バベル』陥落が目標と予測される中、敵の『挟撃』を受け止め、これを殲滅する」

冷静沈着な総指揮官の口振りとは対極的に、冒険者達の反応は様々で、にわかに騒がしくなった。

「『挟撃』とはよく言ったものですが……通常の挟み撃ちとは概念が違う！」

「敵が仕掛けてくるのは『前後』じゃなく、『上下』の猛攻……！」

「大地を隔てているが故に、援護や救援は至難。どちらかが失敗しても……オラリオは終わる」

アスフィが堪らず叫び、ファルガーが唸るように呟き、シャクティが発生する危険性《リスク》に深刻な表情を浮かべる。

「……言うは易し、だぞ？」

輝夜《カグヤ》がみなの心の声を代弁する。

だが、それでもフィンは動じなかった。

「ならば、あえて断言しよう。僕達ならば『可能』だ」

「！」

一驚する輝夜《カグヤ》達を置いて、フィンは決然と言葉を紡《つむ》ぐ。

「より正確に言うのなら、僕達にしかできない。これより始まろうとしているのは、『量より質』を掲げる神時代《しんじだい》の幕開け以降、人と人による間違いなく最大の『総力戦』」

月夜の湖面のごとき碧眼は問う。

「オラリオを置いて、どこの誰に任せる？　オラリオが制さずして、誰が成し遂げる？」

静かで、それでいて熱を内に宿す勇者の声は断ずる。

「僕達ならば、僅かに過ぎずとも勝機はある。いや、僅かだろうと必ずや、その勝機を手繰り寄せる」

気付けば、周囲から喧噪は消えていた。

気付けば、誰もが声を忘れ、耳を奪われていた。

それは決意を促す激励だ。

それは勇気を与える詩だ。

小人族《パルゥム》の声は決して揺らぐことはなく、『覚悟』という名の決戦の旗を高らかに掲げる。

それを前に、浮足立っていた冒険者が一人、また一人と顔から動揺の色を消していく。

「そして、もう一つ、あえて問わせてもらおう」

直後。

放たれた問いが、中央広場《セントラルパーク》の時を完全に止めた。

「君達は負けたままで終われるのか？」

誰かの喉《のど》が、震えた。

誰かの瞳《ひとみ》が、見開かれた。

リューが、アリーゼが、輝夜《カグヤ》が、アイズが、リヴェリアが、ガレスが、ラウルが、アスフィが、ファルガーが、シャクティが、オッタルが、アレンが、ヘグニが、ヘディンが、アルフリッグ達が。

全ての冒険者が、蘇《よみがえ》る当時の情景とともに、感情の激流に翻弄される。

「自覚しろ！　ここにいる者達、全てが『敗者』だ！」

フィンは眦を裂いて叫んだ。

自身にさえ罵倒を向けながら、周囲の冒険者達を睥睨する。

「あの夜にむざむざと敗れた負け犬ども！　隣を見ろ！　そこに友はいるか！」

リューの手が震える。

そこに友《アーディ》はいない。

あるのは綺麗事《きれいごと》では覆《おお》い隠せない喪失感と、身を焼く激情。

「後ろを見ろ！　そこに愛した者はいるか！」

多くの冒険者が、奥歯を噛《か》みしめる。

そこに守りたかった者はいない。

彼等、あるいは彼女達を愛した大切な者は、あの炎と地獄の夜に呑《の》み込《こ》まれてしまった。

感情という感情に火がつき、恐怖と不安、絶望では押しとどめることなどできない発火点がすぐそこに迫る。

「いないというのなら、誰が死した者達の無念を晴らす？　一体誰が、怒りと悲しみに燃える君達の雪辱を果たす⁉　――僕達だ‼　絶望の連鎖を断ち切り、喪失の悲鳴を食い止め、この手をもって決着をつける！　あの地獄の再来を二度と許すな‼」

あらゆる拳《こぶし》は握りしめられていた。

ドワーフの戦士が太い腕を振り上げる。

獣人の弓使い《アーチャー》が号令を待たずして雄叫びを上げる。

エルフの魔導士がはしたなく怒号を放ち、血気盛んなアマゾネスとヒューマンの剣士達が武器を頼りに掲げ、小人族《パルゥム》達はその小さな指を左胸にめり込ませる。

「僕達は既に敗北の味を知った！　ならば屈辱の泥こそ糧とし、今度こそ奴等《やつら》に勝ちに行く！」

満ち満ちる戦意に、月夜が震え上がる。

「意地を見せろよ、冒険者！　誰よりもしぶとく、何よりも生き汚い無法者達！　真の勝者は最後まで立っていた者だと教えてやれ!!」

フィンは最後に、自分達が何者であるかを叩《たた》きつけた。


「ここは、英雄が生まれる約束の地！　そして、冒険者の都《みやこ》だ!!」


「「「おおおおおおおおおおおおおおおおおおおおおおおおおおおおおおおおお!!」」」

中央広場《セントラルパーク》が咆哮に包まれる。

ヒューマンと亜人《デミ・ヒューマン》が声を揃《そろ》え、勇者の鼓舞に応えた。

「士気が……爆発《ばくはつ》した」

呆然《ぼうぜん》とするのは輝夜《カグヤ》。

周囲で渦巻く熱気に、【アストレア・ファミリア】ともども立ちつくす。

そんな彼女達も首が火照り、どくどくと鼓動が鳴っていた。

「だから言っただろう。これでいいんだって」

「ライラ……」

この光景が広がることを一人知っていたライラは、ほくそ笑む。

リューの呟きが隣から降ってくるのを他所に、視線の先の小人族《パルゥム》に目を細めた。

「フィンは最低の詐欺師《ペテンし》だ。できもしねえことを『できる』と堂々と言ってのける。……そして、口にした『嘘』で全員巻き込んで、それを『本当』にしちまう」

口振りは憎まれ口のように。

けれど、その眼差しは恋する少女のように。

あるいは、絶望の中で『英雄《ひかり》』に出会った幼い子供のように。

「あいつの言葉は、私達を奮わせて、『勇気』を分けてくれるんだ」

ライラは、花が綻ぶように、破顔した。

「だからフィンは最高なんだ。だから、フィンは一族の『希望』なんだ」

その言葉を聞いて、【アストレア・ファミリア】の面々は誰からともなく相好を崩していた。

この胸の内に宿る熱の正体が、落ちぶれた小人族《パルゥム》達を奮わし続けていた『勇気』であるのだと、彼女達も理解することができた。

「『勇者《ゆうしゃ》』が『詐欺師《ペテンし》』、か……。ええ、とってもライラらしい」

「──ならば、我々もその『嘘』を『真実』にするまで！」

ライラの勇者評に、アリーゼがくすりと笑みをこぼす。

そしてリューは『希望』を示す勇者に騙《だま》されることを誓った。

「これは『英雄達の前哨戦』に過ぎない！　世界の最果てで待つ『真の終末』への、肩慣らしだ！」

終末の名は『黒竜』。

英雄の都《オラリオ》に待ち受ける大いなる厄災を持ち出し、この戦いは単なる通過点に過ぎないのだと断言する。

「『黒竜』に敗れた男神《ゼウス》と女神《ヘラ》の遺産を片付け、名実ともに、僕達が次代の英雄であることを証明する‼」

その『宣言』は空を貫き、闇のもとへと届いた。

「吠えやがるじゃね～か、フィ～ン。ブッ殺してやるぜ！」

巨大市壁上部。

光を放つ中央広場《セントラルパーク》を見据え、ヴァレッタは口端を引き裂く。

「『英雄』が生まれる大地、冒険者の都《みやこ》……嗚呼、なんて美しい。そして、なんて壊しがいのある……！」

「今度こそ……今度こそっ……オラリオの崩壊を……！」

ヴィトーは開いた片目に愉悦を宿し、オリヴァスは屈辱を晴らさんと悪鬼のごとく相貌を歪める。


「来るのね、ヘグニ！」

「来てしまうのね、ヘディン！」

「「私達と殺し合う《あいしあう》ために!!」」

都市南端。

月の光を浴びながら、瓦礫の海で舞うディース姉妹は互いを抱きしめ合い、歓喜を争う。

「おお、怖い怖い。英雄の都が震えるならば、我等はそれを凌駕する『邪教』を示すまで」

都市地中。

雄叫びが震動となって伝わってくる地下にあって、バスラムは猛り狂う『精霊兵』を解き放ち、錫杖の一振りで従える。

「喰《く》われまいとする獣の咆哮……いいぞ」

そして、都市北西。

月明かりが差し込む教会に、人知れずたたずむザルドは確かに笑った。

「相変わらず、口が回る小僧《パルゥム》だ」

もう一人の『覇者』は表情を変えず、瞼を閉じた双眸を窓の外の空へと向ける。


邪悪は胎動を終えている。

正義は失墜を超えている。

故に、後は彼《か》の邪神が予言した通り。

『巨正《きょせい》』と『巨悪』の理《ことわり》をもって、正邪はここに衝突する。

「敵は『絶対悪』！　ならば気高き星乙女《アストレア》の名を借り、ここに宣戦布告する！」

片手に持つ槍を天高く掲げ、小人族《パルゥム》の勇者はそれを告げた。


「始めるぞ！　『正義』の正戦《せいせん》を‼」


都市が震える。

雄叫びが高まり、友が還った天の海へと突き立つ。

天地に誓いの橋をかける英雄達の号砲。

鏤《ちりば》められた星々が巡りゆく輝きを灯し、一筋の流星が駆け抜けた。


秩序と混沌の争乱。

未曾有の『未知』。

知られざる英雄の残光。


語り継がれるその戦いの名は、『正邪決戦《せいじゃ》』。


人々は讃《たた》え、神々も謳う。

空に綴られるは星詩《ほし》の一節。

オラリオ史上、最大の戦いと呼ばれる『正義』と『悪』の闘争が、その日、幕を開けた。

アーディ・ヴァルマ

所属	【ガネーシャ・ファミリア】	種族	ヒューマン
職業	冒険者	到達階層	37階層
武器	片手剣	所持金	1005000ヴァリス

ステイタス　Lv.3

力	E401	耐久	E482	器用	B745	敏捷	C676
魔力	B712	耐異常	H	治癒	I		

《魔法》

ガーナ・アヴィムサ	・拘束魔法。 ・効果対象の全能力値下降《アビリティダウン》付与。 ・高確率で効果対象を強制停止《リストレイト》。
ディア・カウムディ	・回復魔法。 ・対象人数は階位《レベル》依存。 ・一定時間、効果対象の能力《ステイタス》上昇《アップ》付与。

《スキル》

守人血統《ガナパティ・ブラッド》	・群衆主の加護《ガネーシャ・ディバル》。 ・能力《ステイタス》の小補正。
正義巡継《ダルマス・アルゴ》	・器力共鳴《ファルナ・エフェクト》。 ・発現者の一定範囲内に存在する全眷族への能力《ステイタス》加算。 ・常時発動《パッシブ・オン》。 ・加算値及び効果範囲は階位《レベル》反映。

《装備》

セイクリッド・オース	・白聖石《セイロス》及びミスリルの複合金属で作られた片手剣。 ・【ヘファイストス・ファミリア】作。68000000ヴァリス。 ・任意で殺傷能力を低減させる特殊武装《スペリオルズ》。使い手の魔力を注入することで刃の切れ味が落ちる武器にあるまじき武器。 ・性能自体は第二等級武装の範囲に収まっているが、非殺傷能力の追加で価格が跳ね上がっている。 ・秩序の番人でありながら不殺生を望む、少女の神聖な誓い。
象面のタリスマン	・主神《ガネーシャ》からもらった絶妙にダサいお守り。 ・魔力を増幅させる普通にすごい効果を持つ。 ・ちょっと汗臭かったので匂い袋《アイテム》を使って相殺《フローラル》状態に。アーディ自身は気に入っている。

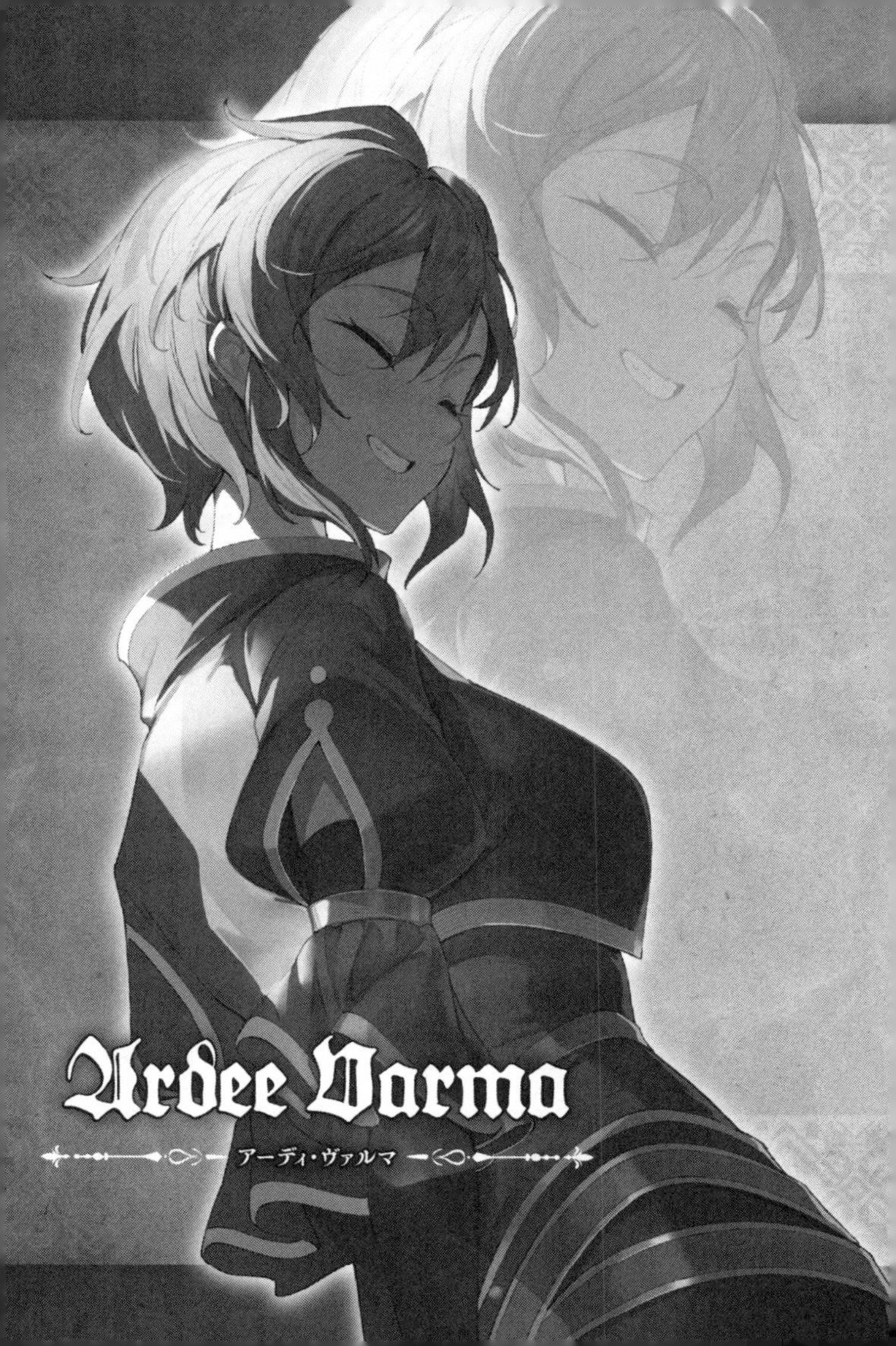
Ardee Varma
アーディ・ヴァルマ

あとがき

ちょっとだけ苦労話を残しておこうと思います。

ゲーム用に書き下ろしたシナリオを本として改稿する。これが意外に、というか（少なくとも大森にとっては）かなり悪戦苦闘しました。たとえば、ゲームでは暗転や演出などを挟んであっさりと移動できる人物の視点も、文章にそのまま落とし込もうとすると唐突で不自然、何より『文章を読む』というリズムの中で酷く気持ち悪いものになったりします。

あるいはフルボイスゲームという利点を活かした声優さんの熱演や怪演、更に状況や登場人物に沿ったBGMで盛り上げられたシーンも、本になるとびっくりするくらい薄味になります。一つのページの見開きの中で『見どころ』といえるシーンが三つも四つも登場して、よく咀嚼できないまま一瞬で流れてしまうような感覚です。前巻の第一部執筆時点で、これは骨が折れるゾ、と覚悟していましたが、第二部も大概で「えれぇボスこっち来んなバカー‼」なんて妖精《エルフ》と一緒に強烈に思っていました。

ただ、原作小説のゲーム化やアニメへのシナリオ化を経験していた分、とても勉強にもなりました。それこそ、ずっと迷い続けていた妖精《エルフ》や他の冒険者達と一緒に経験値を得て、レベルアップできたような感覚です。

ゲームシナリオからの書籍化は『足し算』。

書籍からのゲームシナリオ化は『引き算』たまに『かけ算』。私自身この感覚を忘れないために、お目汚しにはなりますが、こちらのあとがきに足跡を残させておいてください。

それでは謝辞に移らせて頂きます。

担当の宇佐美様、本巻でも最後の最後まで支えてくださってありがとうございました。自分も寝ますので宇佐美さんもどうか寝てください。今回も素晴らしいイラストで作品を彩って頂いたかかげ先生、リューサンのおっぱい論争では誠にご迷惑おかけしました。でも私は決して貧乳派テロリストというわけではなく大きい方も好きなんです！　本当なんです、信じてください!!　ＷＦＳ様や関係者の方々、資料提供を始め多大なるお力添えをして頂き、心より感謝いたします。最後に読者の皆様、本書を手に取って頂いて本当にありがとうございます。

無窮《むきゅう》の夜天、そして無限の星々が記憶する長い戦いも次巻で最後。

第三部『正邪決戦』。

どんな結末を迎えるのか、見届けて頂けたら幸いです。

ここまで目を通して頂いて、ありがとうございました。失礼します。

大森藤ノ

ファンレター、作品の
ご感想をお待ちしています

〈あて先〉

〒106－0032
東京都港区六本木2－4－5
SBクリエイティブ（株）
GA文庫編集部 気付

「大森藤ノ先生」係
「かかげ先生」係

本書に関するご意見・ご感想は
右の QR コードよりお寄せください。

※アクセスの際や登録時に発生する通信費等はご負担ください。

https://ga.sbcr.jp/

アストレア・レコード2　正義失墜
ダンジョンに出会いを求めるのは間違っているだろうか　英雄譚

発　行　　2022年11月30日　初版第一刷発行
　　　　　2023年2月8日　　　　第二刷発行

著　者　　大森藤ノ
発行人　　小川　淳

発行所　　SBクリエイティブ株式会社
〒106−0032
東京都港区六本木2−4−5
電話　03−5549−1201
　　　03−5549−1167（編集）

装　丁　　FILTH

印刷・製本　中央精版印刷株式会社

ISBN978-4-8156-1018-0
Printed in Japan　　GA 文庫

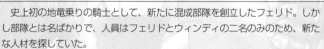

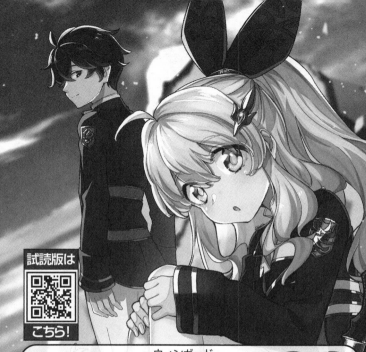